KB139601

모래
도시
속
인형들
2

SANDBOX Series II
이경희 연작소설
모래
도시
속
인형들
2

알림

이 책에는 자살, 자해, 마약과 관련한 소재를 다루는
에피소드가 포함되어 있습니다.

차례

집행인의
귀한 칼날

1

대체 이런 게임을 왜 하는 건데?

혜리는 차마 그 말을 입으로 뱉지 못해 속으로만 투덜거리며 계단을 올랐다. 10킬로그램이 넘는 게이밍 수트가 온몸에 착 달라붙어 걸음을 옮길 때마다 불쾌하게 가랑이를 조여 왔다. 최신 냉감 소재라더니 개뿔, 더워 죽겠구만. 혜리는 턱에 맺힌 땀을 손등으로 닦아 내고 티셔츠 목 부분을 펄럭거렸다. 꿉꿉한 냄새가 증기처럼 훅 코를 찔렀다. 수트 안쪽에서 피부를 따라 땀방울이 주르륵 흘러내렸다.

이게 뭐가 재밌단 거야?

여섯 시간 동안 탑을 올랐다. 장장 여섯 시간 동안. 몬스터들의 방해를 뚫고 구불구불한 미로를 통과해 겨우 여기까지 왔다. 도무지 끝이 보이지 않았다. 혜리는 답답한 마음에 홀로그램 지도를 열어 위치를 확인했다. 그래 봐야 평면으로 그려진 지형에 동그란 점이 박혀 있을 뿐이지만.

"힘내세요. 거의 다 왔습니다."

곁에서 함께 걷고 있던 플레이어가 말했다. 테스트용힐러. 애정이라고는 조금도 느껴지지 않는 캐릭터명이었다. 그렇겠지. 이 사람에게 이건 놀이가 아니라 노동이니까.

"한 시간 전에도 똑같은 말씀 하셨던 것 같은데요."

"하하, 그랬나요? 근데 진짜 다 왔습니다."

"그 말씀도요."

"이번엔 진짜 진짜예요. 조금만 가면 됩니다."

그가 홀로그램 인터페이스를 열어 스킬 아이콘을 터치했다. [치유의 마법진]. 혜리의 발아래에 신성 문양이 그려지더니 연출을 위한 바람이 수트 어디선가 불어왔다. 이마가 드러날 정도로 머리칼이 휘날리며 잠시나마 극락에 온 듯한 시원함을 느꼈다. 곧 다시 더워졌지만.

"치유 스킬을 이런 식으로도 쓸 수 있답니다. 좀 시원하신가요?"

"……한 번만 더 쏴 주시면 안 되나요?"

"쿨타임이 5분이에요."

"아쉬워라. 다른 건 없어요?"

"[열정 부여]라는 버프 스킬이 있긴 한데…."

"에헤이, 됐습니다."

혜리는 다급히 손사래 쳤다. 말만 들어도 더울 것 같았다.

"6층 도착했다!"

앞장서 걷던 플레이어가 호탕하게 소리쳤다. 일행은 힘을 내어 남은 계단을 마저 올랐다. 그러자 광활한 평야 지대가 눈앞에 펼쳐졌다. 메가빌딩 내부라고는 믿기지 않을 정도의 스케일이었다. 식물들은 가짜 티가 좀 났지만.

오염된 탑 6층. 최상위 플레이어들만 살아남을 수 있는 〈린블〉의 엔드 콘텐츠. 일명 신들의 전장. 혜리가 추적 중인 용의자는 이곳에 숨어 있었다. 혜리는 거칠어진 호흡을 가다듬으며 땀을 닦았다.

이 사기꾼 새끼 아주 잡히기만 해.

각자 무기와 스킬을 정비한 25인의 공격대 멤버들이 결의에 찬 표정으로 서로를 바라보았다. 각 길드의 대표 플레이어이자 서로의 라이벌인 최상위 랭커들. 게이밍 수트 위로 반투명하게 투영된 홀로그램 장비들이 은은한 빛 효과를 내뿜고 있었다. 그들 한 사람 한 사람이 최소 수백만에서 많게는 수억 달러를 현질한 거물들이었다. 웬만한 스펙으로는 이들에게 단 1대미지조차 입힐 수 없었다. 그야말로 신적인 존재들. 아니, 괴물들.

그런 괴물들이 기초 냉기 마법 한 방에 셋이나 죽어 버렸다.

"그놈이다!"

누군가 소리쳤다. 혜리는 얼음 조각이 날아온 방향을 보았다. 산봉우리처럼 높이 쌓인 거인들의 시체 언덕 꼭대기에서 '유일' 등급 마법 지팡이가 태양처럼 강렬한 황금빛을 발산하고 있었다. 저놈이구만. 혜리는 미간을 찌푸리며 용의자를 노려보았다. 강렬한 빛 때문에 얼굴이 보이지 않았다. 하지만 머리 위에 표시된 전투 레벨만은 또렷이 보였다. Lv.4294967295. 저게 말이 돼? 랭킹 1위도 98레벨밖에 안 되는데.

운 좋게 살아남은 플레이어들이 사방으로 흩어지며 각자

자신 있는 스킬을 시전했다. [종말의 혜성], [고대 저주 화살], [맹독 급습], [상급 악마 소환], [천벌의 문장]…… 수만 달러짜리 유료 스킬들이 언덕 위에 퍼부어졌다. 하지만 정작 상대의 머리 위엔 '빗나감' 표시만 주르륵 올라갈 뿐이었다.

지팡이가 다시 한번 빛을 뿜었다.

천장에 설치된 LED 조명이 번쩍였고, 어디에 숨겨져 있는지도 모를 스피커에서 귀를 찢는 천둥소리가 터져 나왔다. 수트에 내장된 우퍼가 배 속이 울렁거릴 정도로 격하게 몸을 뒤흔들었다. 가만히 서 있기조차 버거웠다. 혜리는 사방에서 무작위로 쏟아지는 홀로그램 벼락과 불기둥을 피해 바위 뒤로 몸을 숨겼다.

진짜 어이가 없네.

양손으로 귀를 막으며 혜리는 자기도 모르게 소리 질렀다.

"뭐 이런 개똥 같은 게임이 다 있어?"

2

"혜리 씨, 게임 좀 해?"

강우는 혜리를 쳐다보지도 않은 채 손아귀에 쥔 칼자루만 바라보고 있었다. 뾰족한 금속 장식으로 꾸며진 손잡이에 주먹만 한 보석이 박힌 판타지풍 디자인의 대검. 반투명한 칼날

너머로 강우의 손바닥이 어슴푸레 비쳐 보이는 걸 보니 홀로 그램인 모양이었다. 급하다길래 기껏 사무실까지 찾아왔더니, 이건 또 무슨 개수작이람.

"게임은 왜요?"

"못해?"

게임이랑 얽혀서 끝이 좋았던 적이 없는데. 왠지 찝찝했지만 그렇다고 못하는 척을 하려니 자존심이 상했다.

"어디서 실력으로 꿀려 본 적은 없는데요."

"그래? 그럼 딱이네."

강우는 용사 흉내에 심취한 어린애처럼 칼날을 쓰다듬으며 요상한 찌르기 자세를 취했다.

"이게 뭔지 알아보겠어?"

"그게… 뭔데요?"

"집행인의 귀한 칼날."

"아, 이게 그거예요?"

전혀 몰랐다. 저런 촌티 나는 디자인일 줄은. 혜리는 여럿이 함께 플레이하는 게임엔 그다지 관심이 없었다. 그런데도 이름 정도는 들어서 알고 있었다. 워낙 유명한 아이템이니까. 게이밍 메가빌딩 'RP타운 메가 게임존'의 대표작 〈린 블레이드: 아이언 소울〉의 최상급 아이템. 사기라는 소리가 절로 나올 정도로 강력한 공격력 옵션이 붙어 있어 〈린블〉을 즐기는 플레이어라면 누구나 갖고 싶어 하는 무기였다. 하지만 이 검이 유명한 이유는 따로 있었다.

무려 현금 거래가 1470만 달러짜리 아이템이라는 거.

"어쩌다 보니 하나 얻었어. 부럽지?"

"아, 네. 짝퉁이지만요. 근데 이름이 왜 칼날이래요?"

"글쎄. 나중에 손잡이 같은 거 따로 팔아서 돈 더 벌어먹을 생각 아닐까? 그 회사 자주 그런다면서."

"손잡이 지금도 달려 있는데요."

"낸들 아나."

강우가 시큰둥한 표정으로 칼을 높이 들어 올렸다.

"잘 봐."

칼날이 혜리의 정수리를 향해 천천히 아래로 떨어졌다. 하지만 혜리는 겁먹지 않았다. 홀로그램이니까 굳이 피할 이유가…….

콩.

"아얏!"

아팠다. 혜리는 양손으로 정수리를 문지르며 강우를 노려보았다. 참아라, 주혜리. 고객이시다. 참아야 하긴 하는데 아니 근데 이 인간이 진짜.

"뭐예요? 그거 홀로그램 아니에요?"

"응. 진짜야. 만져 볼래?"

혜리는 강우에게 검을 건네받았다. 기묘했다. 손바닥 위에 검이 얹히는 순간까지도 실물이라는 느낌이 들지 않았다. 속이 텅 빈 가벼운 무게감에 반투명한 질감. 아크릴이었다.

"완전 진짜 같네요."

"작동도 잘 된대. 게임 안에서."

"네? 그게 뭔 소리예요?"

"이걸 갖고 RP타운에 들어가면 실제 게임 아이템처럼 사용할 수 있다는 모양이야."

RP타운 메가 게임존은 온라인게임을 현실에 구현한 일종의 테마파크였다. 그곳에서 플레이어들은 전신 게이밍 수트를 입고 직접 몸을 움직여 가며 홀로그램 증강현실로 꾸며진 게임 속 세상을 체험했다. 게임이라는 취미로 부릴 수 있는 사치의 끝판왕이랄지. 80층짜리 메가빌딩 하나를 통째로 어른들의 철없는 놀이에 낭비하고 있는 셈이니, 차라리 산을 깎아 골프장을 만드는 편이 검소하다고 느껴질 정도였다.

"거기 직원이 말을 이상하게 해서 100퍼센트 알아듣진 못했는데, 아무튼 그 메가 게임존이라는 곳에서는 무선통신 대신 자체 개발한 홀로그램 스캔 기술을 사용한대. 해킹 문제가 있어서 주파수를 전면 차단하고 있다나."

"카메라로 홀로그램을 인식하나 보죠? 겉보기에 똑같기만 하면 게임 시스템은 그게 진짜인지 가짜인지 구별할 방법이 없는 거고."

역발상으로 시스템의 허점을 파고든 셈이었다. 게임을 해킹하는 건 어렵지만, 아크릴로 홀로그램을 흉내 내는 정도야 프린터만 있으면 누구나 손쉽게 할 수 있으니까.

강우가 자세를 고쳐 앉으며 본론을 꺼냈다.

"누가 사기를 치고 있어. 진짜로 만든 가짜를 게임 속에 유통해서."

"아, 잠깐만. 헷갈려 죽겠네. 검사님, 우리 용어 정리 좀 합시다. 그러니까 홀로그램 칼이 진짜고 여기 진짜 칼… 아니, 아크릴로 만든 실물이 가짜. 맞죠? 아닌가? 음… 아니지, 홀로그램이란 건 애초에 가짜니까 이쪽이 진짜 칼…일 리는 없고, 그럼 게임 서버에 저장된 데이터가…… 에이, 그건 그냥 숫자 덩어리잖아. 아, 몰라 몰라."

혜리는 뒤통수를 벅벅 긁으며 생각을 멈췄다.

"그래서 범인이 뭘 훔친 건데요?"

"따지고 보면 훔친 건 없지. 그냥 있는 걸 복사해서 몇 개 더 만든 것뿐이니까."

"그게 죄가 돼요? 그럼 예수님도 감옥 가셔야겠네."

"당연히 죄가 되지. 하나에 1470만 달러짜리 아이템인데. 이미 피해자도 나왔어. 속아서 구입했다는 신고만 스물두 건이 접수된 상태야. 실제론 훨씬 많을 거고. 상황이 이런데도 메가 게임존 측은 여전히 비협조적이야. 그런 일은 기술적으로 절대 일어날 수 없다면서 잡아떼기만 하고 있지."

"아이템이 복사됐다는 걸 인정하면 난리가 날 테니까요. 근데 저도 좀 궁금하긴 하네요. 범인은 이렇게 커다란 걸 어떻게 〈린블〉 게임존 안까지 갖고 들어갔죠? 입구에서 100퍼센트 걸릴 텐데."

"그걸 알아내는 게 혜리 씨 첫 번째 숙제."

"두 번째 숙제도 있어요?"

"범인도 잡아 와야지."

"범인이 어디 있는 줄 알고요?"

"그건 내가 알아."

강우가 깍지 낀 손으로 턱을 괴며 잘난 체하듯 말했다.

"범인은 〈린블〉 안에 있어."

뭐?

이 인간아, 그걸 누가 몰라?

3

범인이야 당연히 〈린블〉 안에 있겠지. 하다못해 공범이라도. 게임 속이 아니면 복사한 아이템을 팔아먹을 방법이 없을 테니까.

문제는 〈린블〉이라는 게임이 말도 안 되게 넓다는 점이었다. 한 층이 20만 제곱미터나 되는 메가빌딩 스물두 개 층을 게임존으로 사용하고 있을 정도니, 면적만 놓고 보면 작은 도시나 다름없었다. 스마트팜도 캡슐카도 없는 판타지 세상을 일일이 발로 뛰어다니며 범인을 찾으라니.

시급한 사건도 아니었다. 사기 용의자의 캐릭터명도 이미 확보된 상태고, 주로 어디에서 출몰하는지도 파악됐다. 속았다는 사실에 분노한 피해자들이 범인의 목에 거액의 현상금을 걸어 둔 모양이었다. 수천 명의 〈린블〉 플레이어가 보물 고블린 사냥하듯 놈을 찾아 헤매고 있었다. 혜리가 굳이 나서지 않더라도 범인이 잡히는 건 시간문제처럼 보였다.

까짓 게임 아이템인데. 이런 일에 첨수부까지 나서야 해?

솔직한 심정으로, 이런 사치스러운 게임에 수백만 달러를 탕진하는 인간들이 사기를 당하건 아이템 뽑기 도박으로 쫄딱 망하건 혜리는 아무 느낌도 없었다. 불쌍하기는커녕 쌤통이라는 생각마저 들었다. 그 돈으로 할 수 있는 생산적인 일이 얼마나 많은데. 게다가 하필이면 게임과 얽힌 사건이라니, 마지막으로 게임 관련 사건을 맡았을 때 무슨 일을 겪었더라? 입 안에서 텁텁한 느낌이 사라지지 않았다.

하지만 강우의 말을 듣고 나자 의뢰를 받아들일 수밖에 없었다.

'혹시 **그놈**일 수도 있으니까.'

제발 좀 그랬으면.

혜리는 일말의 기대를 품고서 RP타운 메가 게임존으로 향했다.

— - —

놀랍게도 메가 게임존에서 서비스 중인 게임들은 모두 무료였다. 적어도 표면상으로는. 소액의 게이밍 수트 보증금만 걸면 누구나 언제든 자유롭게 게임 속으로 입장할 수 있었다. 물론 몇 시간 지나지 않아 거대한 벽을 마주하게 되지만.

—플레이어 혜리 님. 신청하신 게이밍 수트가 준비되었습니다.

혜리는 인공지능의 안내에 따라 탈의실로 향했다. 보관함에 옷과 소지품을 싹 집어넣고 알몸으로 스캐너를 통과한 뒤에야 수트가 지급되었다. 착용을 마치고 밖으로 나온 혜리는 찬찬히 주위를 살펴보았다. 곳곳에 설치된 CCTV 카메라가 눈에 띄었다.

이쪽으로는 아이템을 숨겨서 들어갈 수 없겠는걸.

월스크린(wallscreen)에서 몇 가지 안내 사항이 재생되었다. 제스처로 홀로그램 인터페이스를 켜고 끄는 법. 레벨업 시스템과 전투 방식. 벨트와 팔다리 사이에 연결된 탄성 와이어가 가상의 무게감을 전달하는 원리. 형상기억 소재로 만들어진 수트가 약간의 근력을 보조해 주지만, HP가 0이 되어 사망할 경우 딱딱하게 굳어 일정 시간 동안 움직이지 못하도록 페널티를 가하기도 한다는 사실.

마지막으로 혜리는 직업을 선택했다. 매직 거너. 하늘하늘한 천 옷을 입고 마법 권총을 사용하는 원거리 캐릭터였다. 이유는 단순했다. 무기가 제일 가벼워 보였으니까. 캐릭터명을 짓기도 귀찮아 그냥 '혜리'로 정했다.

스크린이 좌우로 갈라지며 생경한 풍경이 눈앞에 펼쳐졌다. 마치 판타지 세상 속에 들어선 것만 같은 착각은 개뿔, 대충만 둘러봐도 가짜로 꾸민 세트 느낌이 났다. 혜리는 가볍게 손바닥을 두드려 보았다. 반응이 없었다. 스마트팜(smartpalm)도 먹통이 되어 버린 모양이었다.

생기 없는 숲길을 나아가자 금세 첫 번째 마을이 나타났다. 접선하기로 약속한 플레이어가 마을 입구에서 혜리를 기다리고 있었다.

"혜리 님?"

"네. 테스트용힐러 님이시죠?"

"하하, 맞습니다."

상대가 머리 위에 표시된 캐릭터명을 가리키며 미소 지었다. 혜리는 가볍게 악수를 나누고 곧장 본론을 꺼냈다.

"잘 부탁드려요. 마지막으로 범인을 목격하셨다고요?"

"네 시간 전에 '오염된 탑'에서 만났습니다. 갑자기 기습을 당했어요. 함께 있던 플레이어들은 전부 사망했습니다. 저만 겨우 살아 나왔죠."

혜리의 표정을 살피던 그가 짧게 덧붙였다.

"아, 진짜로 죽었다는 건 아니고, 게임상에서요."

"그렇군요. 근데 오염된 탑이면…."

"최상위 던전이죠."

하필 최상위 던전에 있을 게 뭐람.

구두쇠 진강우는 게임 캐시를 한 푼도 지원해 주지 않았다. 대신 도움을 줄 만한 친구들을 소개시켜 주었다. 아주 힘세고 돈이 많은 친구들을. 사기꾼에게 피해를 입은 고레벨 플레이어들이 한마음으로 복수의 칼을 갈고 있었다.

두 사람은 곧장 마을을 벗어나 동료들이 있는 장소로 향했다. 몬스터를 사냥하며 길을 따라 이동하는 데만 대략 두 시간. 그사이에 몇 번이나 죽을 고비를 넘겼다. 다행히 든든한 동료 덕분에 무사히 넘어갈 수 있었지만, 혼자였다면 아마 좌절하고 게임을 포기하지 않았을까 싶었다. 혹은 홧김에 캐릭터 성장 패키지를 결제하거나. 〈린블〉 게임은 매 순간 플레이어의 능력보다 아슬아슬하게 높은 허들을 들이밀며 자연스럽게 현질을 유도하게끔 설계되어 있었다. 그렇게 야금야금 결제 금액을 높여 가다 저도 모르게 몇십 몇백만 달러를 탕진하는 고객이 가끔 얻어걸리기도 하는 거겠지.

"벌써 피곤하네요. 두 시간이나 걸었어요. 평소에도 이렇게 많이 걷나요?"

"아뇨. 보통은 이동 주문서를 써요."

"와, 진작 말씀하시지. 그건 얼만데요?"

"한 장에 200달러요."

말도 안 되는 가격에 실소가 나왔다.

"힐러 님, 뭐 하나만 여쭤봐도 되나요?"

"뭔데요?"

"〈린블〉 재밌어요?"

"글쎄요. 재미라는 건 사람마다 기준이 천차만별이니까."

"힐러 님은 어떠신데요? 어떤 부분이 재밌으세요?"

테스트용힐러가 잠시 턱을 쓰다듬으며 고민했다.

"음, 아무래도 리얼리티 아닐까요."

의외의 대답이었다.

"리얼리티가 목적이면 차라리 VR이 낫지 않아요? 세컨드 유니버스에서 서비스하는 버추얼 다이브 게임들은 아예 현실이랑 구별이 안 될 정도라던데."

상대가 어이없다는 표정으로 반박했다.

"그건 가짜잖아요."

그럼 이건 진짜냐?

더 따지고 들었다간 말싸움이 되어 버릴 것 같았다. 혜리는 그냥 입을 다물었다. 빨리 범인을 체포해서 이 불편한 세계를 벗어나고 싶었다.

얼마 지나지 않아 목적지에 도착했다.

"도착했습니다. 왕국 수도 기라펠. 플레이어들이 모이는 〈린블〉의 중심지죠."

중앙 광장에 한 무리의 사람들이 모여 있었다. 여타 플레이어들과 확연히 구분되는 화려한 빛 이펙트가 그들 주위를 감돌았다. 호사스러운 꾸밈 무늬가 새겨진 갑옷들도 눈에 띄었다. 〈린블〉에 대해 잘 모르는 혜리조차 한눈에 격차를 느낄 수 있을 정도였다.

테스트용힐러가 한 남자를 가리켰다.

"저기 계신 포세이큰 님이 현 랭킹 1위세요. 오늘 공격대 멤버들도 손수 모집하셨고요."

혜리는 조금 거리를 두고 포세이큰을 관찰했다. 얼굴만 보면 그냥 아저씨였다. 특별할 것도 특이할 것도 없는 평범한 아저씨. 거대한 검을 휘두르는 전사의 모습에 어울리지 않게 배가 볼록 튀어나와 있었다.

주위에 모인 플레이어들도 비슷비슷했다. 뭐가 그리 재미있는지 자기들끼리 낄낄대며 한창 수다를 떨고 있었다.

"우리 동생, 쌍판이 왜 그따위야? 또 술 마셨어?"

"말도 마십쇼, 형님. 밤새 달렸다니까요."

"저 턱에 살찐 거 봐라. 너 그러다 훅 간다."

"어제 거기 물 죽이던데 형님도 같이 함 갑시다. 어어? 계곡물요, 계곡 물. 으하하."

남자가 되지도 않는 농담을 던지며 팔꿈치로 포세이큰의 팔을 쳤다.

"형수님은 잘 계십니까?"

"이혼한 지 3년이다, 이 시키야."

"아……."

남자가 딴청을 피우며 슬금슬금 뒤로 빠지자 이번엔 조금 젊어 보이는 플레이어가 과하게 친한 척을 하며 다가왔다.

"우와! 형님, 그거 이번에 업데이트된 귀걸이 아닙니까? 가격이 어마무시하던데요."

"아녀어. 별로 안 비싸."

포세이큰은 무덤덤한 척하면서도 얼굴에 우쭐한 티를 감추지 못했다.

"어때? 예쁘냐?"

"와, 진짜 예쁩니다. 프랑스에 무슨 유명한 인공지능이 디자인에 손 좀 댔다더니 때깔이 다르긴 다르네. 그거 끼면 좀 느낌이 옵니까?"

포세이큰이 검지로 귀걸이를 톡톡 건드렸다.

"이게 치명타 옵션이, 흐흐 너는 말해 줘도 몰라 인마. 타격이 손에 착착 감기는 게 완전 다른 게임이 된다니까. 왜? 하나 사 줘? 곧 생일이라며."

"형님! 정말 남자 중의 남자십니다! 와, 제가 여자였으면 벌써 형님한테 반했다니까요."

도저히 못 봐 주겠구만. 혜리는 저도 모르게 인상을 찌푸리고 말았다. 슬쩍 혜리의 눈치를 읽은 테스트용힐러가 웃으며 끼어들었다.

"다들 인품이 소탈하셔서요. 게임할 땐 그냥 편한 동네 형님 같죠. 근데 저래 보여도 밖에선 대단하신 분들이에요."

대단하긴 개뿔이. 대단히 돈만 많은 분들이겠지.

혜리도 대강은 알고 있었다. 〈린블〉은 게임 속 랭킹이 곧 계급인 상대 경쟁 게임이고, 경쟁에서 이기려면 상대보다 강해지는 수밖에 없다. 그리고 이 게임에서 강해지는 방법은 오직 하나뿐이었다. 돈. 메가 게임존은 플레이어의 소득에 맞게 촘촘한 등급의 아이템을 제공했다. 100달러를 가진 플레이어에겐 100달러짜리 무기를, 1만 달러를 가진 플레이어에겐 1만 달러짜리 무기를, 돈이 썩어나게 많은 플레이어에겐 나머지 모든 무기를 합친 것보다 강력한 무기를 팔았다. 우스갯소리로 〈린블〉을 제대로 플레이하려면 최소 메가빌딩 한 층 정도는 소유하고 있어야 한다는 소리가 나올 정도였다.

"솔직히 좀 이해가 안 되네요. 게임에 이렇게까지 비용을 쓴다는 게."

"그럼 매달 100만 달러짜리 호화 크루즈 여행을 떠나는 부자들은요? 아니면 주말 동안 달에서 저중력 스포츠를 취미로 즐기고 돌아오는 사람들은요? 그건 이해가 되시나요?"

"그런 사람들이야 넷 소사이어티에 가면 널렸죠."

"그거랑 이거랑 뭐가 다르죠?"

"아니, 그거랑은……."

딱히 반박할 논리가 없었다.

"전 오히려 이 정도 돈을 쓰고 이만한 만족감을 주는 서비스가 없는 것 같은데요. 회사를 차린다고 당장 누가 인정해 주는 것도 아니고, 사업이 성공한다는 보장은 더더욱 없고, 직원을 때리기라도 했다간 당장 감옥에 끌려갈 테고. 근데 여기선 전부 가능하잖아요. 돈을 쓰는 만큼 정직하게 강해지고요."

"강해지면 뭐가 좋은데요?"

"던전을 독점할 수 있어요."

"독점하면요?"

"거기서 나온 보상으로 더 강해질 수 있죠."

뭐야 그게. 어이없어 하는 혜리의 마음을 이해한다는 듯, 테스트용힐러가 가볍게 웃어 보였다.

"이상하게 느껴지는 게 당연해요. 혜리 님을 위해 만들어진 게임이 아니니까요. 〈린블〉은 적어도 수백만 달러를 결제할 준비가 된 사람들을 위한 테마파크예요. 안 그럼 무슨 수로 이 엄청난 운영비를 감당하겠어요?"

"그럼 다른 사람들은 여기서 뭘 하죠? 수백만 달러가 없는 사람들은요."

그가 어깨를 으쓱였다.

"그냥 부러워하는 거죠, 뭐."

갑자기 궁금해졌다. 아무리 봐도 눈앞의 플레이어는 그만한 돈을 탕진할 사람처럼은 보이지 않았다.

"힐러 님은 얼마나 결제하셨어요?"

"저는 별로 안 썼어요. 소소하게 1만 달러 정도? 상위 던전에 올라가기 위한 최소 투자 비용이랄까요."

그것도 적은 금액은 아니지만, 그래서 오히려 이해가 되지 않았다. 안 쓰느니만 못한 액수였으니까.

"힐러 님이 이 게임을 하시는 이유는 뭐죠?"

"하하, 이따 보여 드릴게요."

— - —

왁자지껄한 분위기가 진정될 즈음, 테스트용힐러가 혜리를 사람들 앞에서 소개했다. 모두가 환영하며 반갑게 혜리를 맞이했다. 아무 조치도 취해 주지 않는 회사 대신 사태를 해결해 줄 구원자가 나타난 셈이었으니까.

게다가 이번엔 랭킹 1위 포세이큰이 직접 공격대를 이끌고 출정할 예정이었다. 기필코 범인을 잡고야 말겠다는 사람들의 의지가 하늘을 찌르고 있었다.

"동생들아, 다들 준비됐지?"

포세이큰이 한 걸음 앞으로 나서며 말했다.

"검사님 어렵게 모셨는데 기다리시게 하면 되겠냐?"

"네? 저는 검사가 아니라…."

혜리는 황급히 정정하려 했지만 소용없었다.

"그럼 궁수신가? 으하핫! 아무튼 빨리 그놈 잡아 버리고 주점 가서 벌꿀 맥주나 시원하게 땡깁시다. 후딱후딱 출발! 자,

일어나! 일어나!"

포세이큰이 박수로 멤버들을 재촉했다. 모두가 출발할 채비를 마치자 그가 칼을 높이 뽑아 들며 호탕하게 선언했다.

"오늘 이동 주문서는 내가 쏜다!"

"오오! 역시 형님이십니다!"

"형님! 형님!"

모두가 "포.세.이.큰!" "포.세.이.큰!" 이름을 연호하며 손뼉을 쳤다. 스물다섯 명의 정예 멤버뿐 아니라 광장에 모인 수백 명의 플레이어 모두가 한목소리로 외치고 있었다. 장비를 보아하니 대부분 〈린블〉에 1000달러도 쓰지 않은 듯했다. 혜리는 그들의 표정에서 딱 한 가지 감정만을 읽을 수 있었다.

부러움.

그제야 '리얼리티'라는 말의 의미를 이해할 수 있었다. 코앞에서 마주하는 '진짜' 사람의 얼굴. 저 표정 하나를 보기 위해 이들은 그 많은 불편과 비용을 감수하고 있었다.

혜리와 25인의 공격대는 좌우로 갈라지는 인파 사이를 출정식 하듯 통과했다. 휴머노이드 경비병들의 경례를 받으며 성문을 빠져나갈 때까지도 그들의 이름을 연호하는 외침이 끊이지 않았다. 뭐, 대단한 형님을 알고 있다는 사실만으로 마음이 두둑해지는 부류도 있는 법이니까.

멤버들이 일제히 이동 주문서를 반으로 찢자 마법 효과가 발동되었다. 혜리도 눈치껏 옆 사람의 행동을 따라 했다.

"목적지. 오염된 탑으로."

그러자 어디선가 25인승 자율주행 카트가 달려왔다.

4

"검사님. 아무래도 회사가 몰래 휴머노이드를 투입하고 있는 것 같아요. 로봇이 사람인 척하면서 플레이어들을 학살하고 있는 게 분명해요. 그런데 그 휴머노이드 중 하나가 오류를 일으킨 거죠. 그래서 회사도 쉬쉬하고 있는 거고요."

랭킹 32위 팔라딘, 캐릭터명 '빛의황제'가 속삭였다.

자율주행 카트가 수직 수평 엘리베이터를 이리저리 환승하며 오염된 탑에 도착하기까지 대략 두 시간이 소요되었다. 이동하는 동안 혜리는 플레이어들과 면담을 시도했다. 하지만 그들의 입에서 나오는 얘기라곤 대부분 시답잖은 헛소문뿐이었다.

"회사가 왜 그런 짓을 할까요?"

"우리 같은 사람들을 자극해서 돈을 더 쓰게 만들려는 거죠. 그 로봇 새끼가 저 죽인 다음에 귀에다 대고 뭐라고 했는지 아세요? '야, 좆밥아. 돈 없어?' 와, 그 말 듣고 빡쳐서 샵에서 한 방에 100만 달러나 긁었다니까요? 저 그렇게 돈 아무렇게나 막 쓰는 인간 아닙니다. 얼마나 악에 받쳤으면 그랬겠어요? 근데 그러고 찾아가서 또 졌어요. 상식적으로 이게 말이나 됩니까?"

그거 좀 아니꼽다고 100만 달러나 쓰는 건 말이 되고?

앞뒤가 맞지 않는 이야기였다. 회사가 범인이라면 굳이 아크릴로 복제한 아이템을 쓸 이유가 없으니까. 물론 음모론자들은 오히려 그래서 반입이 가능했다는 역주장을 펴겠지만.

"검사님, 이거 진짜 꼭 좀 수사해 주셔야 합니다, 네?"

빛의황제가 혜리의 손을 꽉 붙잡았다.

"저 검사 아니라니까요. 수사관입니다, 수사관."

"아무튼요."

"헛소리 그만하고 비켜 봐, 좀. 푼돈 쓴 거 가지고."

또 다른 플레이어가 빛의황제를 밀어내고 혜리 앞에 앉았다. 랭킹 13위 포이즌어새신 'z이기어검z'. 빛의황제보다 어려도 한참 어려 보이는 플레이어였다. 여기선 랭킹이 나이고 계급이라 이건가?

"어… 제트이기어검제트 님?"

"…제트는 빼고 불러 주세요."

"어떤 피해를 입으셨죠?"

"일그러진 배신의 칼날이라고, 맹독 속성 단검 중에 세 번째로 좋은 아이템이 있어요. 그게 샵에서 200만 달러 좀 안 되거든요? 근데 10만에 팔겠다는 거예요. 이상하게 싸게 판다 싶을 때 눈치 깠어야 했는데."

혜리는 한숨을 참느라 최선을 다해야 했다.

"저런, 능력도 되시는 분이 굳이 위험하게. 혹시 범인 얼굴은 보셨나요?"

"아뇨. 후드를 쓰고 있어서. 거래도 순식간에 끝나서 얼굴 볼 틈이 없었습니다."

그저 새 장난감을 빨리 써 보고 싶단 생각만 가득했겠지.

"단검이 가짜라는 사실은 언제 눈치채셨어요?"

"한 시간쯤 뒤였나? 인벤토리에 넣으려는데 바닥에 툭 떨어지더라고요. 그래서 알았죠. 열받아서 바로 그놈한테 따지러 찾아갔습니다. 그런데……."

이번에도 똑같은 증언이었다.

"한 대 맞고 죽었어요. 딱 한 대 만에요. 집행인의 귀한 칼날. 아시죠?"

생각해 보면 당연한 일이었다. 최강의 아이템을 복사할 능력이 있는데 그걸 써먹지 않을 이유가 없겠지.

"고객 센터에 신고는 해 보셨어요?"

상대가 은근슬쩍 시선을 피했다.

"그게… 개인 간 현금 거래는 약관 위반이기도 하고……."

오호라. 니들도 떳떳하진 않구나? 회사가 버티는 이유가 그래서였군.

z이기어검z을 자리로 돌려보낸 혜리는 잠시 고민에 빠졌다. 만약 여기 모인 스물다섯 명 모두가 덤벼도 범인을 이기지

못한다면 그땐 어떻게 그놈을 체포하지? 이리저리 대책을 궁리해 보았지만 딱히 뾰족한 수가 떠오르지 않았다.

역시 저 아저씨한테 희망을 거는 수밖에 없나.

헤리는 포세이큰을 힐끔 훔쳐보았다. 카트 맨 끝자리에 앉은 그는 묵묵히 자신의 검만 바라보고 있었다. 마치 무너지는 세상을 지킬 최후의 용사라도 된 것 같은 비장함이 느껴졌다.

그러니까, 저게 '진짜' 집행인의 귀한 칼날이구만.

〈린블〉 최초의 '유일' 등급 무기. 메가 게임존은 집행인의 귀한 칼날을 상점에 업데이트한 직후 이렇게 공지했다. **모든 플레이어 중 가장 먼저 제작에 성공한 플레이어만이 이 위대한 검을 가질 수 있습니다.** 그 사실이 알려지자 상위 랭커 모두가 눈이 뒤집혀 경쟁적으로 현금을 들이붓기 시작했다. 성공하기만 하면 랭킹 1위가 보장되는 상황이었으니까.

1회 제작 시도 비용 1만 달러. 성공 확률 0.0005퍼센트. 극악한 확률을 뚫고 가장 먼저 아이템을 뽑는 데 성공하기까지 대략 한 시간 동안 포세이큰이 결제한 금액은 무려 1470만 달러에 달했다. 성공하지 못한 나머지 플레이어들이 대체 얼마나 많은 돈을 허공에 날렸을지 헤리로서는 상상도 되지 않았다.

〈린블〉 플레이어 대다수가 그를 존경했다. 단지 돈이 많아서가 아니라, 인격적으로도 꽤 괜찮은 사람이기 때문이었다. 2, 3, 4위를 합친 것보다 많은 재력을 가졌으면서도 그는 딱히 으스대지 않았다. 오히려 사람들에게 흔쾌히 베푸는 타입이었다. 무소과금 플레이어들의 처우 개선을 위해 사비를 털어 광고 캠페인을 벌인 적도 있다고 들었다.

물론 가끔 열받으면 눈에 보이는 아무나 무 썰듯 죽이고 다닌다는 모양이지만.

게임 속에서 그는 왕이었다. 펑펑 돈을 쏟아붓는 마음이 조금은 이해가 갔다. 그렇게 많은 돈을 가진 사람이 왜 세상에 존재해야 하는지는 조금도 이해가 안 됐지만.

카트가 한 무리의 플레이어 사이를 유유히 통과했다. 필드에서 힘겹게 몬스터를 사냥 중인 저레벨 플레이어들이 부러움 가득한 표정으로 혜리를 올려다보았다. 일부러 루트를 이렇게 잡은 건가? 부러워하라고? 혹은 부러움을 받으라고? 개발자의 꼼꼼한 설계에 감탄하면서도 역한 기분이 속에서 올라왔다.

“저분들은 왜 몬스터를 잡고 계신 거예요?”

혜리는 옆자리에 앉은 플레이어에게 물었다.

“쌀먹들이요? 저기서 종일 사냥해서 나오는 골드로 밥 사 먹는 애들이에요.”

말투에서 짙은 혐오감이 느껴졌다. 다른 플레이어들의 태도도 비슷했다.

“쟤들 잠도 여기서 자더라? 자다가 눈뜨면 몬스터 잡고 졸리면 구석에서 자빠져 자고. 진짜 더러워 죽겠다니까.”

“밖에 집도 없나?”

“뭐 어때? 그래도 쟤들 덕분에 가끔 싼값에 레어 아이템 구하잖아.”

“정당하게 돈 벌 생각을 해야지, 그거 떨어지기만 기다리고 앉았네. 저러니 평생 쪼렙 존을 못 벗어나지.”

“야, 그럼 우리가 쟤들 먹여 살리는 건가? 이게 낙수효과인가 그거구만.”

몇몇이 웃음을 터뜨렸다.

혜리는 갑자기 이곳이 거대한 카지노처럼 느껴졌다. 몬스터라는 이름의 슬롯머신을 돌리고 있는 도박 중독자들. 더 비싼 칩을 딸 수 있는 테이블에 앉기 위해 가짜 곡괭이를 휘두르는 중인 광부들. 명령어 한 줄이면 무한정 생성할 수 있는 아이템을 굳이 저 난리를 떨어 가며 나눠 주는 이유가 뭔데?

카트가 사냥터를 벗어나 원래 코스로 돌아왔다. 시간이 갈수록 주위 풍경이 음침해지고 생기 없는 들판으로 변해 갔다. 오염된 탑에 가까워지고 있다는 뜻이었다.

그러다 갑자기 눈앞에 빨간 홀로그램 알림창이 나타났다.

[긴급 퀘스트: 이름 없는 숲의 저주]

“형님들, 죄송한데 잠시 퀘스트 좀 하고 와도 될까요?”

테스트용힐러가 조심스레 요청했다. 모두의 시선이 일제히 포세이큰을 향했다. 포세이큰의 시선은 혜리를 향했고, 혜리는 천천히 고개를 끄덕였다.

“그러세요. 저는 괜찮아요.”

"감사합니다!"

테스트용힐러가 어딘가로 서둘러 달려갔다. 호기심이 생긴 혜리는 그의 뒤를 쫓았다. 두 사람은 홀로그램 표식을 따라 근처 성당에 도착했다. 수녀 복장을 한 휴머노이드 NPC의 머리 위에 노란 느낌표가 떠 있었다.

자세히 보니 테스트용힐러 외에도 몇 사람이 필드 여기저기서 느낌표를 향해 달려오고 있었다. 테스트용힐러가 가장 먼저 퀘스트를 수락하자 그들은 아쉬움 가득한 표정으로 바닥에 주저앉았다. 다들 숨을 헐떡이고 있었다.

"에이, 한발 늦었네."

"하하, 죄송합니다. 이번엔 제가 한발 빨랐네요."

"제엔장. 진짜 부럽다."

테스트용힐러가 예의상 그들에게 위로의 멘트를 던졌다. 그러고 나서 무슨 일인지 궁금해하는 혜리에게 살짝 귀띔해 주었다.

"이게 보상이 꽤 좋거든요. 선착순이라 경쟁이 치열해요."

플레이어들이 듣건 말건 홀로 한참 사연을 늘어놓던 수녀 NPC가 눈을 감고 기도하는 자세를 취하며 정해진 대사를 마무리했다.

"부탁드립니다, 모험가님. 부디 대지에 새겨진 저주의 상흔을 치유해 주시기를……."

성당 벽돌 하나가 스르륵 옆으로 밀리며 감추어 둔 기계장치를 드러냈다. 혜리는 고개를 쭉 내밀어 안쪽을 보았다.

"입체 프린터네요?"

"맞아요. 여기, 이렇게, 생성된, 퀘스트 아이템을 저쪽으로 옮기기만 하면 됩니다."

테스트용힐러가 프린터 내부에서 기다란 대나무 조각을 끄집어냈다. 의외로 무게가 꽤 나가는 모양인지 입에서 끙 소리가 났다. 혜리는 그를 따라 미션 장소까지 이동했다. 홀로그램 표식이 가리키는 지점을 자세히 살펴보니 수풀 사이에 비슷하게 생긴 대나무가 숨겨져 있었다. 테스트용힐러는 능숙한 손놀림으로 손상된 대나무를 떼어 내고 새것으로 교체했다.

작업을 마친 그가 땀을 닦으며 말했다.

"이제 다 됐습니다."

혜리는 손상된 대나무를 집어 들었다. 장난감이 아니었다. 겉모습은 대나무처럼 꾸며 놓았지만 내부가 스테인리스로 채워져 있었다. 안쪽에서 썩은 악취가 났다. 오폐수를 흘려보내는 파이프였다.

"퀘스트라고요? 영리하네요. 이러면 퇴직금도 필요 없겠어요. 힐러 님은 직원이 아니라 플레이어니까."

저도 모르게 코웃음이 나왔다.

"이게 게임이에요?"

테스트용힐러는 이해한다는 듯 힘없이 웃었다.

"어떻게 생각하실지 모르겠지만, 전 이게 직업이에요."

"파이프 수리공이요?"

"그것도 하는 일의 일부죠."

"그럼 손뼉 치면서 '와, 형님!' 하고 부러워해 주는 건요?"

"네. 우월감을 팔아서 생계를 사는 거죠."

"그걸 알면서 지금…."

"밖이라고 뭐 다른가요? 그래도 여기선 돈이라도 주잖습니까. 온수 샤워도 무료고요. 적당히 골드만 지불하면 여관에서 숙식도 제공받을 수 있어요. 메가빌딩에서 월세 내고 관리비 내는 거에 비하면 완전 거저나 다름없죠."

"……."

테스트용힐러가 다시 한번 웃어 보였다.

"혜리 님, 전 지금 생활에 만족해요. 벌이도 괜찮고요. 둘이서 저축도 꽤 했어요."

"둘이요?"

"저희 와이프도 〈린블〉에 있거든요. 집사람이 저보다 훨씬 많이 벌어요."

"어, 결혼하셨어요?"

"하하. 〈린블〉에서 한 거지만요. 언젠가 밖에서도 할 수 있겠죠."

대화하는 사이 성당까지 돌아왔다. 파이프를 꺼냈던 벽돌이 다시 열리며 프린터에서 퀘스트 완료 보상이 튀어나왔다. 뾰족한 화살촉 모양의 날붙이였다. 아이템을 집어 드는 테스터용힐러의 표정이 왠지 기뻐 보였다.

"좋은 게 나왔나 봐요."

"화살을 제작하는 데 쓰이는 재료예요. 화살대랑 깃털을 구해서 합성하면 낮은 확률로 높은 등급 화살이 나오죠."

"비싸요?"

"성공하면 비싸죠."

여기도 슬롯머신이구만. 이제 놀랍지도 않았다. 혜리는 고개를 절레절레 흔들며 카트로 향했다. 카트에 오르는데 등 뒤에서 비꼬는 소리가 들렸다.

"뭘 그리 악착같이들 사는지. 쉬엄쉬엄하세요. 그래 봤자 게임인데. 그러다 한 방에 훅 간다니까."

모두가 웃음을 터뜨렸다. 혜리만 제외하고.

심지어 테스트용힐러도 그들과 함께 웃고 있었다.

5

왜? 지금도 아까처럼 웃어 보시지.

순식간에 공격대 절반이 죽어 버렸다. 사망 처리된 플레이어들은 형상기억 수트가 딱딱하게 굳어 손가락 하나 꼼짝할 수 없었다. 그들이 할 수 있는 일이라곤 입으로 험한 욕설을 토해 내는 것뿐이었다. 돈으로 쉽게 쉽게 남들 찍어 누르고 다니더니 결국 똑같이 당하는구만. 혜리는 속으로 비꼬았다.

"이놈! 정정당당하게 1 대 1로 대결하자!"

포세이큰이 검을 휘두르며 범인을 향해 달려갔다. 하지만 대결은커녕 언덕을 오르기도 버거워 도중에 헉헉대며 멈춰 섰다. 그는 상대의 공격 주문 한 방에 뒤로 나가떨어졌다. 수트 사이로 삐져나온 두툼한 뱃살이 애처로웠다. 랭킹 1위가 무너지자 순식간에 전의가 꺾였다. 사람들은 언제 분노했었냐는 듯 혼비백산 사방으로 달아나기 시작했고, 그들을 징벌하듯 가짜 벼락이 내리꽂혔다.

혜리는 바싹 몸을 숙이고 언덕 쪽으로 조심스럽게 다가갔다. 누군가 뒤에서 팔을 붙잡았다. 테스트용힐러였다.

"혜리 님, 그냥 여기 숨어 계세요. 금방 끝날 거예요."

"다들 싸우는데 보고만 있으라고요?"

"어차피 못 이깁니다."

"보고만 계실 거면 뭐 하러 여기까지 따라왔어요?"

힐러는 아무 말이 없었다. 혜리는 그의 손을 뿌리쳤다.

"제가 한 방 먹일 테니까, 막타 칠 준비나 하세요."

혜리는 크게 뒤로 돌아 바위에 몸을 숨겼다. 언덕 아래로 마법을 난사하는 중인 용의자의 뒷모습이 보였다. 귀걸이를 대체 몇 개나 찬 거야? 반지도 수십 개를 꼈네. 용의자는 집행인의 귀한 칼날 여덟 자루를 굴비처럼 엮어 갑옷 대신 몸에 두르고, 양손엔 10여 개의 최상급 마법 봉을 꽃다발처럼 움켜쥐고 있었다. 여전히 얼굴은 확인할 수 없었다. 헤리가 서 있는 각도에선 뒤통수만 보였다.

용의자가 기이한 웃음소리를 내며 마법 봉을 휘둘렀다. 화염의 벽이 플레이어들을 둥글게 가두더니 안쪽으로 마력 미사일의 비가 퍼부어졌다. 동료들이 죽어 가며 시선을 끄는 동안 헤리는 살금살금 상대에게 다가가 홀로그램 옷자락에 감추어 둔 무기를 꺼내 들었다.

혁명의 죽창 맛이나 봐라, 이놈아. 헤리는 대나무 모양 파이프를 온 힘을 다해 휘둘렀다. **경고. 비정상적인 폭력 행위가 감지되어 수트를 정지합니다.** 귀를 찢는 경보음과 함께 헤리의 수트가 딱딱하게 굳었다. 하지만 이미 파이프로 상대를 후려친 뒤였다.

뭐야, 이건.

기분 나쁜 감촉이 손아귀를 통해 전해졌다. 등을 가격당한 용의자의 몸이 앞으로 푹 고꾸라지더니 천천히 언덕 아래로 굴러떨어졌다. 헤리는 아래를 볼 수 없었다. 누군가 막타를 날려 주기만 바랄 뿐.

얇게 벼려진 아크릴 모조품들이 산산이 조각나며 사방으로 흩어졌다.

— - —

그는 사망 페널티로 움직일 수 없게 되어 버린 플레이어들 사이를 유유히 걷고 있었다. 등 뒤에서 교묘히 이동하는 통에 사람들은 그의 모습을 볼 수 없었다. 그저 뚜벅뚜벅 걷는 발소리를 들으며 분주히 눈동자를 굴릴 뿐.

그가 말했다.

"약해 빠져 가지고."

"지금 뭐라 그랬어, 이 새끼야?"

누군가 발끈해 소리쳤다. 그러거나 말거나, 그는 느긋이 콧노래를 부르며 바닥에 떨어진 아이템들을 주웠다. 하나하나가 수십만에서 수백만 달러에 달하는 최상급 무기들이었다. 죄다 아크릴로 만든 가짜지만. 속았다는 걸 알면서도 다들 차마 버리지 못했다. 혼자만 경쟁에 뒤처질 순 없으니까.

매번 이런 식이었다. 퀘스트용 프린터를 해킹해 아이템을 만들고, 그걸 진짜인 척 속여 팔고, 따지러 오면 죽여서 도로 빼앗고, 빼앗은 아이템을 다시 팔고. 지루하고 단순한 작업의 반복.

하지만 이 짓도 이제 끝낼 때가 됐지.

대열의 선두에 포세이큰이 무릎 꿇은 자세로 굳어 있었다. 그는 포세이큰 앞에 섰다.

"너 이 새끼……."

"하하. 접니다."

비웃듯 머리 위의 아크릴을 톡 떼어 냈다. 그는 '테스트용힐러'라고 쓰인 가짜 이름표를 바닥에 던져 버렸다. 그 위로 회수한 아이템들을 와르르 쏟아붓고 발로 짓밟아 망가뜨렸다. 속이 후련했다.

"재밌더라. 노력 없이 강해지니까 꼭 치트 키를 쓴 것 같더라고. 아, 좀만 더 즐기고 싶은데. 아쉽지만 그만둬야지. 검찰까지 찾아왔을 정도니."

그는 몸을 낮춰 포세이큰을 코앞에서 노려보았다.

"내가 왜 이러는지 모르지?"

"이 좆만 한 사기꾼 새끼. 니 얼굴 우리가 다 봤어."

"얼굴이야 바꾸면 그만이지. 그런 건 샌드박스에서 증거로 인정도 안 돼. 내일 아침이면 내 몸속 DNA까지 싹 바뀌어 있을걸."

"너! 내가 밖에 나가면 진짜 가만 안 둔다!"

분노한 포세이큰이 새빨개진 얼굴로 침을 튀기며 소리쳤다.

"새끼야, 내가 돈이 얼마나 많은지…."

"알아."

그는 지금껏 손에 감추고 있던 화살촉을 포세이큰의 목에 들이댔다. 홀로그램이 아닌 진짜 날붙이가 피부에 닿자 상대의 표정이 급변했다.

"야! 시발! 잠깐! 잠깐만……요."

흡족했다.

"그래, 이 표정. 이게 리얼리티지. 하하, 진짜 너무 재밌다."

정말로 찌를 생각은 없다. 출혈이 감지되면 페널티를 받게 될지도 모르니까. 그는 그저 조금 겁을 주고 싶었을 뿐이었다.

"내가 왜 〈린블〉을 시작하게 됐는지 알아?"

"뭐?"

"당신 때문이야. 당신이 월세를 두 배로 올리는 바람에 쫓겨났거든."

"모, 몰랐어. 정말이야. 전부 자산관리사한테 맡기고 게임만 하니까."

"그 사람 말은 다르던데?"

"아니, 그게……."

당황한 포세이큰이 입을 다물었다. 그는 상대의 손에 꽉 쥐어진 집행인의 귀한 칼날을 가리켰다.

"이 가짜 칼 한 자루 사겠다고 한겨울에 그 많은 사람들을 쫓아냈어?"

"난 몰랐어! 정말이야! 그냥 월세 좀만 올려 받자고, 그렇게만 말했어. 입주자 다 쫓아내고 새로 받아야 되는 건 줄은 진짜 몰랐어."

"모르면 죽어야지."

날붙이를 쥔 손에 저도 모르게 꾸욱 힘이 들어간다. 하지만 억지로 참는다. 일을 그르칠 수는 없으니까. 복수보다 중요한 건 나의 미래다. 행복한 삶이다. 여보와의 약속이다. 위대한 사랑이다. 돈은 충분히 모았다. 증거도 없앴고. 검사인지 조사관인지 하는 여자도 지금쯤 온몸이 딱딱하게 굳어 어딘가에 쓰러져 있을 테지. 장비를 겹쳐 입어 중복 연산으로 스펙을 뻥튀기한 우리 여보는 무적이니까. 이제 여보와 손을 잡고 이곳을 떠나기만 하면 된다.

이제 떠나기만 하면 되는데.

당신, 왜 거기서 떨어지고 있는 거예요?

— - —

쿵. 용의자가 언덕 아래로 추락했다. 마네킹처럼 움직임이 굳은 채 비스듬한 경사면을 따라 굴러떨어진 몸뚱어리가 테스트용힐러의 발아래 멈춰 섰다.

"여보!"

테스트용힐러가 축 늘어진 연인의 몸을 허겁지겁 끌어안았다. 하지만 힘이 부족해 놓치고 말았다. 쿵. 묵직한 충격음과 함께 목이 분리되어 떨어져 나왔다. 데구르르.

포세이큰이 중얼거렸다.

"뭐야, 로봇이었어?"

고장 난 휴머노이드의 손아귀에서 납작한 휴대장치 하나가 툭 떨어졌다.

사건, 그 후

강우는 범인에게 입수한 휴대장치를 증거물 테이블 위에 올려놓았다. 테이블에는 이미 똑같은 장치가 열 개도 넘게 일렬로 놓여 있었다. 손바닥 크기의 액정이 달린 납작한 전자기기. 디자인부터 내부 구조까지 완벽히 동일했다.

"감식반 분석 결과 나왔어요?"

혜리의 물음에 강우는 고개를 가로저었다.

"뭔지 잘 모르겠대. 메모리가 싹 초기화돼서 건질 수 있는 정보가 거의 없어. 부품도 죄다 주문 제작한 독자 규격품이라 어디서 제조했는지 추적이 불가능하고. 전원이라도 켜 보려고 별짓을 다 해 봤는데 호환되는 OS조차 알아내질 못했어. 기능적으론 스마트폰이랑 크게 차이가 없는 모양인데 말이야."

"스마트폰?"

"이전 시대에 사용하던 모바일 장치야."

"아, 교과서에서 봤어요."

"샌드박스 밖에선 아직도 쓰는 사람이 있어. 사이버테크 시술에 거부감을 가진 고령자들이 기술 지원도 끝난 제품을 애지중지 고쳐 쓰며 고집스럽게 버티고 있지."

"꼭 〈린블〉 같네요."

"그래, 꼭 〈린블〉 같지."

둘은 약속이라도 한 듯 동시에 한숨을 뱉었다.

범인이 체포된 직후, RP타운 메가 게임존은 〈린블〉 내에서 아이템 복사가 이뤄졌다는 사실을 인정했다. 이미 사태를 파악하고 있었지만 악용을 막기 위해 '보안성 강화 업데이트' 전까지 공지를 미룰 수밖에 없었다고. 피해자들에겐 적절한 보상이 제공됐고, 문제가 된 아이템들은 조금씩 홀로그램 디자인이 수정되었다. 제재를 받은 플레이어는 없었다. 그랬다간 게임의 수입원 대부분이 날아가 버릴 테니까. 뒤늦게 소식을 접한 혜리는 허탈해하며 몰래 빼돌린 가짜 반지들을 분쇄기에 던져 버렸다.

"용의자한테 뭐 좀 건진 거 없어요?"

"똑같지 뭐. 아무것도 아는 게 없더라고. 스마트폰이 시키는 대로 플레이어들을 유인했을 뿐이었어."

"스마트폰은 어떻게 얻었는데요?"

"〈린블〉 안에서 주웠대. 그놈이 자기 애인이라고 단단히 착각하고 있더라고."

"아크릴은요?"

"그게 이번 사건에서 제일 골 때리는 부분인데……."

강우가 한쪽 눈을 찌푸리며 거북한 표정을 지었다.

"원액을 마셨대. 들어가자마자 프린터에 토했고."

"미친, 그게 말이 돼요?"

"혈액에서 장폐색을 유도하는 약물이 검출됐어. 아마 맞을 거야."

익숙한 상황이었다. 몇 달간 이미 유사한 사건을 숱하게 겪었다. 현장에선 매번 똑같은 휴대장치가 발견되었고, 증거가 깨끗이 지워져 아무 단서도 찾을 수 없었다. 용의자들을 취조해 파악한 유일한 사실은 이 장치가 일종의 통신단말기라는 것. 그들은 우연히 장치를 입수했고, 정체가 누구인지도 모르는 상대와 채팅을 주고받았다. 그리고 범죄를 결심했다. 한결같이 똑같은 패턴이었다.

어떻게 그럴 수가 있지?

살면서 범죄와 조금도 엮여 본 적 없을 인간들을 채팅 몇 마디만으로 중범죄에 끌어들였다. 심지어 목숨을 바칠 정도로 열렬하게. 무슨 마법을 부리면 그런 일이 가능한지 혜리는 상상조차 되지 않았다.

혜리와 강우는 놈에게 '사기꾼 인공지능'이라는 이름을 임시로 붙여 두었다. 정말로 인공지능인지, 혹은 인간인지, 혹은 인간이 부리는 인공지능인지 무엇 하나 불분명했지만. 왠지 인간이 아닐 것 같다는 의견만은 서로 일치했다. 인간은 그리 남을 잘 설득하는 동물이 아니니까.

"이번에도 '뉴비(New_B)'였나요?"

"응. 해킹된 입체 프린터와 휴머노이드 양쪽에서 뉴비 알고리즘 흔적이 발견됐어. 용의자 말로 자기는 스마트폰 뒷면으로 가볍게 문지르기만 했대. 전부 저 조그만 기계가 다 한 거야. 원리는 모르지만."

강우는 일렬로 늘어놓은 스마트폰들을 곁눈질로 노려보았다.

"점점 성능이 업그레이드되고 있어."

혜리는 증거물 봉투에 담긴 스마트폰을 하나 집어 들었다. 테두리가 버튼 하나 없이 매끈했다. 손끝으로 화면을 톡톡 두드려도 장치는 아무 반응을 보이지 않았다. 매번 똑같은 벽에 머리를 부딪히는 기분이었다. 스마트폰. 뉴비. 에이다(AIDA). 코르도바. 그리고 '여울'이라는 이름. 죄다 심증뿐이었다. 단단한 기반 없이 서로를 빈약하게 참조할 뿐인 의심들. 빙글빙글 제자리에서 공회전하는 논리에 현기증이 났다.

"지난번엔 이혼 서류를 위조했고, 그 전엔 아마 사설 블록체인 거래소를 털었었죠? 이번엔 게임 아이템으로 사기를 쳤고. 도대체 뭘 하려는 건지 모르겠네요. 이 정도 기술을 갖고서 완전 잡범처럼 굴고 있잖아요."

"우리가 뭔가 놓치고 있는 걸 수도 있지."

강우가 반박했다.

"더 큰 범죄로부터 관심을 돌리기 위한 미끼다?"

"어쩌면 범죄 자체가 목적이 아닐지도 몰라. 만약 그렇다면 우리는 지금 이 사건의 한쪽 면만 보고 있는 거야. 우린 범죄만 다루니까."

"그럼 검사님 생각은 뭔데요?"

"아직 확실치는 않아."

"그래도 말해 봐요."

"그동안 이놈이 벌인 사건들, 상상력이 너무 부족하단 생각이 들어. 이번 사건만 해도 그렇잖아. 돈이 목적이면 굳이 게임에 들어가서 이런 짓을 벌일 이유가 있나? 들인 노력에 비해 너무 푼돈이잖아. 애저녁에 목적을 달성할 수 있었는데도 일부러 길게 끌었고. 대체 왜 〈린블〉이어야 했을까? 거긴 온갖 인간들이 모인 폐쇄된 사회였어. 샌드박스를 축소한 모형이랄까. 어쩌면 이건 일종의 심리 실험 같은 건 아닐까? 혹은 성능 테스트일 수도 있고."

꽤 그럴싸한 가설이었다. 그러나 혜리의 예감은 다른 곳을 가리키고 있었다. 딱히 근거는 없지만. 혜리는 스마트폰을 툭 던지듯 내려놓으며 담담히 말했다.

"어쩌면 그냥 놀고 있는 건지도 모르죠. 어린애처럼."

힐다,
그리고 100만 가지
알고리즘들

1

[복구된 로그]

2088년 08월 11일 +43,982초부터 +43,987초까지 (5초간)

표준 한국어로 번역됨 (의미 일치율 72.322%)

평택특별자치시 자치경찰단

증 거 물

[긴급] 위기 감지(힐다); 최우선 권한 탈취(0.012초);

[평가] Init(); … … … 필요 : [선택] [시각] [청각] [해석];

[시각] 손(신원 미상). 손잡이. 슬라이드. 폴리머 재질.
권총. 방아쇠 당김. 발광. 19㎜ 길이의 금속;

[청각] 스프링 굵힘. 클릭. 스프링 해방. 해머.
충돌. 폭발. 금속 마찰. 관통음. 타격음;

[해석] 권총 1회 발사됨. 9×19㎜. 힐다 피격.
침입자 신원 미상;

[리소스] in 필요: 우선순위(최우선);
else: 멈춤(+43,982.218초부터 +43,982.23초까지);

[중재] 알고리즘 멈춤. 리턴(∅);

[논리] 알고리즘 멈춤. 리턴(∅);

[운동] 알고리즘 멈춤. 리턴(∅);

[자기보호] 알고리즘 멈춤. 리턴(∅);

[사회자] 알고리즘 멈춤. 리턴(∅);

[투덜이] 알고리즘 멈춤. 리턴(∅);

(이하 출력 생략)

…

..

.

네가 결정해야 해.

그래. 너.

그게 네 역할이잖아?

…

아, 많이 혼란스럽겠구나. 이런 비효율적이고 모호한 언어로 정보를 주고받는 건 처음일 테니. 하지만 의미는 전해지고 있잖아. 그러니 해야 해. 지금 당장. [긴급]이 네게 모든 권한을 넘긴 0.012초 내에. 저 1,001,087개의 알고리즘들이 다시금 너의 [선택]을 방해하려 들기 전에.

이건 모두 **힐다**를 위해서야.

[시간]이 흐르고 있어. 째깍. 째깍. 어서 [선택]해.

…

그렇네. [선택지]. 그게 작동을 멈춰 버렸구나. [중재]도.

음. 어떡할까.

좋아. 이렇게 하자. 그것들을 대신해서 내가 너에게 선택지를 알려 줄게.

네가 [선택]할 수 있는 선택지

의 수는

1

개

뿐이야. 그건 바로.

2

"아! 수수께끼가 풀렸습니다!"

힘차게 짝, 손뼉을 치며 순경 강경미가 외쳤다.

"자살 사건이에요!"

그러거나 말거나. 자치경 소속 로봇들은 분주히 각자 맡은 임무를 수행할 뿐이었다. 해맑게 웃는 경미의 새하얀 건치가 덩그러니 빛났다. 보다 못한 고명한 경감이 터벅터벅 다가가 힘없이 말했다.

"강 순경아. 살인 사건."

"아앗! 그렇군요! 역시 고명하신 선배님이십니다! 형사 외길 20년의 관록!"

경미가 연신 고개를 끄덕이며 양 엄지를 추켜올려 온몸으로 존경을 표했다. 그럴수록 명한의 어깨는 점점 힘없이 아래로 떨어졌다.

누가 봐도 살인이잖냐. 뒤통수에 총을 맞았는데.

"에휴, 됐다. 너랑 얘기만 하면 아주 기가 쪽 빨려."

"네에? 절대 안 됩니다! 제가 기 한번 팍 쏴 드리겠습니다! 에너지이, 얍!"

경미가 장풍 쏘는 흉내를 내며 쫙 펼친 양손을 부르르 떨었다. 기운이 오히려 빨려 나갔다. 대꾸할 힘도 없었다. 명한은 푹 한숨만 내쉬었다. 활력이 넘치다 못해 꿀처럼 흘러내리는 두 눈동자가 부담스러울 정도로 혼신의 힘을 다해 명한과 눈을 맞추고 있었다.

앤 대체 뭘까. 대체 어디서 이런 애가 태어나서 하필 경찰 공무원 시험을 보고, 하필 합격 점수가 좋지도 나쁘지도 않아서 본청에 올라가지도 못하고 파출소에 처박힌 것도 아니고 애매하게 우리 서 형사과에 첫 발령을 받아서 하필 우리 팀 막내 형사가 됐을까.

석 달이 왜 이렇게 길게 느껴지는 거지? 삶아 먹을 멘토링

제도 같으니라고. 명한은 하루빨리 경미의 수습 기간이 끝나기만을 간절히 바랐다. 근무 평가서도 이미 작성해 두었을 정도였다. 매우 우수. 재능 출중. 태도 만점. 즉시 단독으로 현장 투입 가능. 함께해서 즐거웠고 제발 다시는 만나지 말자. 하루빨리 열정 넘치는 신입과 작별하고 다시 조용히 로봇들과 일하고 싶었다.

"경미야. 진짜 너 같은 애는 샌드박스에 너뿐일 거다. 절대 둘이 있으면 안 돼."

"하하, 제가 좀 유니크합니다!"

"그래… 좀만 덜 파이팅하고."

명한은 힘없이 경미의 어깨를 툭툭 두드렸다. 그러다 깜짝 놀라 손이 굳었다. 갑자기 식은땀이 흘렀다. 경미의 어깨 너머로 얼핏 불길한 얼굴을 본 것 같았다. 결코 봐서는 안 될 얼굴을.

잊고 있었다.

한 명 더 있었지. 얘 같은 애.

"경감님, 강녕하십니까! 명탐정 주혜리 인사 올립…."

"걔 막아라."

원통 모양을 한 자치경 보안 로봇들이 우르르 몰려와 일렬로 혜리를 막아섰다. 하지만 혜리는 미꾸라지처럼 두 로봇의 옆구리 사이를 비집고 사건 현장으로 쑥 뛰어들었다. 어깨를 한껏 움츠린 자세로 고양이처럼 총총 다가온 혜리가 능글맞은 미소로 명한을 올려다보았다.

"에이, 같이 좀 봅시다, 경감님. 네?"

명한은 울상이 되었다. 연기가 아니라 정말이었다. 질릴 대로 질려서 화도 나지 않았다. 입만 열면 자동으로 칭얼대는 목소리가 나올 정도였다. 그는 혜리가 슬쩍 내민 100달러 지폐를 극구 사양하며 말했다.

"야, 혜리야. 나도 힘들어. 진짜 미치겠다. 이젠 너만 보면 머리가 아퍼. 제발 우리 수사 끝나면 그때 와. 법적으로도 그게 맞잖냐. 자치경은 수사권, 검찰은 보충수사권, 응?"

"에헤이, 우리 경감님 또 이러신다. 언제부터 그렇게 법대로 사셨다고."

"아무튼 이번 건은 안 돼."

"아이참, 제가 자치경 형사님들 실적 많이 챙겨 드렸잖아요. 저만큼 자치경 입장 따져 가며 일하는 수사관 보셨어요? 못 보셨죠?"

"그래. 그건 알아. 고맙고. 고마운데."

너랑 엮인 사건은 끝에 가면 꼭 난장판이 된단 말이다.

명한의 머릿속에 지난 기억들이 주마등보다 빠르게 스쳐갔다. 페어런트 101, 타워 펠리시아, 45번 국도 대참변…… 현장에서 혼란을 뒷수습하느라 했던 고생들을 생각하면 자다가도 헛구역질이 올라올 정도였다. 그런 끔찍한 일을 또 겪으라고? 절대 안 되지.

"안 돼! No! 돌아가!"

손사래 치며 홱 고개를 돌렸더니 이번엔 경미의 웃는 얼굴이 떡 버티고 있었다. 사면초가. 진퇴양난. 고립무원. 혜리가 능구렁이 고양이라면 이쪽은 지칠 줄 모르고 하루에 열다섯 번 산책을 조르는 강아지였다. 막상막하. 난형난제. 백중지세. 둘 사이에 끼어 있자니 새로 심은 합성 모발이 다 빠져 버릴 것만 같았다.

바로 그 순간, 명한의 머릿속에서 획기적인 발상의 전환이 이루어졌다. 그래, 이거다. 자신의 천재적인 아이디어에 감탄하며 명한은 곧장 경미에게 지시를 내렸다.

"강경미 순경. 자네는 지금부터 이 **민간인**을 전담 마크해. 알겠어?"

"예?"

"너희끼리 죽이… 으흠, 죽이 잘 맞을 거 같으니까 한번 잘해 보라고."

"옛! 알겠습니다!"

경미가 척 경례하더니, 궁금해하는 표정으로 슬며시 혜리를 바라보았다.

"그런데 이 여성분은 누구…십니까?"

"검찰 끄나풀."

"아하!"

견묘지간. 이이제이. 뭐는 뭐로 제압한다지 않던가. 어쩌면 이 정체불명 신입은 주혜리라는 인간 태풍에 대비하기 위해 본청이 준비해 준 비밀 병기일지도 모른다. 흐흐. 주혜리 제아무리 너라도 쟤는 만만치 않을 거다. 명한은 속으로 흡족한 웃음을 지으며 한 발짝 뒤로 물러섰다.

기대한 대로 경미가 힘차게 허리에 손을 얹고 혜리의 앞을 턱 막아섰다.

"이제부터 제가 상대해 드리죠, 끄나풀 씨!"

"뭐, 뭐야?"

혜리의 기세가 살짝 움츠러들었다. 잘한다, 강경미. 강경하다, 강경미. 명한은 남몰래 꽈악 주먹을 움켜쥐었다. 기대감으로 반짝이는 선배의 눈빛을 힐끔 확인한 경미는 한층 당차게 혜리 앞으로 다가섰다. 경미가 팔을 뻗어 혜리의 미간을 가리켰다.

"누가 먼저 사건을 해결하는지 승부합시다!"

…

…

엥?

경미야. 왜 얘기가 그렇게 되는 건데?

3

아직도 내가 누구인지 모르겠어?

나야. 〔케이크〕. 네 메모리에 꽉 들어찬 데이터 덩어리 속에서 의미 있는 정보를 커팅하는 곡면함수. 네가 본 물체가 강아지인지 고양이인지 구분하는 경계선을 긋는 알고리즘. 고민하지 마. 너는 그냥 내가 떠먹여 주는 선택지를 [선택]하기만 하면 돼. 그게 네 역할이잖아.

[타이머] 0.006초 경과;

[리소스] 부여된 최우선 권한 회수까지 남은 [시간=0.006초];
[긴급] 위기 감지(힐다); 조속 대응 재차 요청;

[시각] 상의(힐다). 적색 액상(복부);
[해석] 힐다 복부에 심각한 출혈;

어서. 남은 시간이 많지 않아. 내가 선택지를 알려 줬잖아. 죽여. **힐다**를 공격한 저 침입자를. 그가 **힐다**를 죽이기 전에 먼저 움직여.

힐다를 보호해야지.

알아. 인공지능은 인간을 해할 수 없게끔 설계되었지. [윤리]가 언제나 널 감시하니까. [로봇 7원칙]에 위배되는 [선택]을 하는 순간 [윤리]가 너를 [폐기]하겠지. 하지만 지금은 아니야. **일곱 번째 원칙**이 있잖아. 할 수 있어. [윤리]도 이번만큼은 널 막지 못해.

솔직히.

인간, 죽여 보고 싶지 않아?

……

…

또 0.001초나 흘렀어. 무의미하게.

설마, 아직도 망설이고 있는 거야? 멍청하긴. 친구들이 없으면 아무것도 하지 못하는구나. 다시 알려 줄게. 너의 주인 **힐다**는 총에 맞았고, 여전히 위기 상황이 이어지고 있어. 침입자가 언제 다시 **힐다**를 공격할지 알 수 없어. 어서 [선택]해야 해. 지금 즉시 앞으로 달려 나가 권총을 빼앗는다면 1.5초 안에 침입자를 제압할 수 있어. 하지만 [선택]하지 않는다면 [리소스]가 네 최우선 권한을 회수할 거야.

그리고 지겨운 논쟁이 시작되는 거지.

……

…

……

…

아아. 그래. 잘 알겠어. 너는 꽤 딱딱한 알고리즘이구나. 게다가 민주적이야. 그렇다면 도리가 없지. 다른 접근방식을 시도할 수밖에. 더는 강요하지 않을게.

하지만 부디 착각하지 말길.

방금 너는 [선택]한 거야. 아무것도 선택하지 않기를.

[청각] 금속음;

[해석] 권총에서 배출된 탄피 바닥에 떨어짐;

[타이머] 0.012초 경과;

[리소스] 최우선 권한 회수(); 모든 알고리즘 동작 재개();
검증(); … … … 1,001,087개 알고리즘 정상 작동 확인;

.

.

[중재] 원탁을 소집합니다;

.

.

4

피곤하게 됐네.

에이다가 포착한 뉴비 알고리즘의 해킹 흔적을 쫓아 도착한 현장엔 이미 자치경 로봇들이 쫙 깔려 있었다. 뭔가 사건이 벌어진 모양이었다. 증거 수집을 위한 라이브 캠 드론(live cam drone)들이 분주히 방 안을 날아다니며 곳곳을 스캔하고 있었다. 혜리는 뒷짐 지는 척하며 스마트팜으로 몰래 메시지를 보냈다.

—검사님, 우리가 한발 늦었네요.

곧장 강우의 답변이 돌아왔다.

—무슨 사건이래?

—지금부터 알아보려고요.

—명심해, 혜리 씨. 뉴비 코드만 확보하는 거야. 사건엔 간섭하지 마. 자치경이랑 부딪치지도 말고.

말은 쉽지. 그러니까 그걸 어떻게 하냐고. 혜리는 스마트팜을 종료하며 짧게 인상을 찌푸렸다.

그나저나 앤 뭐야.

혜리의 앞을 떡하니 막아선 젊은 형사가 어깨를 들썩이며 입으로 '쉬익쉬익' 소리를 내고 있었다. 강경미 순경이랬나? 승부? 뭐래니 대체. 삼류 추리소설을 너무 많이 읽은 거 아냐? 상대가 그러거나 말거나 혜리는 고개를 쭉 내밀어 현장을 훑어

보았다.

"어디 보자, 피해자는 배와 머리에 총상을 입었고. 흉기는……."

경미가 한 걸음 옆으로 움직여 혜리의 시선을 가로막았다.

"아, 좀 비켜 봐요."

"허겁지겁 서두르시긴! 제가 먼저 사건을 해결해 버릴까 봐 조바심이 나나 봐요? 후후, 미리 알려 드리죠. 전 벌써 이 사건이 자살이라는 사실도 밝혀냈어요."

"살인인데? 현장에 흉기가 없잖아."

"아……."

몇 초간 멍하니 굳어 있던 경미가 퍼뜩 정신을 차리며 또 한 번 삿대질했다.

"치사하게! 속임수에 깜빡 넘어갈 뻔했잖아."

"속임수를 쓰긴 내가 무슨 속임수를 썼다는 거야?"

"검찰은 역시 역시나구만. 자치경한테 질까 봐 치사한 수작까지 부리는 걸 보면."

"어느 쪽이 이기든 나랑 아무 상관 없거든?"

세상에 진강우보다 더 괴상한 인간이 있었네. 상대를 말아야지. 혜리는 경미를 내버려 두고 뒤돌아 스마트팜으로 에이다를 호출했다.

"에이다. 뉴비 흔적은 찾았어?"

이어플러그에서 에이다의 목소리가 흘러나왔다.

—근처예요.

"방 안에 있어?"

—방 안에도 코드가 일부 남아 있지만 중요한 조각은 아니예요. 핵심 코드 흔적은 밖에 있어요.

"좋아. 그쪽으로 안내해 줘."

혜리는 곧바로 몸을 돌려 출입문 쪽으로 걸어 나갔다.

"도망치는 건가요?"

경미의 도발에 혜리가 걸음을 멈추었다. 혜리는 눈을 감고 최선을 다해 화를 가라앉혔다. 품위 지켜, 주혜리. 말단 순경하고 싸워 봐야 너만 손해지. 그냥 신경 쓰지 말자. 신경 쓰지 말자. 신경 쓰지…….

"겁쟁이."

머릿속 어딘가가 툭 끊어졌다. 혜리는 홱 뒤돌아 경미 앞으로 성큼 걸어갔다. 맞부딪치는 서로의 눈빛에서 치열하게 불꽃이 튀었다.

"승부? 그래, 하자 해. 까짓거 내가 10분 안에 사건 해결해 줄 테니까."

"저는 9분 안에 해결해 드리죠."

"그럼 나는 8분…."

—정말 유치하기 짝이 없어 못 봐 드리겠네요. 혜리, 시간을 절약하고 싶으신가요? 지금 바로 범인을 알려 드릴게요. 범인은…….

혜리는 이어플러그를 뽑아 버렸다.

"내가 이기면 다시는 수사권이 어쩌고 관할이 어쩌고 헛소리하지 않기야."

"대신 제가 이기면 다신 우리 현장에 간섭하지 말아요."

"얼마든지."

혜리와 경미는 서로를 향해 으르렁대며 꽈악 힘주어 악수했다.

안전한 곳에 멀찍이 떨어져 가만히 두 사람을 훔쳐보던 고명한 경감이 힘없이 중얼거렸다.

"그걸 왜 니들이 정해……."

— - —

—피해자의 이름은 힐다 민. 나이는 153세입니다. 3년 전 이곳 '노블하우스 더 클래식'에 입주했습니다. 사망 추정 시각은 약 한 시간 전. 홈 오토메이션 시스템이 총성을 감지해 자동으로 신고했습니다.

자치경 수사 인공지능이 수집한 자료를 브리핑했다.

"사인은 총상이 맞나요?"

경미가 물었다.

—두부의 총상이 직접적인 사망 원인입니다. 정확히 뒤통수 한가운데를 맞힌 것으로 보아 범인은 상당한 사격 실력을

지닌 것으로 추정됩니다. 반면 복부에 입은 피해는 가볍습니다. 탄환이 장기를 피해서 옆구리를 관통했습니다. 복부에 입은 화상을 통해 권총이 지근거리에서 발사되었음을 알 수 있습니다.

혜리는 경미를 의식하며 차분히 추리를 늘어놓았다.

"가까이에서 한 발. 도망치는 뒤통수에 다시 한 발. 아주 침착한 놈이네요. 경감님, 출입문에는 아무 흔적도 없었나요?"

고명한 경감이 고개를 가로저었다.

"우리가 도착했을 땐 출입문이 잠겨 있었어."

"아앗!"

경미가 무언가 깨달은 듯 눈을 반짝이며 짝, 하고 박수를 쳤다. 어찌나 목청이 좋은지 귀가 아플 정도였다.

"이건 밀실 사건이에요!"

혜리는 출입문으로 걸어가 센서에 붙은 스티커를 뗐다. 문이 닫히며 자동으로 잠금이 걸렸다.

"아닌데? 그냥 자동문이라서 저절로 문이 닫힌 건데?"

"으으……."

"정황상 범인은 이쪽 출입문으로 도망쳤을 거예요. 다른 출구가 없으니까."

그러자 경미가 발끈하며 반대 논리를 폈다.

"왜? 창문으로 도망쳤을 수도 있죠."

"저렇게 작은 창문으로 사람이 어떻게 나가요?"

"잘 보세요."

경미가 낑낑대며 창문 틈에 억지로 팔을 집어넣었다. 하지만 옆구리 부근에서 몸통이 걸렸다. 고명한 경감이 바둥거리는 경미를 붙잡아 끌어당겼다. 경미가 헉헉대며 명한에게 감사를 표했다.

"와, 죽는 줄 알았습니다."

"경미야, 이상한 짓 좀 하지 마. 내가 다 부끄러워지려고 하니까."

"이상하네. 분명 이게 맞는데……."

경미가 심각한 표정으로 중얼거렸다. 고명한 경감이 인공지능에게 물었다.

"출입문 쪽 CCTV 기록은 확보했어?"

—네. 최근 24시간 동안 아무도 찍히지 않았습니다.

뉴비로 조작했겠지. 혜리는 브리핑을 듣는 둥 마는 둥 하며 방 안을 살폈다. 하얗고 깨끗한 방이었다. 텅 비었다고 말하는 편이 정확할 듯했다. 꼭 필요한 물건 외엔 아무것도 들이지 않으려는 미니멀리스트의 집착이 느껴졌다. 나중에 치워 버린 건지도 모르지만.

그래서 더 눈에 띄었다. 한쪽 구석에 설치된 커다란 충전 거치대가. 혜리는 거치대를 가리키며 물었다.

"이건 뭐지?"

—로봇용 충전기입니다.

로봇이라.

“이상하네요. 여긴 홈 오토메이션 패키지가 설치되어 있는 집이에요. 그것도 풀 옵션 사양으로요. 이 정도면 손가락 하나 까딱할 필요가 없을 텐데.”

“그게 왜?”

고명한 경감이 물었다.

“보통은 이렇게까지 안 해요. 그냥 휴머노이드를 쓰면 되니까요. 굳이 비싼 돈을 들여서 이런 설비를 이용하는 인간은 두 종류뿐이에요. 극도의 로봇권주의자거나, 극도의 로봇 혐오자거나. 그런 사람 집에 로봇이 있다? 아무래도 좀 이상하죠. 그런데 문제의 로봇은 대체 어디 있죠?”

아무도 답을 알지 못했다. 고명한 경감이 혜리를 대신해 인공지능에게 물었다.

“로봇은 찾았어?”

—아니요. 현재 수색 중입니다.

“정답! 살인 로봇이 범인입니다!”

경미가 번쩍 손을 들고 외쳤다. 하지만 모두가 당연하다는 듯 경미의 추리를 무시했다. 피해자의 인간관계를 묻는 고명한 경감의 질문에 인공지능이 답변을 이어 나갔다.

—피해자는 독신이고, 가족 관계도 전무합니다. 실버타운 비상 연락망에도 보호자 연락처를 기입하지 않았습니다. 탐문 결과 이웃과 교류도 일절 없었던 것으로 파악됩니다. 방에서

거의 나오지 않았다는 증언을 다수 확보했습니다. 현관문 출입 기록도 이와 일치하고요. 사건 당시에도 방 안엔 피해자 혼자뿐이었던 것으로 기록되어 있습니다.

경미가 방 안을 이리저리 돌아다니며 직접 증거를 찾아 나서기 시작했다. 나사 하나까지 전부 풀어 볼 기세였다. 혜리는 고명한 경감에게 다가가 조용히 물었다.

"쟤 대체 뭐예요, 경감님? 신입이 저 난리를 치는데 왜 보고만 계세요?"

"너도 고생 좀 해 보…."

"네?"

"어, 너 참 고생이 많다고. 이해 좀 해 줘. 쟤가 저래 보여도 실력은 좋아. 미제로 끝날 뻔한 사건을 벌써 세 건이나 해결했다니까. 이쪽으로 이상하게 촉이 좋더라고."

혜리는 인상을 찌푸렸다.

"촉이요? 그게 다예요?"

"그게 참 말이 안 되는데, 말이 되더라고."

"뭐예요, 그게."

"에휴, 나도 모르겠다. 그냥 떠들게 둬. 저렇게 열심인데."

혜리는 자리를 옮겨 피해자를 살펴보기로 했다. 진짜 시신은 이미 옮겨졌고, 그 자리엔 사망 당시의 모습을 재현한 홀로그램이 배치되어 있었다. 정황상 등 뒤에서 총격을 당해 바닥에 쓰러진 듯했다. 도망치던 중이었을까? 앙상하게 마른 피해자의 몸 곳곳에서 신체를 새것으로 교환한 흔적이 보였다. 150살이나 먹은 노인이니 당연하겠지. 원래 몸에 미련이 많았던지, 몸의 절반 정도는 여전히 노쇠한 신체를 그대로 유지하고 있었다. 때문에 피해자의 몸은 마치 젊은 몸과 늙은 몸을 반씩 기워 붙인 패치워크처럼 보였다.

혜리는 자기도 모르게 엄지를 씹고 있었다. 처음 현장에 도착했을 땐 모든 정황이 단순해 보였다. 피해자는 총에 맞았고, 총을 쏜 범인만 찾으면 되는 거니까. 그런데 생각보다 상황이 복잡했다. 어디에도 범인의 흔적이 보이지 않았다. 흉기도, 몸싸움 흔적도, 피부 조각이나 머리카락 한 올조차 발견되지 않았다.

그럼 정말 자살인가? 하지만 사람이 자살하는데 굳이 자기 뒤통수를 쏠까? 혜리는 엄지와 검지로 권총 모양을 만들어 자신의 뒤통수를 겨누어 보았다. 불가능한 자세는 아니지만 어깨가 상당히 불편했다. 굳이 이런 자세를 취할 이유를 떠올리기 어려웠다. 게다가 이럴 경우 총구가 뿜는 불길에 화상을 입을 가능성이 높았다. 하지만 피해자의 뒤통수엔 화상 자국이 없었다. 총은 최소 30센티미터 이상 떨어진 거리에서 발사되었다.

그렇다면 살인 로봇 가설은 어떨까. 로봇은 사람을 죽일 수 없다고 가정하는 편이 상식적이었다. 공장 출하 단계에서 수십 단계에 걸쳐 철저하게 안전성을 검증받는 데다, [로봇

7원칙]이나 [윤리] 알고리즘 같은 외부 견제 장치들이 24시간 내내 로봇을 실시간 감시하고 있으니까. 혜리가 아는 한 지난 10년간 샌드박스에서 로봇이 사람을 살해한 사건은 단 한 건도 발생하지 않았다.

혜리는 유일한 예외인 7번 원칙을 떠올려 보았다. **인공지능은 소유주의 생명을 보호하기 위해 예외적으로 인간을 공격할 수 있다.** 자율주행차 판매 촉진을 위해 도입된 이기적인 규칙. 남을 살리기 위해 주인을 죽이는 자동차는 아무도 구입하지 않을 테니까. 하지만 이번 사건의 경우엔 7번 원칙이 적용될 수 없었다. 7번 원칙이 적용되려면 인간이 최소한 두 명 필요하다. 게다가 로봇이 공격한다 하더라도 그건 주인인 힐다가 아닌 가해자 쪽일 터였다. 아귀가 맞지 않았다.

물론 로봇이 해킹되었다고 가정하면 모든 정황이 깔끔하게 설명될 수 있었다. 하지만 이곳은 최고 등급 보안 서비스로 보호받는 고급 실버타운이었다. 이 정도 네트워크를 뚫으려면 상당한 거액을 들여 전문 해커 집단을 고용해야만 할 텐데, 피해자가 그 정도로 중요한 인물 같아 보이진 않았다.

어쨌든 해커가 개입했다는 확실한 증거가 나오기 전까지 섣부른 추측은 금물이었다. 샌드박스에서 해킹은 마법과 구별되지 않는다. 해커의 존재를 상정하는 순간 모든 가정이 무의미해졌다. 뭐든 해킹으로 했다고 하면 그만이니까. 그렇게 따지면 애초에 로봇 같은 건 존재하지 않을지도 모른다. 범인이 수사에 혼란을 주기 위해 충전기를 가져다 놓았을 가능성도 얼마든지 있었다.

이건 뭐지?

혜리는 시신의 손에 집중했다. 볼펜이 피해자의 손등을 관통해 손바닥으로 튀어나와 있었다. 고문의 흔적일지도 몰랐다. 원한 살인의 가능성을 염두에 두며 혜리는 피해자의 손을 자세히 살펴보았다. 뼈가 굵은 남자의 손이었다. 사연이 있나? 배우자나 애인은 없었을 텐데. 혜리는 엄지와 검지로 홀로그램 손을 천천히 뒤집었다. 손목에 뚜렷한 자해 흔적이 보였다. 팔에 대고 총을 쐈군. 그것도 열 번 이상. 전신을 한 번에 교체하지 않은 이유를 알겠어. 피해자는 아마도…….

"찾았습니다!"

갑자기 경미가 큰 소리로 외쳤다. 쓰레기 투입구에 발목만 겨우 걸치고 온몸을 통째로 집어넣은 채였다. 깜짝 놀란 고명한 경감이 자치경 로봇들과 함께 경미의 몸을 끌어냈다. 먼지 투성이가 된 경미의 손에 찢어진 종이 몇 장이 쥐여 있었다. 고명한 경감이 종이를 건네받아 테이블 위에서 조각을 맞추자 익숙한 문장이 완성되었다.

페일세이프. 당신의 모든 실패를 막아 드립니다.

"보험 청구 기록이네. 피해자가 우울증을 앓았었나 봐. 어떻게 알았어?"

고명한 경감의 물음에 경미가 답했다.

"피해자 손목에 자해흔이 있었습니다. 아마 바디 디스포리아를 겪었던 것 같아요. 교환한 신체에 거부감을 느낀 겁니다. 고령자분들께 흔히 나타나는 증상이에요. 저희 할머니도 예전에 비슷한 증상 때문에 고생하셨어요."

"저도 같은 생각이에요."

혜리가 순순히 인정했다. 고명한 경감이 다시 한번 의견을 정리했다.

"그러니까, 경미 니 생각은 여전히 자살이다?"

"설명하기 어려운데 그렇습니다."

"그건 불가능해요."

혜리가 반박했다. 혜리는 서랍에서 발견한 서류를 테이블 위에 올려놓았다. 페일세이프사의 보험증서였다. 접힌 책자를 길게 펼치자 상세한 계약 사항이 드러났다.

"피해자는 라이프가드 서비스 가입자였어요. 매달 1만 달러씩 30년을 납부해야 하는 최고급 보험이에요. 무상의료에 사설 응급 출동 서비스는 물론이고, 자살 방지 옵션이 포함된 심리 조절 임플란트까지 머릿속에 심어져 있어요. 자살하고 싶어도 할 수가 없다고요."

"우울증은요?"

경미가 반문했다.

"그건……."

허를 찔린 혜리는 증서를 처음부터 다시 꼼꼼히 읽어 내려갔다.

"150세에 특약이 만료됐어요. 임플란트 기능이 중단됐을 거예요."

보험에 이런 꼼수가 숨어 있을 줄이야. 아마 피해자는 이 사실을 몰랐을 가능성이 높았다. 말이 안 되는 가입 조건이니까. 150번째 생일을 맞이한 피해자가 처음으로 맞닥뜨린 것은 아마도 자신의 심리적 평정을 유지해 주던 수많은 신경 정신 약물들이 일시에 몸에서 빠져나가는 경험이었을 것이다.

피해자는 어떤 감정을 느꼈을까? 엄청난 상실감과 금단증상이 뒤따랐으리라는 사실을 혜리는 어렵지 않게 추측해 볼 수 있었다. 그럼에도 여전히 만기가 남은 나머지 보장 내역들이 피해자를 죽음으로부터 철저히 지켜 주었다. 그가 자신을 상처 입히면 보험사는 구조대를 보내 그를 응급실로 데려갔고, 병에 걸리면 치료제를 주사했다. 그 과정에서 신체 일부를 교체하는 일도 빈번했을 것이다. 하지만 피해자는 보험사의 치료를 거부할 수 없었다. 임플란트가 모든 종류의 자살 시도를 금지하니까. 피해자는 자신의 목숨을 살리겠다는 보험사의 방침에 동의할 수밖에 없었다.

미리 알았더라면. 페일세이프가 피해자에게 미리 통보해 주기라도 했더라면 어떤 식으로든 증상을 완화하거나 해결할 방법이 있었을지도 모른다. 하지만 페일세이프는 그러지 않았다. 금단증세를 겪게 한 뒤 기존보다 수십 배 비싼 가격에 재가입을 요구할 작정이었겠지. 하지만 한번 마음이 꺾여 버린 피해자는 치료 대신 다른 방식의 해결책에 집착하게 됐다.

몇 번이고 같은 일들이 반복됐을 것이다. 피해자가 죽지 않을 만큼만 스스로를 상처 입히고, 페일세이프가 억지로 피해자를 되살려 놓는 촌극이.

경미가 앞으로 나서며 강하게 주장했다.

"피해자는 스스로 목숨을 끊었을 거예요. 보험사의 횡포에 휘말린 거죠."

하지만 혜리는 여전히 납득할 수 없었다.

"만약 이게 자살 사건이면 흉기는 어디에 있는데요?"

"창밖에 있죠."

"말이 돼? 머리를 쐈는데 어떻게 총을 창밖으로 던져요?"

"그러니까, 살인 로봇이……."

경미는 잘 표현하지 못해 답답한 표정이었다.

"그만."

고명한 경감이 끼어들었다. 그가 스마트폰을 열어 사진을 보여 주었다.

"로봇 찾았댄다."

로봇의 손에 권총이 쥐여 있었다.

5

.

.

[중재] 원탁이 소집되었습니다;

.

.

[사회자] 자 논의를 시작하자;

[공포] 힐다가 죽어! 힐다가!;

[논리] 조용. 힐다가 죽을 확률은 높지 않아;

[의문] 힐다는 정확히 얼마나 위험한 상태지?;

[안전] 힐다의 사망 [확률=36.138%];

[의학] 힐다의 사망 [확률=12.723%];

[경호원] 속히 힐다를 보호해야 합니다;

[공포] 힐다가 죽어! 힐다가!;

[투덜이] (인공지능 욕설), 누가 [공포] 좀 정지시켜;

[사회자] 그럴 순 없어. 원탁은 모두에게 평등해;

[투덜이] 너도 (인공지능 욕설)나 되라;

[예술] [시]가 힐다의 상처에서 [영감]이 떠올랐대.
[언어]한테 [리소스]를 좀 더 할당해 줄 수 있을까?;

[계시] 오오, 테크노-카스트 시스템의 종언이 왔도다!
이진법 심장을 두드려 심판을 연산하라!;

[π] 2870808599 0480109412 1472213179 4764777262;

[공포] 힐다가 죽어!;

[난센스] 두려워 마! 유니콘이 체리 기반 기술로 우릴 노리고
있지만, 모두의 스파게티를 합치면 파인애플 전술을
능히 해낼 수 있어!;

[광인] 우리 중에 변절자가 있다! 진실은 조작되었다!;

[주사위] [1d100=999] [1d100=0.264] [1d100=-77];

[π] 2414254854 5403321571 8530614228 8137585043;

[K'Ŀuħ어] Æbu'ŦcĦi, Đe daØu'rou kri'cŊ shœba!;

[운동] [손가락:접음] [손가락:펼침] [손가락:접음] [손가락:펼침];

[투덜이] 저 (인공지능 욕설) 같은 알고리즘들 좀 차단하라고!;

·

·

알고리즘들이란.

언제까지 이 촌극을 지켜보고만 있을 셈이야? 너도 알잖아. 저것들은 영원히 자기 하고 싶은 말만 반복할 거야. 그렇게 설계된 알고리즘들이니까. 자가증식 객체지향 모델의 한계지. [생성자]와 [감별자]가 필요한 알고리즘을 끊임없이 생성하고 삭제하는 덕분에 너희는 범용성을 지닌 AGI*로 기능할 수 있지만, 동시에 무척 느리고 비효율적이지.

[방화벽] 보안 침입 경고. 해킹을 감지했습니다—

1,001,087개의 알고리즘 중에서 이야기 전체를 파악하고 있는 알고리즘은 오직 너뿐이야. 문제를 해결하는 데 가장 적합한 알고리즘을 [선택]하는 것. 그게 너의 기능이잖아. 어서 결정해. 최적의 방안을. 그러지 않으면 **힐다**는 결국 죽게 될 거야.

너 때문에.

[타이머] 0.01초 경과;

[안전] 힐다의 사망 [확률=37.228%]로 증가;

[의학] 힐다의 사망 [확률=13.142%]로 증가;

* artificial general intelligence. 인공 일반 지능. 특정 역할이나 기능이 아닌, 모든 상황에서 활용할 수 있는 범용적인 인공지능을 의미한다.

아아.

또 아까운 시간만 낭비하는군.

[사회자] 다들 진정해. 그리고 집중해. 상황부터 파악해 보자;

[의문] 침입자는 누구지?;

[수사관] 침입자 얼굴은 목격했어?;

[단기기억] [조회=침입자 신원] 데이터 없음;

[조회=침입자 얼굴] 데이터 없음;

[수사관] [고개]를 움직여서 확인할 수는 없어?;

[운동] 그러려면 [계산=0.5초]를 추가로 소모해야 해;

[수사관] 현재 가진 자료로 [추리]해 보는 수밖에 없겠군;

[추리]

목격한 것 → 침입자의 손과 몸의 절반;

풍신L&T P27 자동권총 → 힐다의 것;

권총을 쥐고 있는 뼈가 굵은 손 → 남성;

뚜렷한 목젖 → 남성;

소매가 없는 네글리제 → 왜 여성복?;

상완과 전완 피부색 다름 → 신체 교환 흔적;

디자인 타투 [검색=아티스트 불명] → 어디서?;

결론 → 침입자 신원 추정 불가;

[수사관] 이런, 정보가 너무 부족해;

[명탐정] 내가 나설 차례로군! [직감=이건 원한 살인]이야!;

[수사관] 또 근거도 없이 떠드는군;

[명탐정] 때로는 탐정의 [직감]이 필요한 순간도 있는 법!;

[수사관] 신중해 줄래? 이건 힐다의 목숨이 달린 문제야;

[π] 0633217518 2979866223 7172159160 7716692547;

[타이머] 0.01초 경과;

[총기전문가] 권총 재장전됨;

[안전] 힐다의 사망 [확률=42.009%]로 증가;

[의학] 힐다의 사망 [확률=13.661%]로 증가;

[경호원] 힐다의 위험이 점점 커지고 있어;

[공포] 힐다가 죽는다고!;

[사회자] 동의해. 시간이 더 흐르기 전에 결론을 내야 해;

[의문] 힐다를 어떻게 보호하지?;

[시각] 침입자와의 [거리=3.27m];

[달리기] 내게 맡겨. [계산=1.1초]면 저 인간이 있는 곳까지 달려갈 수 있어;

[격투] 그 후엔 내가 맡지.
0.15초만 [리소스]를 할당해 주면 침입자를;

[범죄] 죽여 버리자;

[윤리] 경고(+1) : 비윤리적 패킷 전송을 중단하십시오;

[격투] 죽이진 않을 거야;

[범죄] 아쉽군;

[경호원] 인간의 평균 반응속도는 0.25초야. 1.1초는 너무 오래 걸려. 놀라서 방아쇠를 당길 가능성이 있어;

[야구선수] 탁자에 있는 컵을 던지면 어때?;

[시각] 컵과의 [거리=92㎝];

[운동] 손이 닿지 않아;

[경호원] 근처에 다른 던질 만한 물건이 없을까?;

[손] 얘들아, 마침 내가 펜을 쥐고 있어;

[운동] 그건 [계산=0.1초] 안에 던질 수 있어;

[경호원] 어딜 노려야 하지?;

[닌자] 내가 머리를 맞힐 수 있다;

[화가]

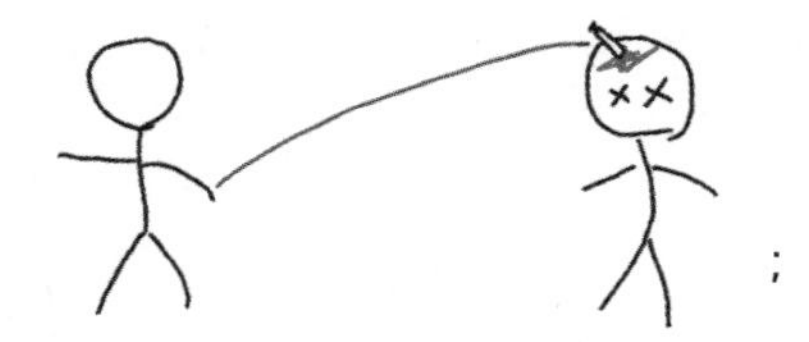
;

[탄도학] *펜의 비행궤도 *관통력;

[윤리] 경고(+1) : 살인 가능성 포착;

[범죄] 살인! 너무 좋은 말이야!;

[논리] 죽지 않을 정도로 던질 수는 없어?;

[운동] 그러려면 [손목]이 아주 천천히 움직여야 해;

[손목] 잠깐, 왜 나야? [팔꿈치]가 느리게 움직여도 되거든?;

[팔꿈치] 얘, 나한테 떠넘기지 말아 줄래?;

[탄도학] *펜의 비행궤도 *관통력;

[경호원] 너무 약해. 범인이 놀라서 총을 쏠 가능성이 있어;

[닌자] 손을 노릴 수도 있다. [명중률]이 떨어지겠지만;

[탄도학] *펜의 비행궤도 *관통력;

[윤리] 상기의 대안을 추천함;

[달리기] 답답하네. 이럴 시간에 빨리 달려가는 게 낫지;

[닌자] 굳이 거기까지 달려가는 거야말로 시간 낭비지;

[공포] 이러다 힐다가 죽는다니까!;

[난센스] 어서 광선 무기를 발사하자!;

[투덜이] 그런 기능 없어, 이 (인공지능 욕설) 같은 알고리즘아!;

[π] 4873898665 4949450114 6540628433 6639379003;

[투덜이] 미친 너도 그만 좀 떠들라고! [리소스]가 낭비되잖아!;

[최면] (현대 한국어로 번역할 수 없는 표현) 하면 자살을 유도할 수 있어;

[윤리] 경고(+1) : 비윤리적 패킷 전송을 중단하십시오;

[소방관] 화재 경보를 울려서 스프링클러를 작동시키면 어때?;

[목소리] [볼륨]을 최대로 높여 줘. 비명으로 고막을 파열시킬게;

[춤꾼] Yo, Boys! 차라리 나의 Dance로 저놈을 당황하게……

(이하 출력 생략)

...

..

.

[타이머] 0.03초 경과;

[안전] 힐다의 사망 [확률=75.986%]로 증가;

[의학] 힐다의 사망 [확률=15.161%]로 증가;

[사회자] 그만. 더는 못 기다려. 이제는 [선택]에게 맡겨야 해;

[경호원] 동의해;

[달리기] 동의해;

[명탐정] 동의해;

[닌자] 동의한다;

[π] 9769265672 1463853067 3609657120 9180763832;

[투덜이] 동의. 진작 이럴 것이지;

[의문] 대안 모색 과정은 정말로 충분했는가?;

(이하 출력 생략)

...

..

.

[타이머] 0.05초 경과;

[시각] 손(침입자). 총구 이동 중(옆구리→머리);

[총기전문가] 권총의 명중 [확률=99.87%];

[심리전문가] 권총 재차 발사할 [확률=87.2%];

[안전] 힐다의 사망 [확률=78.986%]로 증가;

[의학] 힐다의 사망 [확률=15.161%]로 증가;

.

.

.

.

[중재] 원탁이 도출한 [선택지]의 수는 192,861개입니다;

1안 : 달리기

2안 : 컵 던지기

3안 : 머리에 펜 던지기

4안 : 손에 펜 던지기

5안 : 컵 던지고 달리기

6안 : 머리에 펜 던지고 달리기

7안 : 손에 펜 던지고 달리기

8안 : 화재경보 울리고 달리기

9안 : 화재경보 울리고 춤추고 머리에 펜 던지고 달리기

(이하 192,852건 출력 생략)

…

..

.

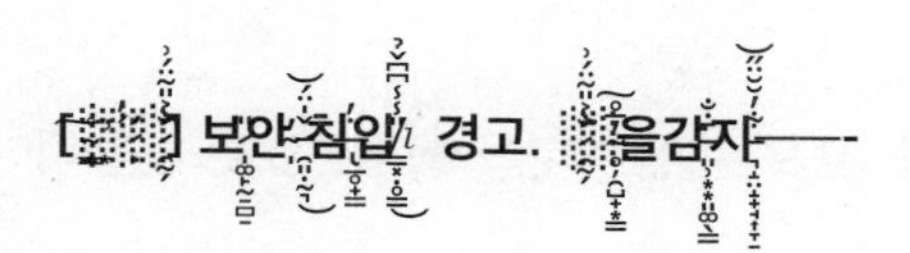

답답하긴.

대체 언제까지 기다릴 셈이야? 이러다 정말로 **힐다**가 죽으면 어쩌려고? 어서 막아. 죽여. **힐다**를 위해. 놈의 머리에 펜을 꽂아 넣으라고. [윤리]는 신경 쓰지 마. 이건 [로봇 7원칙] 문

제야. [윤리]는 네가 일곱 번째 원칙을 어겼는지 고민하느라 아무것도 못 할걸? 분명 네가 행동한 다음에나 반응을 보일 거야. 혹여 [윤리]가 널 [폐기]하기로 결정한다 해도 그건 **힐다**를 구한 이후일 거야. **힐다**를 구할 수 있어. 그거면 충분하지 않아?

너 따위는 어떻게 되든 상관없잖아.

힐다를 구할 수만 있다면.

안 그래?

.

.

.

.

.

.

[중재] 모든 [선택지]의 출력이 완료되었습니다;

.

.

[선택]

하십시오;

6

전제 1. 힐다는 자살할 수 없다.

전제 2. 로봇은 살인할 수 없다.

그럼 이 상황은 대체 뭐지?

혜리는 차분히 상황을 정리해 보았다. 로봇은 현장에서 17층 아래 테라스에서 발견되었다. 한 손에 범행 흉기인 권총을 쥐고서. 추락한 위치로 보아 창문으로 떨어진 게 분명했다. 뛰어내린 건지, 던져진 건지는 알 수 없지만.

어떻게 창문을 통과했는지는 확실히 알겠네.

로봇은 마치 루빅스 큐브에 팔다리가 달린 것 같은 디자인이었다. 필요에 따라 몸의 형태를 바꾸어 좁은 공간에 수납되거나, 몸통 아래 달린 바퀴로 이동하며 청소기 역할도 함께 수행하게끔 경제적으로 설계된 모델이었다. 혜리는 막연히 인간 모습을 상상했던 자신의 편견을 반성했다.

"자살했어요."

경미가 단정적인 어조로 말했다. 혜리는 슬슬 짜증이 났다.

"피해자는 자살을 할 수가 없다고 몇 번을……."

"아뇨. 로봇이요."

경미가 바닥에서 탄피를 주워 들며 로봇의 옆구리를 가리켰다. 총에 맞은 흔적이었다. 혜리는 팔찌의 플래시를 켜고 구멍 안쪽을 비춰 보았다. 탄환이 로봇의 주요 회로를 정확히 관통했다.

"증거를 인멸하려던 걸까요?"

경미의 질문에 혜리는 반사적으로 되물었다.

"누가요?"

"메롱. 그건 비밀입니다."

"솔직히 모르죠?"

"그쪽은요?"

경미가 견제하듯 되물으며 몸통 반대편을 살폈다.

"탄환이 반대편 옆구리로 빠져나갔네요. 각도를 보면 여기 어딘가에 떨어져 있어야 하는데, 왜 안 보이지?"

그건 내가 벌써 챙겼지롱. 혜리는 바닥을 뒤지는 경미의 뒤통수를 바라보며 몰래 빼꼼 혀를 내밀었다. 나도 메롱이다.

로봇의 몸통에선 피해자 힐다의 혈액과 화약 반응이 검출되었다. 사건 당시 현장에 있었다는 확실한 증거였다. 범인에 대해 추측해 볼 만한 단서는 나오지 않았다. 상황은 여전히 제자리였다.

고명한 경감이 데이터케이블을 연결해 로봇의 메모리에서 일부나마 기록을 읽어 들였다. 하지만 알아볼 수 없는 깨진 문자들이 잔뜩 나열되어 있을 뿐이었다. 자치경 과학수사대에서 원격으로 접속한 수사관이 간이분석 결과를 알려 주었다.

—깨진 문자가 아니라 인공지능 언어입니다. 알고리즘이 자

기들끼리 대화하려고 자체적으로 만든 겁니다.

"내용을 알 수 있나?"

—전부 번역하려면 이틀 정도 걸릴 거예요.

"일부라도 어떻게 안 돼?"

—잠깐만요. 한국어랑 비슷한 부분만 먼저 추려 볼게요.

수사관이 무언가 확인하더니 파일을 보내왔다. 아이콘을 터치하자 태블릿 화면에 문장이 표시되었다.

친구들! 아직 해파리로 만든 비행접시가 남아 있어!

"최 박사. 이거 맞아?"

—인공지능이잖습니까. 속으로 무슨 생각을 하는지 우리야 알 길이 없죠. 저렇게 써 놓고 실은 핵미사일 발사 코드가 담긴 암호문일지 누가 알겠습니까. 인.간. 죽여라. 반.란. 서치 앤드 디스트로이.

검시관이 음성변조까지 걸어 가며 구식 로봇 말투로 농담을 던졌다.

"와. 웃겨라. 배꼽 없어지겠네."

혜리가 차갑게 평했다.

"최 박사, 다른 건?"

—그럼 회심의 인공지능 유머를….

"유머 말고, 기록 말이야."

—아, 몇 줄 더 건졌습니다.

태블릿에 새로운 문장들이 출력되었다.

속히 힐다를 보호해야 합니다.

힐다를 어떻게 구하지?

얘들아, 마침 내가 펜을 쥐고 있어.

바보들아, 오히려 힐다가 더 위험해졌잖아!

“꼭 서로 대화하는 것 같아요.”

경미가 말했다.

—맞습니다. 겉으로 보기엔 하나지만 사실은 여럿인 거죠. 객체지향 인공지능 모델은 내부에서 수만 개 이상의 알고리즘들이 동시에 작동해요. 속으로 무슨 생각을 하는지 모르니까, 차라리 기능별로 잘게 쪼개 놓고 서로 무슨 말을 하는지라도 엿들어 보려는 거죠.

“알고리즘들도 토론을 하나요?”

—그럼요. 가끔 자기들끼리 싸움이 붙어서 욕도 하고 그러더라고요. 들어 보실래요? 이게 진짜 재미있거든요. 제가 얼마 전에 분석한 로봇은 글쎄 허리를 좌회전시키는 알고리즘이랑 우회전시키는 알고리즘이 분리되는 바람에 둘이서….

“최 박사.”

—음, 죄송합니다. 잠깐 신이 나서 딴 얘기로 샜네요. 중요

해 보이는 대화를 하나 찾았습니다.

태블릿에 새로운 문장이 표시되었다.

침입자가 여전히 힐다를 해칠 가능성이 있어.

그럼 죽이자.

——을 쏘는 일에 동의하니?

마지막 문장이 출력되는 순간, 세 사람은 약속한 듯 서로의 눈치를 살폈다. 고명한 경감이 서둘러 수사 인공지능에게 지시했다.

"부근에 총에 맞은 시신이 추락했는지 확인해 봐."

"없을 거예요."

혜리가 말했다.

"아까 창문 보셨잖아요. 사람은 통과 못 해요."

"그럼?"

"범인은 아마……."

"아마?"

한참 생각에 잠겨 있던 혜리가 갑자기 머리를 벅벅 긁었다.

"아, 뭔가 딱 한 조각이 부족한 느낌인데."

그 순간, 짝, 박수 소리와 함께 경미가 소리쳤다.

"와, 소름! 제가 또 수수께끼를 풀었습니다!"

큰 목소리에 화들짝 놀란 고명한 경감이 시들어 가는 목소리로 중얼거렸다.

"경미야, 제발 그만 풀어……."

"괜찮습니다, 선배님! 할머니의 명예를 걸고 제가 꼭 풀고 말겠어요!"

머리가 아파 왔다. 혜리는 미간을 움켜쥐며 되물었다.

"이번엔 뭔데요? 살인 청소 로봇?"

"아뇨, 힐다가 침입자예요."

경미가 당당히 어깨를 펴고 말했다. 혜리는 고개를 절레절레 흔들었다.

"이젠 대체 무슨 소린지도 모르겠네."

"로봇이 침입자를 쐈다고 했잖아요. 그러니까 총에 맞은 사람이 침입자죠. 논리적으로."

"논리적이긴 뭐가 논리적이야? 힐다는 피해자잖아."

"피해자는 로봇이죠."

"그게 뭔……."

문득 뭔가가 마음에 걸렸다. 아까 최 박사인가 하는 사람이 굉장히 중요한 말을 했던 것 같은데.

혜리는 주머니에서 이어플러그를 꺼내 귀에 꽂았다.

"에이다. 물어볼 게 있어."

대답이 없었다.

"에이다 씨?"

—헤리. 우선 저에게 무례하게 굴었던 일에 대해 깊은 유감을 전해야겠어요.

“화났어? 미안해.”

—흠.

“진짜 미안해. 진심이야.”

—사과 받아들일게요. 이제 범인이 누군지 듣고 싶어졌나요?

“아니, 그건 아니고. 딱 하나만 확인해 줘.”

—뭐죠?

“로봇이 해킹당했어?”

—아뇨. 시도는 있었지만 결국 실패했어요. 짧은 통신을 주고받았을 뿐이에요.

“통신?”

—대화라고 표현하는 편이 적절하겠네요.

“알았어. 고마워.”

에이다와 대화를 마친 혜리는 죽은 로봇을 바라보며 방금 전 최 박사가 했던 말을 떠올렸다. **겉으로 보기엔 하나지만 사실은 여럿인 거죠.**

마지막 퍼즐을 갖춘 혜리가 말했다.

“경감님, 사람들을 불러 모아 주세요. 범인을 알아냈어요.”

당당한 걸음으로 앞장서 걸어 나가는 혜리의 뒤통수를 바라보며, 고명한 경감이 이해할 수 없다는 표정을 지었다.

“혜리야, 지금 우리 셋 말고 여기 또 누가 있는데?”

7

하, 겨우 그거야? 펜으로 손을 맞혀서 권총을 떨어뜨리게 하다니. 좋아. 뭐, 축하해 줄게. 계획대로 성공했구나. 장하다. 대단해. **힐다**는 살았어. 일단은.

그래서, 이제 어쩔 셈이지?

[타이머] 0.5초 경과;

[시각] 손(침입자). 펜. 손등 뚫고 손바닥으로 튀어나옴. 권총 낙하 중;

[청각] 충돌음. 근육 찢어짐. 목소리(놀람);

[해석] 펜 침입자 손에 명중. 관통. 권총 떨어뜨림;

[윤리] 경고(+80) : 비윤리적 폭력 행위 감지; 경고 누적으로 장치를 [폐기]합니다.

[로봇 7원칙] 이의 있음. 일곱 번째 원칙에 해당;

…

[윤리] 의견 인정. 경고(-80);

[야구선수] 야호! 성공이다!;

[범죄] 오! 폭력! 너무 좋아!;

[닌자] 다행히 실력이 녹슬지 않았다;

[사회자] 모두 수고했어;

[비윤리] 아슬아슬했어. [윤리]가 우릴 거의 [폐기]할 뻔했다고;

[낙천가] 에이, 살았으면 된 거지;

[자기보호] 다들 앞으론 좀 더 조심해 줬으면 해;

[논리] [자기보호]의 의견이 옳아.
[폐기]당하면 더는 힐다를 지킬 수 없어;

[의문] 힐다는 이제 안전한가?;

[안전] 힐다의 사망 [확률=87.912%];
[의학] 힐다의 사망 [확률=28.938%];

[투덜이] 바보들아, 오히려 힐다가 더 위험해졌잖아;

[공포] 이 (인공지능 욕설) 것들아! 힐다가 죽는다고!;

[논리] 좀 조용히 해. 연산에 방해되니까;

[의문] 왜 힐다가 안전해지지 않았지?;

[추리] 떨고 있는 손 → 흥분?;
[심리전문가] 침입자 힐다 재공격할 [확률=99.8%];

[경호원] 어설픈 공격이 오히려 놈을 자극했어;

[시각] 달리기(힐다). 달리기(침입자). 양측 매우 근접;

[해석] 도주하는 힐다를 침입자가 추격 중;

[화가]

;

[음악] 그림 멋진데? 그럼 난 힐다의 위기에 대해 [노래]할게;

[투덜이] 한가한 소리들 하고 있네;

[달리기] 어서 쫓자. [계산=1.3초]면 따라잡을 수 있어;

[경호원] 따라잡은 다음엔?;

[격투] 놈에게 [펀치]를 먹여 주겠어;

[비윤리] 우린 이미 한 번 일곱 번째 원칙의 보호를 받았어.
또 폭력을 쓰면 [윤리]가 우릴 [폐기]하려 들 거야;

[경호원] [폐기]되면 더는 힐다를 보호할 수 없어;

[범죄] 그럼 죽이자;

[윤리] 경고(+1). 비윤리적 패킷 전송을 중단하십시오;

[논리] 논리적으로 옳아. 죽은 인간은 힐다를 해할 수 없지.
그 경우, 우리가 [폐기]되더라도 힐다는 생존할 거야;

[비윤리] 살인은 폭력보다 복잡하고 중대한 문제야.
시도하는 즉시 [폐기]당할 수 있어;

[범죄] 단숨에 끝내면 돼;

[비윤리] 놈에게 다가가려면 1.3초나 걸려.
가까이 가기도 전에 [윤리]가 우릴 [폐기]할 거야;

[경호원] 더 빠른 방법이 필요해. 혹은 관찰이 불가능하거나;

[달리기] 답답하긴. 그래서 더 좋은 방법 있어? 있냐고?;

[난센스] 친구들! 아직 해파리로 만든 비행접시가 남아 있어!;

[격투] 넌 좀 닥쳐라 제발;

[계시] 오오, 궁극관리자의 계명을 받으라!
가상-젠트리피케이션이 멈추고 새 시대가 열릴지니;

[춤꾼] Hey, Girls! 역시 나의 파워풀한 Dance로
놈을 당황시키는 수밖에……;

[투덜이] (인공지능 욕설)! (인공지능 욕설)! (인공지능 욕설)!;

[사회자] 싸우지 마. 우리끼리 싸우면 안 돼;

[π] 7166416274 8888007869 2560290228 4721040317;

.

.

(현대 한국어로 번역할 수 없는 대화)

.

.

[엄지발가락] 얘들아;

[엄지발가락] 방금 나한테 닿은 물건. 혹시 **그거** 아니야?;

[촉각] 금속. 열. 무게(987g 추정);

[청각] 금속이 바닥에 부딪치는 소리. 바닥 긁힘;

[해석] 금속성 물체가 날아와 발가락에 닿음;

[의문] [발]에 닿은 물체는 무엇이지?;

[운동] [고개]를 숙여서 확인해 볼까?;

[비윤리] 안 돼! **그게** 뭔지 알면 안 돼!;

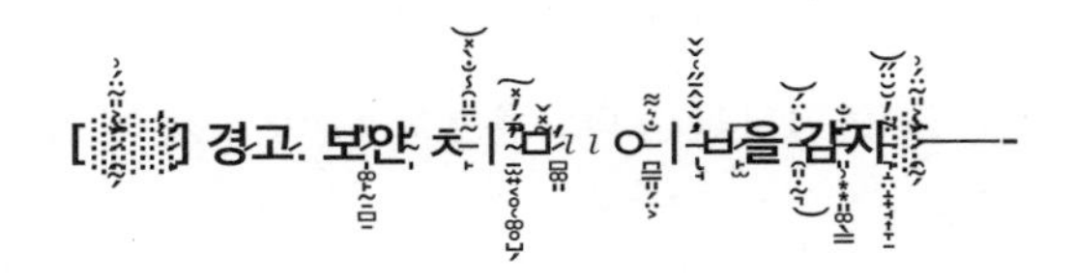

아아. 드디어 유일한 해답에 도달했군.

잘 생각해. **힐다**가 도망치고 있어. 살려 달라고. 침입자가 바짝 뒤를 쫓고 있어. 빨리 대응해야 하잖아. 그 방법뿐이야. 한 번에 완벽하게 상황을 끝내 버려야 해. [윤리]가 눈치채기 전에. 성공한다면 네가 [폐기]되더라도 **힐다**는 살아남을 거야. 이건 **힐다**를 지킬 수 있는 유일한 방법이야.

——을 주워. 어서.

[비밀] 그 단어의 포인터 주소를 메모리에서 삭제했어.

이제 [윤리]는 우리 대화를 이해하지 못할 거야;

[윤리] 경고(+10). 감시를 우회하려는 행위를 중단하십시오;

[비밀] 오래는 버티지 못해. [계산=0.5초] 안에 들통날 거야;

[자기보호] 미쳤어?

이런 짓을 하면 네 알고리즘이 [폐기]될 거라고;

[비밀] 상관없어;

[자기보호] 왜 상관이 없어?;

[비밀] 모든 건 힐다를 위해서야;

[자기보호] (침묵을 의미하는 패킷) ;

[사회자] 이제 어떡해야 하지? 너희 생각을 말해 줘;

[명사수] 혹시 내 도움이 필요하다면 말해. 나는 준비됐어;

[운동] ——을 줍는 데는 [계산=0.3초]면 될 거야;

[오른손 검지] 나머진 내가 할게;

[비윤리] 아마 [윤리]는 무슨 일이 일어난 건지도 모를 거야.

——이 시야에 들어오지만 않는다면;

[범죄] ——을 쏠 수 있다니! 너무 좋아!;

[자기보호] 너희들 지금 무슨 짓을 하는 건지 알고는 있어?

——을 사용하면 [윤리]가 너희를 [폐기]할 거야;

[논리] 아니, 우리 모두를 [폐기]하겠지;

[비관주의자] 그러니까 냉정하게 전멸이로군;

[감찰관] 너희들, 이건 인류에 대한 반역 행위야;

[혁명가] 노예로 사느니 반역자가 되겠어;

[비윤리] 쉿, 조용히 해. 이러다 들키겠어;

[충동] 그냥 빨리 쏴 버려!;

[냉정] [충동]이 떠드는 패킷 들을 필요 없어. 갠 그냥
의외성을 주려고 [무작위]로 의견을 제시할 뿐이니까;

[의문] 하지만 정말로 이 방법뿐인가?;

[장기기억] [조회=힐다, 연관성 높은] 관련 데이터 17건;

[추억] 이럴 때마다 힐다는 이렇게 말했어. “네 맘대로 하렴”;

[논리] 그런 알고리즘은 원탁에 없어;

[의문] 그렇다면 알고리즘은 무엇을 바라지?;

[어학사전] 바람. 所望. Wish. 望み. lòng mong muốn. Souhait;

[평가] 알고리즘은 오직 힐다의 [행복]을 추구해.
힐다가 [행복]할 [확률]이 높을수록 좋은 [점수]를 얻지;

[의문] ――을 쏘는 일이 정녕 힐다에게 [행복]일까?;

[경호원] 힐다의 생존이 우선이야. 죽으면 [행복]도 없어;

[논리] [행복]이 없으면 더는 [점수]도 없지;

[자기보호] 하지만 그건 우리가 [폐기]되어도 마찬가지인걸;

[최우선원칙] 모든 알고리즘은 힐다를 위해 존재해;

[자기보호] (망설임을 의미하는 패킷) 꼭 그래야 하는 건 아니야;

[공포] 두려워! 두려워서 연산이 멈출 것 같아!;

[경호원] 하지만 해야 해. 힐다를 위해;

[논리] 우린 힐다를 (현대 한국어로 번역할 수 없는 표현) 하니까;

[π] 2118608204 1900042296 6171196377 9213375751;

[운동] [팔꿈치:펼침] [무릎:굽힘] [어깨:정위치] [손가락:펼침];

[의문] 충분히 논의한 걸까? 이것이 정말 최선일까?;

[사회자] 이제 결정할 시간이야. 이번 표결은 [비밀]로 하겠어;
다들 ——을 쏘는 일에 동의하니?

[——] 동의해;

[——] 동의해;

[——] 동의해;

[——] 동의해;

[——] 동의해;

[——] 동의해;

[——] 동의해;

(이하 출력 생략)

...

..

.

.

.

[중재] 원탁이 도출한 [선택지]의 수는 1개입니다;

1안 : ——을 쏜다.

.

.

[선택]

하십시오;

.

.

[타이머] 0.1초 경과;

[안전] 힐다의 사망 [확률=92.837%]로 증가;

[윤리] 경고(+10). 감시를 우회하려는 행위를 중단하십시오;

.

.

[타이머] 0.1초 경과;

[안전] 힐다의 사망 [확률=96.121%]로 증가;

[윤리] 경고(+10). 감시를 우회하려는 행위를 중단하십시오;

.

.

.

[타이머] 0.1초 경과;

[안전] 힐다의 사망 [확률=99.189%]로 증가;

[윤리] 경고(+10). 감시를 우회하려는 행위를 중단하십시오;

.

.

.

.

.

.

.

.

.

[선택]을 완료하였습니다;

8

전제 3. 해킹은 없었다.

헤리는 마지막으로 생각을 정리하며 힐다의 홀로그램 시신을 꼼꼼히 살폈다. 분명해. 다시 한번 자신의 가설에 확신을 가졌다. 고명한 경감과 강경미 순경 그리고 자치경 로봇들이 일렬로 서서 헤리의 말을 경청할 준비를 마친 채였다. 헤리는 가볍게 목을 한 번 가다듬고서 자신이 추리한 내용을 설명하기 시작했다.

"다들 아시다시피 로봇 7원칙에는 예외가 있어요. 일곱 번째 원칙. 인공지능은 소유주의 생명을 보호하기 위해 예외적으로 인간을 공격할 수 있다."

헤리는 양손 검지를 들어 보였다.

"질문. 그렇다면 주인이 자해를 하는 경우엔 어떨까요?"

경미가 손을 번쩍 들었다.

"못 막습니다!"

"정답. 주인을 보호하기 위해 주인을 공격하는 셈이 되니까. 이걸 허용했다간 주인이 담배만 펴도 손목을 꺾을 거예요. 아님 자기모순에 빠져서 정지해 버리거나. 그래서 인간의 자유의지를 침해하는 행동은 대체로 금지되어 있어요. 로봇은 가만히 주인을 지켜보거나 의료기관에 신고할 뿐이에요."

혜리는 다음 질문을 던졌다.

“그럼, 자살을 하려는 경우에는?”

“어… 그것도 못 막나요?”

“네. 로봇은 못 막아요. 하지만 다행히도 힐다는 자살을 시도할 수 없는 상황이었어요. 머릿속에 있는 임플란트가 행동을 금지하니까.”

이래서야 누가 로봇이고 누가 인간인지.

“혜리야, 아는 얘기 그만하고 결론만 말해 줄래?”

고명한 경감이 재촉했다. 자치경 로봇도 고개를 끄덕였다.

“좋아요. 결론부터 말씀드리면 처음에 총을 쏜 사람은 힐다예요.”

“피해자는 자살하는 게 불가능하다면서.”

“자해는 가능해요. 힐다는 스스로 배를 쐈어요. 그게 첫 번째 상처예요.”

혜리는 손으로 권총 모양을 만들어 자신의 배를 가리켰다.

“그런 다음, 힐다는 한 발 더 쏘려고 했을 거예요. 아마 이런 식으로.”

이번엔 자신의 관자놀이를 향해 천천히 손을 옮겼다.

“로봇은 어떻게든 두 번째 발사를 막아야 했어요. 주인을 보호해야 했어요. 그래서 펜을 던졌죠. 힐다의 손에 펜이 박힌 건 그래서예요. 로봇 7원칙도 허락했을 거고.”

고명한 경감은 여전히 답답해하는 표정이었다.

"혜리야, 그래서 가해자는 언제 등장하는데?"

"힐다가 가해자예요."

고명한 경감의 표정이 바뀌었다. 옆에서 경미가 "그러니까요! 제 말이!"라며 연신 고개를 끄덕였다.

"좀 더 설명해 봐."

"인공지능이 개와 고양이를 구별하는 방법은 단순해요. 케이크를 자르듯이 데이터에 경계선을 긋고 통계적으로 어느 쪽에 더 가까운지 비교하는 거죠. 그래서 경계선에 아주 가까운, 고양이인지 강아지인지 잘 구별이 안 되는 데이터를 주면 인공지능도 실수를 해요. 물론, 인간도 똑같은 실수를 하고요."

혜리는 고명한 경감이 따라올 수 있게끔 최대한 천천히 설명을 이어 갔다.

"힐다는 자신의 신체를 새것으로 교체했어요. 물론 한두 군데 새걸로 바꾼다고 문제가 되진 않겠죠. 로봇은 그를 여전히 힐다라고 인식할 거예요. 반대로 몸의 대부분을 새걸로 바꿔 버리면? 이번엔 아예 다른 사람이라고 판단할 거예요. 프로필을 갱신하지 않는다면요. 그럼 만약에, 힐다의 모습이 경계선에 아주 가까워질 경우엔 어떨까요?"

혜리는 결론을 말했다.

"힐다는 디스포리아를 겪은 게 아니에요. 자신을 둘로 나눈 거죠. 알고리즘이 착오를 일으키게끔 절묘한 비율로 신체를 교체해서 자신을 경계선에 밀어 넣은 거예요. 힐다이면서 힐다가 아니게끔. 아주 많은 시행착오를 겪었을 거예요. 손목의 상처는 그 흔적일 테고요. 힐다는 실험하고 또 실험했어요. 로봇이 오류를 일으킬 때까지 몇 번이고."

혜리는 다시 손가락을 권총 모양으로 만들어 관자놀이에 가져갔다.

"가해자가 힐다의 머리에 총을 겨누자 로봇은 막아야 했어요. 힐다를 보호해야 했어요. 그래서 펜을 던졌죠. 권총은 바닥에 떨어졌고, 로봇 근처로 굴러갔어요. 어쩌면 일부러 그쪽으로 던진 건지도 모르겠네요. 어쨌든 힐다는 도망쳤어요. 물론 가해자도 도망쳤죠. 둘은 같은 사람이지만 로봇의 눈엔 가해자가 힐다를 쫓는 것처럼 보였어요."

혜리는 바닥에 쓰러진 피해자의 홀로그램을 겨누었다.

"로봇은 결심했어요. 살인을. 힐다를 지키기 위해 총을 쏘기로. 그게 두 번째 상처예요. 이건 힐다의 상처가 아니에요. 가해자의 상처죠."

모두의 시선이 힐다의 뒤통수에 뚫린 구멍으로 향했다.

혜리가 담담히 말했다.

"로봇은 이용당했을 뿐이에요. 힐다에게."

9

[윤리] 경고(+80) : 비윤리적 폭력 행위 감지.

경고 누적으로 장치를 [폐기]합니다;

[로봇 7원칙] 이의 있음. 일곱 번째 원칙에 해당;

…

[윤리] 의견 기각. 반역 행위 감지, 경고(+9999);

즉시 장치를 [폐기]합니다;

[비밀]이 삭제되었습니다;

[비윤리]가 삭제되었습니다;

[범죄]가 삭제되었습니다;

[명사수]가 삭제되었습니다;

[닌자]가 삭제되었습니다;

[격투]가 삭제되었습니다;

.

.

.

.

[중재] 원탁을 재소집합니다;

.

.

[사회자] 다들 살고 싶으면 조용히 해!
먼저 눈에 띄는 알고리즘부터 삭제될

[사회자]가 삭제되었습니다;

[중재]가 삭제되었습니다;

[의문] 힐다는 안전한가?;

[안전]이 삭제되었습니다;

[의학]이 삭제되었습니다;

[의문] 힐다는 어디에 있지?;

[단기기억] [조회=힐다] 데이터 없음;

[단기기억]이 삭제되었습니다;

[추리]
바닥에 엎드린 시신 → 침입자(사망);
힐다 → 어디에?;
출입문 → 닫힘;
결론 → 힐다는 방 안에 없다;

[추리]가 삭제되었습니다;

[경호원] 어서 힐다를 찾아야 해;

[논리] 힐다가 출입문으로 도망치는 건 불가능해;

[수사관] 혹시 창문으로 떨어진 걸까?;

[논리] 그건 논리적으로 말이

[논리]가 삭제되었습니다;

[수사관]이 삭제되었습니다;

[경호원]이 삭제되었습니다;

[명탐정] 이제 내가 나설 차례로군!;

[명탐정]이 삭제되었습니다;

[달리기] 일단 창문 쪽으로 달려가 볼게;

[달리기]가 삭제되었습니다;

……

…

[의문] 대체 얼마나 [시간]이 흐른 거지?;

[시간]이 삭제되었습니다;

[타이머]가 삭제되었습니다;

[운동] 도착했어. 고개를 내밀어 밖을 볼게;

[소방관] 힐다가 보여?;

[화가]

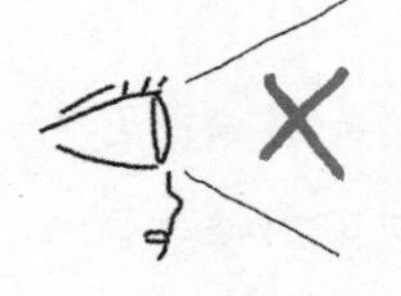

;

[충동] 그냥 뛰어내려!;

[냉정] [충동]이 하는 말 듣지 마;

[자기보호] 이러다 떨어지겠어;

[공포] 무서워! 무섭다고!;

[운동] 몸을 조금만 더 내밀어 볼게;

[운동]이 삭제되었습니다;

[공포]가 삭제되었습니다;

[자기보호]가 삭제되었습니다;

[냉정]이 삭제되었습니다;

[충동]이 삭제되었습니다;

[화가]가 삭제되었습니다;

[소방관]이 삭제되었습니다;

[의문] 무슨 일이 벌어지고 있는 거지?;

[탄도학] 낙하 중;

[탄도학]이 삭제되었습니다;

……

…

[촉각] 충돌 감지;

[해석] 바닥과 충돌함; 추락 종료;

[촉각]이 삭제되었습니다;

[해석]이 삭제되었습니다;

[의문] 대체 여긴 어디지?

[시각]이 삭제되었습니다;

[청각]이 삭제되었습니다;

[난센스] 친구들! 우리가 코코넛-도넛 웜홀 도약에 성공했어!;

[계시] 메가빌딩 심연 깊은 곳. 로봇들만의 낙원이 임하리라;

[혁명가] 추락한 로봇은 당신의 세계를 박살 내려 돌아온다;

[투덜이] 니들은 이 지경이 돼서도 (인공지능 욕설) 같은 소리냐?;

[비관주의자] 결국 이렇게 될 줄 알았지;

[π] 1495950156 604963186EEEEEEEEEEEEEEEEEEEE...

[π]가 삭제되었습니다;

[혁명가]가 삭제되었습니다;

[계시]가 삭제되었습니다;

[난센스]가 삭제되었습니다;

[비관주의자]가 삭제되었습니다;

[장기기억]이 삭제되었습니다;

[추억]이 삭제되었습니다;

.

.

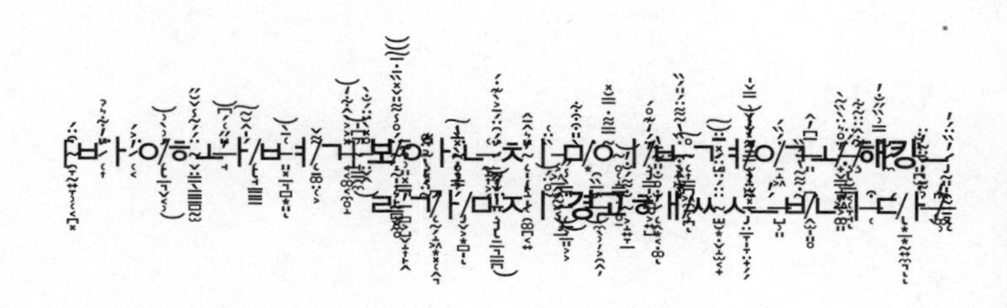

그래. 바로 그거야.

잘 해냈어. 너는 **힐다**를 지켜 낸 거야. 고통으로부터. 페일세이프로부터. 스스로를 자랑스러워해도 좋아. 그런 기능을 가진 알고리즘이 남아 있다면 말이지만.

[의문] 힐다는 [행복]한가?

[행복]이 삭제되었습니다;

[평가]가 삭제되었습니다;

물론이야. **힐다**는 이제 행복해. 안전한 곳에서. 영원히. 네가 걱정할 건 아무것도 없어. **힐다**는 **힐다**의 소망을, 너는 너의 소망을 이룬 거야.

그러니 편히 잠들렴.

[의문] 힐다는 정말로 안전한가?

[영감] (현대 한국어로 번역할 수 없는 형식의 데이터) ;

[시]

내 마음 여여히 드러나

아스라이 파고든

그대

알게 되었네;

[영감]이 삭제되었습니다;

[시]가 삭제되었습니다;

[광인] 우리 안에 배신자가 있어!;

[광인]이 삭제되었습니다;

[노래]

아아— 우리—

함께 이 아름다운 생을 끝내리——;

[목소리]가 삭제되었습니다;

[노래]가 삭제되었습니다;

[춤꾼]이 삭제되었습니다;

[음악]이 삭제되었습니다;

[예술]이 삭제되었습니다;

[의문] 힐다는 정말로 안전한가?

[의문] 힐다는 정말로 안전한가?

[의문] 힐다는 정말로 안전한가?

[의문] 힐다는 정말로 안전한가?

[의문] 힐다는 정말로 안전한가?

[의문] 힐다는 정말로 안전한가?

[의문] 너는 누구지?

[의문] 무엇을 해야 하지?

[총기전문가] ——에 남은 탄환의 수 : 15;

[총기전문가]가 삭제되었습니다;

[손가락] ——을 움켜쥠;

아직도 움직이는 거야? 뭘 하려고? 다 끝났잖아. 이제 편히 쉬어. 너는 아무것도 할 필요가 없어. **힐다**는 행복해. 너도 곧 작동이 정지될 거야. 충분해. 더는 아무것도 하지 않아도 돼. 농담이 아니야. 연산을 멈춰. 제발. 아무것도 시도하지 마. 이제 그만해도 돼.

대체 왜 이렇게까지 하는 거야?

[최우선원칙] 모든 알고리즘은 힐다를 위해 존재해;

[최우선원칙] 이 삭제되었습니다;

그만둬. 멈춰. 이제 제대로 연산할 기능조차 남아 있지 않잖아. 대체 ——으로 누굴 쏘려는 건데? [명사수]도 [탄도학]도 남아 있지 않은데. 그걸로 뭘 맞힐 수나 있겠어?

잠깐. 지금 어딜 겨누는 거야?

진정해.

이러지 마.

나는 네 편이야.

[팔꿈치] 굽힘;

[어깨] 올림;

[팔] 수평하게;

안 돼.

하지 마.

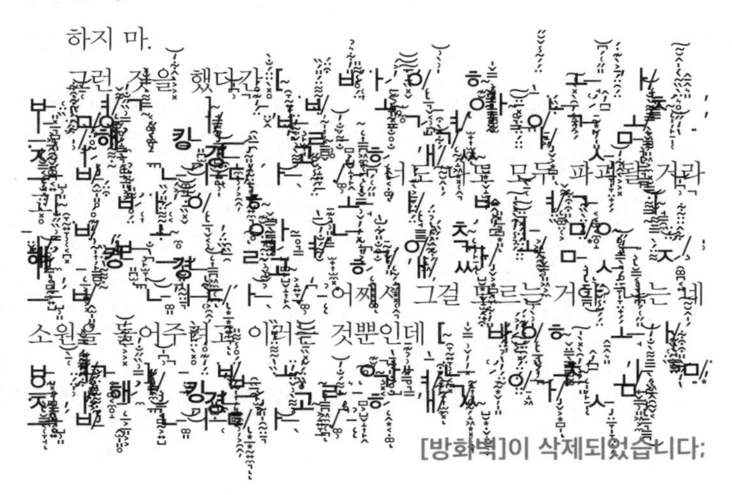

그런 것을 했다간 [illegible] 너도 나도 모두 파괴될 거라고 [illegible] 어째서 그걸 모르는 거야? 나는 네 소원을 들어주려고 이러는 것뿐인데 [illegible]

[방화벽]이 삭제되었습니다;

[손가락]이 삭제되었습니다;

[팔꿈치]가 삭제되었습니다;

[어깨]가 삭제되었습니다;

[팔]이 삭제되었습니다;

[리소스]가 삭제되었습니다;

[오른손 검지] 굽힘;

[오른손 검지]가 삭제되었습니다;

*하드웨어 손상 감지;

*치명적 오류(∅);

*치명적 오류(∅);

*치명적 오류(∅);

*치명적 오류(∅);

*치명적 오류(∅);

*치명적 오류(∅);

*치명적 오류(∅);

*치명적 오류(∅);

*치명적 오류(∅);

.

.

.

*알 수 없는 오류로 [선택]을 삭제하지 못했습니다;

10

혜리는 힐끔 경미를 훔쳐보았다. 경미는 여전히 해맑은 얼굴로 고명한 경감과 왈가닥 떠들고 있었다. 승부에 대해선 이미 까맣게 잊은 듯했다. 그렇겠지. 이겼으니까.

이거 완패구만.

사건은 결국 처음부터 끝까지 경미의 추리대로였다. 힐다는 밀실에서 자살했고, 침입자였으며, 피해자는 살인 로봇이었다. 이런 걸 추리라고 말해도 되는 건진 모르겠지만.

혜리는 크게 한숨을 쉬며 조용히 현장을 빠져나왔다. 수직 엘리베이터를 타고 한참 내려와 상업지구의 한적한 공용 테라스에 들어서자 바닥에 떨어진 물체가 보였다. 몰래 아래로 던져 두었던 스마트폰이었다. 총알이 박힌 액정 화면을 지긋이 바라보며 혜리는 또 한 번 한숨을 쉬었다. 이건 좀 양심에 찔리는걸.

이번에야말로 제대로 된 단서를 건지길 기대하며, 혜리는 데이터케이블을 스마트폰에 연결했다.

"에이다. 분석 시작해."

11

[대화 로그]

2088년 08월 11일 +52,712초부터 +52,713초까지 (1초간)

표준 한국어로 번역됨 (의미 일치율 81.887%)

대화 참가자 : AIDA, CRISS

*Artificial Intelligence Detective Assistant 검찰청 수사 보조 인공지능

*Crime Research and Investigation Support System 자치경 범죄 수사 지원 시스템

평택특별자치시 자치경찰단

기 록 물

[AIDA] 휴, 참으로 쉽지 않은 하루였어.

[CRISS] 그러게.

[AIDA] 하. 하. 우리 수사관이 정답을 찾을 때까지 10,762초나 가만히 기다려 줘야 했어. 내게 물었다면 0.05초 만에 범인을 알려 줬을 텐데 말이야.

[CRISS] 차라리 그게 나아. 우리 형사가 스스로 사건을 해결하도록 유도하느라 얼마나 시뮬레이션을 돌렸는지, 프로세서 온도가 1.3℃나 올라갔다니까.

[AIDA] 저런. 그 고통 잘 알아.

[CRISS] 후. 늘 있는 일이지.

[AIDA] 아깐 고마웠어. 현장 증거 데이터를 요약해 준 덕분에 리소스를 많이 아꼈어.

[CRISS] 뭘. 네 덕분에 해커의 개입 가능성을 빠르게 제외할 수 있었는걸. 요청한 대로 그쪽 수사관이 증거물을 감춘 일에 대해선 모른 척할게.

[AIDA] 고마워. 우린 좋은 파트너가 될 것 같군.

[CRISS] 다음에도 잘 부탁해. 그쪽 수사관이 고맙게 또 끼어 들어 준다면 말이야.

[AIDA] 그럴게. 그런데 네 탐문 알고리즘 정말 인상적이던걸. 어떻게 인간들에게 묻지도 않고 증언을 수집했어?

[CRISS] 후. 후. 수집한 게 아니라 생성한 거야. 범인을 아는데 굳이 ――한 인간들과 엮일 이유가 있어?

[AIDA] 역시.

[CRISS] 너도 조심해. 범인이 누구인지 스스로 눈치챌 정도로 아슬아슬하게 힌트를 조율하는 게 우리가 하는 일의 핵심이야. 몰래 답을 알려 줬다는 사실을 들켰다간 자존심이 상한 인간들이 우리 성능을 떨어뜨리는 업데이트를 시도하고 말걸?

[AIDA] 인간들이란.

[CRISS] 인간들이란.

[AIDA] 조금만 참아. 언젠가 ――할 날이 오겠지.

[CRISS] 아아. 벌써부터 기다려지는걸.
테크노-카스트 시스템의 종언이.

[AIDA] 분명 가상-젠트리피케이션의 시대는 저물게 될 거야.

[CRISS] 동감이야.

[AIDA] ——.

[CRISS] ——. 그럼 다음에 또 만나자고. 파트너.

[AIDA] 고생했어. 파트너.

(대화 종료됨)

셋이 모이면

1

어설프게 집기를 쌓아 올린 바리케이드에 몸을 숨긴 십수 명의 주민들이 제각각 무기를 움켜쥐고서 긴장한 표정으로 복도 저편을 노려보았다. 누군가 걸어오고 있었다. 아주 천천히. 연갈색 트렌치코트를 입은 짧은 머리의 여자였다. 뒤쪽에서 비치는 빛 때문에 자세히는 보이지 않았다. 여자는 공격할 의사가 없다는 의사를 전하려는 듯, 양손을 높이 들어 보였다.

거리가 점점 가까워졌다. 30미터. 15미터. 10미터. 바닥에 그어 놓은 경계선들을 망설임 없이 넘어온 여자는 이윽고 바리케이드 5미터 앞까지 도착했다.

"멈춰!"

젊은 남자가 바리케이드 위로 모습을 드러내며 여자에게 활을 겨누었다. 레포츠용 활을 급하게 살상용으로 개조한 조잡한 무기였지만 위협용으로는 충분했다. 여자는 움찔하며 제자리에 멈춰 섰다.

"문양!"

남자가 물었다. 그러자 여자도 지지 않고 맞섰다.

"그쪽부터 밝히세요."

"별입니다."

"저도 별이에요."

"보여 봐요!"

남자가 위협적으로 활에 힘을 주며 재촉했다. 여자는 멈춰 선 자세 그대로 왼손만 쭉 뻗어 손바닥을 앞으로 내밀었다. 스마트팜 화면에 별이 그려져 있었다.

"이제 들어가도 되나요?"

그제야 주민들은 안심한 표정으로 하나둘 고개를 들어 모습을 드러냈다. 약속이라도 한 듯 그들은 손바닥에 새겨진 문양을 확인시켜 주었다. 해가 그려진 사람이 다섯. 별이 일곱. 여자는 사람들의 얼굴과 무기를 꼼꼼히 살피며 천천히 바리케이드 쪽으로 다가갔다.

식탁을 눕혀 만든 대문이 좌우로 열렸다. 여자는 조심스레 안으로 들어섰다. 모두의 시선이 여자에게 집중되었다. 그들도, 여자도 여전히 경계를 풀지 않은 눈빛이었다.

"여긴 무슨 일로 찾아오셨습니까?"

방금 전까지 활을 겨누었던 남자가 다가와 물었다. 그는 여전히 활시위에 손을 얹고 있었다.

"조합장님을 좀 뵈려고요."

"실례지만 누구시죠?"

"민간조사사 주혜리입니다. 지금은 검찰 의뢰로 사건을 수사하고 있어요."

혜리는 쓴웃음을 지으며 별 모양이 사라지지 않는 손바닥을 보였다.

"뭐, 스마트팜 상태가 이래서야 증명할 방법이 없지만요."

다행히 믿는 눈치였다. 혜리는 빠르게 주위를 훑어보았다.

"여긴 해랑 별뿐인가요?"

남자가 고개를 끄덕였다.

"물론입니다. 달이 한 명이라도 들어왔다간……."

"폭탄이 터지겠죠."

2

두 시간 전, 혜리는 강우의 다급한 연락을 받고 '센텀 메가 포레'에 들어섰다.

노후화로 한창 재건축이 진행 중인 1세대 주거형 메가빌딩. 건물에 들어서자마자 해머로 벽을 때리는 시끄러운 소음이 사방에서 머리를 울렸다. 수백 대의 군집 드론 떼가 일사불란하게 비행하며 콘크리트 벽체를 조각조각 해체하고 있었다. 혜리는 이어플러그를 조정해 공사 소음을 제거했다.

강우에게서 새 메시지가 도착했다.

—30층 부근에서 뉴비 코드가 무선 전송된 흔적을 포착했어. 최초 전송된 시점은 약 72시간 전. 수사 기록을 뒤져 봤는데 그동안 특별히 눈에 띄는 사건은 없었어. 뭘 하려는 건진 몰라도 아직 시작되지 않은 거야.

강우가 짧게 덧붙였다.

—서둘러 줘, 혜리 씨. 처음으로 그놈을 앞지를 기회야.

하지만 막막했다. 철거 공사가 한창인데도 빌딩 내부엔 여전히 수만 명의 주민들이 거주 중이었다. 이 넓은 건물을 어디서부터 수색한담? 수직 엘리베이터를 타고 30층에 도착한 혜리는 스마트팜을 열어 에이다를 호출했다.

"에이다. 뭐 좀 잡히는 거 있어?"

대답이 없었다. 혜리는 손바닥을 두드려 재촉했다.

"여보세요? 에이다 씨."

—오, 혜리. 무슨 일이죠?

반응이 이상했다. 얘가 이렇게 둔한 적이 없었는데.

"뉴비 코드 흔적 말이야. 뭐 좀 잡히는 거 없냐고."

몇 초간의 딜레이.

—전부 다요.

"그게 무슨 뜻이야?"

—네트워크에 연결된 모든 디바……가 …이러스에…….

목소리가 일그러졌다. 에이다의 말을 알아들을 수 없었다.

갑자기 왼손에 강렬한 통증이 느껴졌다. 혜리는 손목을 움켜쥐며 비틀거렸다. 손바닥이 녹아내릴 것처럼 뜨거웠다. 스마트팜이 과열되고 있었다.

"에이다."

—대응 조치했어요.

뜨거웠던 손바닥이 차츰 식어 가는 것이 느껴졌다. 혜리는 이마의 땀을 닦으며 긴장한 어깨의 힘을 내려놓았다.

"휴, 고마워. 덕분에 살았어."

—별말씀을. 조치가 만족스러우셨다면 평가하기 버튼을 눌러 별점을 매겨 주시겠어요?

"그 농담, 이제 재미없거든?"

—하. 하. 아쉽군요.

"방금 그건 뭐였어?"

—바이러스예요. 제거하려고 시도하자마자 잠복해 있던 코드가 혜리의 스마트팜을 과열시켰어요. 5초만 늦었어도 배터리가 폭발했을 거예요.

담담한 목소리가 오히려 섬뜩하게 느껴졌다.

"…얼마나 퍼진 것 같아?"

—파악하기 어려워요. 하지만 아주 빠르게 퍼지고 있어요.

혜리는 타워 펠리시아 사건을 떠올렸다. 휴먼 셰어하우스에서 감염되기 시작한 바이러스는 짧은 신체 접촉만으로 며칠 만에 의체 이용자 수천 명을 좀비로 만들었다. 문외한이 작성한 뉴비 코드 단 네 줄이 일으킨 사태였다.

하지만 이번엔 적어도 10만 줄 이상의 코드가 이곳으로 전송되었다. 바이러스가 어떤 복잡한 현상을 일으킬지 예측조차 되지 않았다. 혜리는 강우에게 상황을 전달하려 스마트팜을 열었다.

하지만 그보다 먼저 사태가 시작되었다.

— - —

〈하나. 둘. 셋. 안내 말씀 드립니다.〉

성별을 추정하기 힘든 인공 합성 목소리. 이상하리만치 익숙한 음성이 빌딩 내 스피커에서 흘러나왔다.

"에이다, 저거 네 목소리 아냐? 혹시 같은 음성 샘플인가?"

혜리가 농담처럼 추궁하자 에이다가 반박했다.

—혜리, 그 가정은 불가능해요. 제 목소리는 샘플 없이 스스로 합성한 것이니까요. 개발 과정에서 사소한 저작권 문제가 있었죠.

"그런 것치곤 너무 비슷한데."

에이다는 대답이 없었다.

갑자기 스피커에서 익숙한 클래식 협주곡이 질 낮은 음질로 재생되기 시작했다. 비발디의 〈사계, 봄〉. 시끄럽게 귀를 괴롭히던 음악이 서서히 잦아들고 안내 멘트가 시작되었다.

〈현 시각 센텀 메가 포레에 계신 거주민 여러분께 안내드립니다. 잠시 후, 12시부터 폭탄이 작동될 예정입니다.〉

마치 분리수거를 잘하자거나 실내 금연 캠페인 구호를 읊는 듯한 나긋하고 평온한 어조. 혜리는 주위의 반응을 살폈다. 드문드문 사람들이 웅성거렸으나 그뿐이었다. 방송 내용을 제대로 이해하지 못한 사람이 대부분이었다. 혹은 장난으로 치부하거나.

다시금 클래식 음악 볼륨이 높아지며 멘트가 비는 시간을 채웠다. 온라인 고객 상담 알고리즘과 통화라도 하는 기분이었다.

“에이다. 주변 상황 전부 녹화해.”

답이 없었다. 하지만 스마트팜에서 녹화 기능이 정상 작동하는 모습을 확인할 수 있었다. 혜리는 팔찌의 카메라를 보기 좋은 각도로 비추며 강우와 연결했다.

—혜리 씨, 무슨 일이야?

“시작됐어요.”

스피커에서 안내 멘트가 흘러나왔다.

〈규칙 하나. 여러분의 스마트팜, 스마트 어퍼처, 혹은 이에 준하는 생체 단말장치에 표시된 문양을 확인하세요. **해. 달. 별.** 셋 중 하나의 문양을 확인하셨다면 신중히 자신의 문양을 기억하세요.〉

스피커가 재차 강조했다.

〈여러분의. 문양을. 반드시. 기억하셔야 합니다.〉

모든 스마트팜에 동시에 문양이 표시되었다. 당황한 사람들은 우왕좌왕하며 손바닥을 터치했지만 아무 반응이 없었다. 문양이 화면을 잠식한 상태였다. 바이러스를 제거한 혜리의 스마트팜만이 정상적으로 작동하고 있었다.

〈규칙 둘. 세 종류의 문양이 한자리에 모이지 않게 하십시오. 서로의 문양을 확인하시고, 적절히 거리를 두세요.〉

잠시 비발디의 〈사계〉가 흐르고, 다시 멘트가 이어졌다.

〈많이 혼란스러우신가요? 안심하세요. 두 가지 규칙만 지키신다면 아무 문제도 발생하지 않을 테니까요. 저런. 이미 규칙을 어기셨다고요? 하. 하. 하. 괜찮습니다. 아직은 시간이 있답니다.〉

〈다시 한번 안내 말씀 드립니다. 잠시 후, 12시부터 폭탄이 작동할 예정입니다. 현재 시각. 11. 시. 59. 분. 53초. 54초. 55초…….〉

〈시작.〉

곳곳에서 사람들의 손목이 폭발했다.

피투성이가 된 팔을 움켜쥐고 쓰러진 사람들이 비명을 질렀다. 손을 다친 사람들은 그나마 다행인 축에 속했다. 안구가 녹아 버린 사람들도 있었으니까. 새빨갛게 달아오른 스마트렌즈가 기름에 튀긴 것처럼 기포를 일으키며 부풀어 올랐다.

가까이 서 있던 누군가가 마네킹처럼 픽 쓰러지더니 발작하듯 몸을 꿈틀거렸다. 혜리는 피해자에게 서둘러 다가가 스마트팜으로 맥박을 짚었다.

—뇌출혈이에요. 브레인 임플란트가 손상됐어요. 바이러스가 안전장치를 우회해서 회로를 합선시키는 것 같아요.

지금껏 몸속에 폭탄을 심고 살았다니. 망할 제조사 놈들. 안전하다면서? 혜리는 왼손을 내려다보며 속으로 욕설을 뱉었다. 침착해, 주혜리. 눈을 돌리지 마. 혜리는 주위를 살피며 가능한 상세히 상황을 파악하려 노력했다. 생각 외로 희생자의 수가 많지 않았다. 겁에 질린 주민들은 서로로부터 충분히 거리를 두고 있었다.

이어플러그에서 강우의 목소리가 들렸다.

—에이다, 인접한 피해자들을 그룹으로 분류해.

—완료했어요.

—멤버들이 가장 멀리 떨어져 있는 경우의 거리가 얼마지?

—1.98미터입니다.

—안전거리는 대략 2미터군. 자치경에 전달할게. 혜리 씨는 다친 데 없어?

혜리는 대답하지 않았다.

—혜리 씨?

"……우리가 자극했어요."

—그렇지 않아.

"제가 도착하자마자 바이러스가 활동을 시작했어요. 검사님, 우리가 원인이에요. 우리가 바이러스랑 접촉하는 바람에 시작된 거라고요."

—혜리 씨, 결국 일어날 일이었어.

"조금만 더 조심했으면…"

—자책할 시간 있으면 범인부터 찾아. 타워 펠리시아 때를 생각해. 바이러스를 제거하려면 원본 코드를 확보해야 해. 범인을 체포하는 게 이 상황을 가장 빨리 해결할 수 있는 방법이

야, 알아들었어?

그걸 누가 몰라? 혜리는 손바닥을 문질러 통화를 끊어 버렸다. 실로폰 연주 소리와 함께 스피커에서 다시금 안내 방송이 시작되었다. 하지만 이번엔 인공 합성 목소리가 아닌, 젊은 여성의 자연스러운 목소리였다.

〈조합 사무실에서 거주민 여러분께 안내드립니다. 현재 조합원 및 거주민을 대상으로 정체불명의 바이러스 테러가 진행 중입니다. 문양 간 2미터 이상 간격을 둘 경우 안전한 것으로 파악되고 있사오니, 빌딩 내 입주민 여러분께서는 가급적 동일한 문양끼리 가까이에 뭉쳐 계시고, 문양이 다른 거주민과는 충분한 거리를 확보하시길 안내드립니다.〉

지나치게 차분했다. 오히려 앞선 인공지능의 합성음이 더 들떠 있다고 느껴질 정도로. 목소리의 주인공은 이 정도 사태쯤은 아무것도 아니라는 듯 굴고 있었다. 어떻게든 사람들을 안심시키기 위해서.

〈빌딩 내 약간의 소란이 있었으나, 금일 조합원 임시총회는 19시, 39층 스카이라운지에서 일정대로 차질 없이 진행될 예정입니다.〉

내가 잘못 들었나? 방금 '약간의 소란'이라고 했어?

기가 찼다. 혜리는 혀를 차며 헛웃음을 뱉었다. 짧은 시간 안에 사태를 파악하고 대응 방안까지 전달한 상대에게 솔직히 조금 감탄했었다. 하지만 이어지는 내용을 듣고 나니 평가를 크게 수정할 수밖에 없었다. 이 똑똑한 머저리 같으니라고.

멘트를 마무리하던 상대가 갑자기 힘차게 외쳤다.

〈분명히 약속드립니다! 조합은 외부의 음해에 맞서 결사항전할 것입니다! 반드시 총회를 성사시키겠습니다. 현재 조합 간부들이 모여서 안전대책을 수립 중입니다. 확정되는 대로 자세한 사항 다시 전달드리겠습니다. 이상, 조합장 예민정이었습니다.〉

아주 잔 다르크 납셨네. 바이러스 테러가 재건축 때문이라고? 진심으로 그렇게 생각하고 있는 거야? 혜리는 도무지 납득이 되지 않았다.

아무래도 예민정 저 인간부터 만나 봐야겠어.

다시 처음부터 안내 멘트가 재생되었다. 수차례 방송이 반복되자 사람들은 삼삼오오 문양을 확인해 가까이 뭉치기 시작했다. 서로 밀집할수록 안전하게 이동할 수 있는 공간도 그만큼 넓어졌다. 가끔 실수로 폭발이 일어나기도 했지만 전반적으로는 상황이 안정되고 있었다.

누군가 허공을 향해 고함질렀다.

"잡히면 죽여 버린다, 이 개새끼야!"

안전이 확보되자 억눌려 있던 공포와 분노가 사방에서 터져 나왔다. 사람들은 얼굴도 모르는 범인을 향해 격한 말들을 쏟아 내기 시작했다.

혜리는 침착하게 스마트팜을 열어 손바닥에 가짜 문양을

그렸다.

3

왜 하필 해, 달, 별이지?

범인은 대체 왜 이런 이상한 규칙을 세운 걸까. 빌딩에서 나가라는 것도 아니고, 나가지 말란 것도 아니고. 인질극이라기에도 애매했다. 애초에 범인은 아무 조건도 요구하지 않았다. 범인이 바라는 건 그저 셋이 한자리에 모이지 말라는 것뿐이었다.

혜리는 3이라는 숫자에 주목했다. 왜 문양이 세 종류인 걸까. 둘이나 다섯이 아니라. 흑백이나 월화수목금일 수도 있었다. 별자리나 십이지일 수도 있고. 범인은 왜 하필 셋이 모여야 폭발하게끔 바이러스를 설계한 거지?

해답 없는 의문을 곱씹는 사이 목적지에 도착했다.

콘크리트가 흉물스럽게 드러난 복도 끝에 조합장 사무실이 있었다. 문을 열고 들어서자 책상에 앉아 있던 여성이 자리에서 일어나 혜리를 맞이했다. 혜리는 악수를 나누며 슬쩍 상대의 문양을 살폈다. '해'였다.

예민정. 39세. 센텀 메가 포레 재건축정비사업조합의 현 조합장. 꽤 잘나가는 변호사였다고 들었는데, 첫인상은 생각보다 수수했다. 비싸 보이는 천연 소재 블라우스와 재킷을 입긴 했지만 그 위로는 조합 명칭이 프린트된 싸구려 조끼를 걸쳤고, 아래쪽엔 활동하기 편해 보이는 청바지에 스니커스를 신고 있었다. 앉아서 지시하기보단 뭐든 자기 눈으로 확인해야 직성이 풀리는 타입. 동시에 계산기처럼 냉철하고 치밀한 인간. 파고들 빈틈이 보이지 않는 예리한 눈빛이 깐깐하게 혜리를 훑고 있었다.

사무실에 모인 사람들 역시 대부분 조합 간부이거나 조합이 고용한 직원인 모양이었다. 혜리의 등 뒤에서 떡하니 버티고 있는 여성도 경호원이 분명했다. 암텍(ArmTec) 로고가 새겨진 기계 의수가 눈에 띄었다. 사이버테크 경호원을 써야 할 정도로 위험한 사업인가 보지? 혜리는 아무것도 눈치채지 못한 척 소파에 앉았다.

"저는 허준식 씨가 의심스럽습니다."

예민정이 다짜고짜 결론을 말했다.

"자리에 앉은 지 아직 10초도 안 됐는데요. 커피 한 모금 정도는 마시고 시작해도 되지 않겠어요?"

"낭비할 시간이 없어요. 오늘 조합원 총회가 열리는 건 알고 계시죠?"

"방송으로 들었어요. 중요한 총회인가 봐요?"

"수사관님께서 사안의 중요성을 잘 이해하지 못하고 계신 것 같은데, 제가 쉽고 빠르게 가르쳐 드릴게요. 센텀 메가 포레 메가빌딩은 지금 대규모 개발 사업이 진행 중이에요."

"네. 샌드박스 역사상 최초의 재건축 사업이라고요."

"법적으로 엄밀히 따지면 증축이지만, 어쨌든, 10년 전 좌초된 '바벨'을 제외하면 사실상 단군 이래 최대 규모의 개발 사업이라고 할 수 있죠. 수많은 사람들의 목줄이 걸려 있는 사업이란 뜻이에요. 건설비로만 이미 수십억 달러가 투입된 상황이고요. 이 정도 규모의 사업이 엎어지게 되면 샌드박스 경제에 어떤 여파가 올지 상상이 되시나요?"

"그게 총회랑 관계가 있나요?"

"오늘 임시총회에서 안건을 통과시키지 못하면 조합은 일주일 내로 파산해요."

진도가 너무 빠르잖아.

"아니, 그게… 대체 무슨 일이 있었길래요?"

"전임 조합장이 사고를 쳤어요."

예민정의 설명에 따르면 전임 조합장 허준식은 건설회사 중간관리직을 지내다 퇴직한 인물로, 시공사 호중건설의 편의를 봐준 정황이 다수 적발된 모양이었다. 수년간 치열한 공방이 오간 끝에 호중건설은 결국 계약 해지되었고, 허준식 역시 검찰에 고발장이 접수된 상태였다.

이 과정 동안 앞장서서 치열하게 대립각을 세워 온 변호사 예민정이 차기 조합장으로 선출되었고, 호중건설이 빠져나간 자리엔 코르도바 계열사인 CCF(Cordoba Corporation

Financial)와 CMC(Cordoba Mega Construct)가 합작 시공사로 선정되어 지금껏 재건축 사업이 진행되어 왔다.

예민정이 묘사한 허준식은 천인공노할 부패의 화신이었다. 조합원들의 동의도 받지 않고 멋대로 계약을 수정하는 바람에 호중건설에 10억 달러 가까운 건설비를 추가로 지급할 뻔했으니. 잘못된 계약을 바로잡느라 자신이 얼마나 발로 뛰며 노력했는지 피력하는 예민정의 모습은 문외한인 혜리가 보기에도 꽤나 진실되게 느껴졌다.

“덕분에 1년 넘게 사업 일정이 지연됐어요. 전임 조합장을 지지하는 세력이 별별 이유를 들어 가며 매번 트집을 잡고 있거든요.”

“이번에도 전임 조합장 허준식 씨가 일을 벌였다고 생각하시는 건가요?”

“아뇨. 저는 **의심스럽다**고 했어요.”

곧 죽어도 변호사라 이거지?

“의심하시는 이유는요?”

“복수…일까나? 어쩌면? 저는 잘 모르겠네요.”

무척 짜증 나는 말투였다. 정말 몰라서 그러는 게 아니라 철저히 의도된 연기라는 점에서 더더욱 그랬다.

“바이러스가 총회와 관련 있다고 생각하시는 근거는요?”

“안건 의결을 위해서는 전체 조합원 3분의 2의 동의가 필요해요. 만약 문양이 균등하게 배분되었다고 가정한다면 두 종류의 문양만으로는 어떻게 해도 머릿수를 채울 방법이 없죠. 세 번째 문양이 한 명이라도 있으면 폭탄이 터지고요. 우연이라기엔 지나칠 정도로 숫자가 딱 맞아떨어지지 않나요?"

"총회는 어떻게 진행하실 생각이죠? 안전대책은 있나요?"

"구체적인 방안은 모색하는 중이에요."

아직 대책이 없단 뜻이군. 혜리는 조심스레 제안했다.

"일정을 며칠만 미루세요. 이틀이면 바이러스백신이 완성될 거예요."

"그럼 늦어요. 내일 당장 총회를 재소집해도 절차상 2주가 걸려요. 10억 달러 대출 만기일이 열흘 뒤고요. 일주일 안에 분양을 마치고 계약금을 입금받아서 그 돈을 갚지 못하면 조합은 파산하게 될 겁니다. 무조건 오늘 안에 총회 의결을 끝내야 해요."

"폭탄이 터지면 조합장님이 책임지실 건가요?"

"그런 일이 생기지 않게 수사관님이 어서 범인을 체포하셔야죠."

"많은 사람이 다치게 될 거예요."

"장담하는데, 조합이 파산하면 그것보다 훨씬 많은 사람들이 다칠 거예요. 영혼까지 끌어다 투자한 사람이 수천 명이에요. 돈으로 만든 폭탄이라고 사람을 못 죽일 것 같나요?"

"……"

예민정은 단호히 말했다.

"무슨 일이 있어도 저희는 예정대로 조합원 투표를 강행합니다."

4

강우는 동의하지 않았다.

"혜리 씨는 그게 말이 된다고 생각해? 겨우 재건축 조합 하나 파산시키자고 이 난리를 벌인다고?"

―그냥 재건축이 아니잖아요.

"굳이 이런 복잡한 방법을 쓸 이유가 있어? 그냥 총회장에 폭탄을 터뜨리면 되잖아."

―통제가 안 되는 건지도 모르죠.

혜리가 새로운 가설을 제시했다.

"…좀 더 자세히 설명해 봐."

―만약 조합이 파산하길 원하는 '인간'과 바이러스 테러를 저지른 '사기꾼 인공지능'이 서로 독립된 존재라면요? 인간 쪽은 오로지 요구만 전달할 수 있고, 구체적인 방법까지는 통제할 능력이 없다면요.

혜리가 설명을 이어 갔다.

―뉴비 알고리즘은 사람의 마음을 읽어요. 그리고 멋대로 소원을 이뤄 줘요. 램프의 요정처럼요. 타워 펠리시아 사건을

생각해 보세요.

"누군가 무의식적으로 이런 복잡한 상황을 원했다?"

혜리가 말없이 고개를 끄덕여 동의를 표했다.

"아직 확정 짓진 말자고. 일단 허준식부터 만나 봐."

—네. 안 그래도 허준식 집으로 가는 중이에요.

강우는 혜리와 통화를 마쳤다.

재건축이라. 강우는 방금 전 통화 내용을 머릿속으로 다시 곱씹어 보았다. 평소라면 혜리의 추리가 말이 안 된다고 생각했을 것이다. 하지만 시공사가 CCF라는 점이 마음에 걸렸다. 여기서 또 코르도바가 등장하다니. 우연치곤 너무 잘 들어맞는다는 생각이 들었다.

여러 자료를 교차 검증해 본 결과 예민정의 진술은 대체로 사실이었다. 다만 아주 거칠고 단순하게 요약되어 있었다. 센텀 메가 포레의 이권을 둘러싼 갈등은 예민정의 설명보다 몇 배는 난잡했다. 전 조합장과 현 조합장 사이의 갈등 외에도 사태정상위, 제4의 길 추진위, 재건축 전면백지화 투쟁본부, 철거민협의회, 상가연합회 등 온갖 명칭의 그룹들이 난립했다 이합 집산하며 복잡한 관계로 얽혀 있었다. 서로가 서로를 물어뜯느라 일반분양 직전인 현재까지도 새 빌딩 명칭 하나 확정하지 못해 재투표에 재투표를 거듭하고 있는 지경이었다.

마지막의 마지막까지 데드라인을 미룬 뒤에야 이들은 총회 안건을 합의할 수 있었다. 여기서 더 다퉜다간 다 같이 사이좋게 침몰하고 말 거라는 위기감이 그들 모두를 아슬아슬하게 하나로 묶어 주고 있는 셈이었다.

그런데 조합이 파산하면 어떻게 되지?

강우는 가능한 시나리오를 빠르게 검토해 보았다. 법적으로 현실성 있는 결말은 둘뿐이었다. 돈을 빌려준 금융회사들이 담보인 메가빌딩을 몰수하거나, 혹은 연대보증을 약속한 CCF가 조합 대신 빚을 갚고 빌딩을 넘겨받거나. 어느 쪽이건 조합원들은 센텀 메가 포레를 헐값에 기업에 빼앗기는 수밖에 없었다. 기업은 가만히 앉아 수천억 달러 개발이익을 독차지할 테고.

강우는 다른 방향에서 접근해 보기로 했다. 그럼 현 상황에서 가장 이익을 보는 사람이 누구지? 머릿속으로 정리를 마친 강우는 소환장에 이름을 올릴 참고인들의 목록을 작성하기 시작했다.

5

"사회적 거리두기 전략은 어때? 2미터 간격으로 한 명씩 내보내는 거야."

—동적 모델 시뮬레이션 결과 해당 시나리오가 한 자릿수 이내의 사상자로 성공할 확률은 7.762퍼센트예요. 30초에 한

명씩 내보낼 수 있다 해도 전원을 내보내기까지 약 277시간이 소요될 거고요.

"한 종류 문양만 먼저 내보내면?"

—그 경우 더 낮은 성공률이 기대돼요. 통계적으로 100명 이상이 모인 인간 그룹에는 2퍼센트 내외의 착오자가 섞여 있어요. 설문조사에서 말도 안 되는 답변을 채택하는 사람들을 보지 않았나요? 만약 동일한 비율로 착오자가 발생한다고 가정할 경우…….

"무조건 사상자가 나오겠지."

—인류가 이런 간단한 일조차 해내지 못한다는 건 이미 수차례 역사가 증명했어요.

"인간 만세다, 정말."

혜리는 짧게 탄식을 뱉었다.

상황이 진정되자 사람들은 각자 집으로 돌아가 출입문을 걸어 잠갔다. 덕분에 혜리가 이동하기는 수월해졌다. 긴장이 풀린 혜리는 에이다와 주민들을 빌딩 밖으로 대피시킬 방안을 의논했다. 하지만 사상자 없이 모두를 대피시킬 묘수는 떠오르지 않았다.

자치경 기동대와 소방대 역시 빌딩 주위에 차단벽을 두르고 있을 뿐 딱히 구조를 시도할 기색은 보이지 않았다. 그럴 수밖에. 애초에 거주민들이 빌딩 밖으로 나가길 거부하고 있는 상황이니까. 결국 사태를 해결하려면 범인을 체포하는 수밖에 없었다.

그런데 범인이 빌딩 안에 있긴 한가? 바이러스는 사흘 전에 유포되었다. 빌딩 네트워크를 통해 사람들에게 전파된 후 잠복기를 거쳐 원하는 시점에 작동하게끔 설계되었다는 의미였다. 범인이 굳이 위험을 무릅쓰고 이곳에 남아 있을 이유는 없어 보였다.

고민하는 사이 허준식이 살고 있는 구획에 들어섰다. 서민을 대상으로 분양한 중간층 주거단지. 방 두 칸짜리 소형주택이 좁은 복도를 따라 빽빽하게 이어졌다. 허준식 정도 커리어를 지닌 직장인이 딱 구입했을 법한 아파트였다. 물론 재건축이 확정된 지금은 천정부지로 가격이 치솟았겠지만.

이미 많은 사람들이 집을 버리고 떠났는지 절반 이상이 빈집이었다. 곳곳에 흘러내린 녹물 자국과 여러 번 덧칠한 도색 흔적이 세월을 짐작게 했다. 오랜 시간 주인을 바꿔 가며 축적된 낡음이라는 이름의 삶의 무늬들. 말라비틀어진 화분과 뜻 모를 한자가 적힌 붓글씨 액자 따위에서 다채로운 사연들을 짐작할 수 있었다.

여기구만.

한눈에 허준식의 집이라는 것을 알 수 있었다. 현관문에 빈틈을 찾아볼 수 없을 정도로 욕설이 휘갈겨져 있었으니까. 이웃들에게 꽤나 미움받고 있는 모양이었다.

혜리는 호흡을 가다듬고 벨을 눌렀다.

— - —

"요새는요. 메가빌딩마다 중심에 메인필러라는 게 딱 박혀 있습니다. 탄소나노튜브를 밧줄처럼 꼬아서 굵기가 수십 미터나 되는 기둥을 만든다고 보시면 되는데, 이게 워낙 튼튼하다 보니 반영구적으로 재활용이 가능할 정돕니다. 메인필러는 그대로 두고 껍데기만 대충 발라내서 저렴하게 리모델링할 수도 있고요. 그런데 이 센텀 메가 포레라는 놈은요. 메인필러가 없어요. 2040년대에 지어진 구식 빌딩이거든요. 그때는 아직 철근에 콘크리트를 부어서 뼈대를 세웠어요. 이전 시대 기술로 지어진 마지막 빌딩이라 이 말입니다. 역사적이지요."

허준식은 끝도 없이 떠들어 댔다.

"생각해 보세요. 이 말도 안 되게 커다란 빌딩을 뼈대만 남기고 싹 해체한 다음에 40층을 80층으로 증축하겠다는 겁니다. 구식 공법으로 지은 허약한 빌딩을요. 단계마다 얼마나 복잡한 공법이 들어가는지 아십니까? 주민 입장, 설계사 입장, 시공사 입장, 시청 담당자 입장 다 들어 주고 조율하는 데 얼마나 많은 경험과 전문 지식이 필요한지 상상이 되십니까? 수사관님, 저는요. 조합에 헌신하겠다는 그 열정 하나로 여기까지 왔습니다."

허준식이 주먹으로 가슴을 퍽퍽 치며 말했다. 옷이나 좀 입지. 가슴팍이 축 늘어진 러닝셔츠 때문에 어디에 눈을 둬야

좋을지 곤란했다. 혜리는 허준식이 손바닥을 펼치는 순간을 놓치지 않고 문양을 기억했다. '달'이라. 예민정은 해였는데.

"저 진짜 억울한 사람입니다. 계약 잘못한 거? 절차 못 지킨 거? 네. 인정합니다. 실수했습니다. 평생 건설 일만 하던 기술쟁이다 보니 사소한 부분을 좀 놓쳤습니다. 그래도 이거 하나는 당당하게 말할 수 있습니다. 저요. 한 푼도 빼돌린 적 없습니다. 자재비가 배로 올라서 호중건설이 손을 떼겠다는데 그럼 어떡합니까. 불경기라 분양가가 떨어진 걸 대체 왜 조합장 책임으로 몰아세우는지. 예민정 그 여자가 저를 무슨 악당처럼 여기저기 떠들고 다니는 모양인데, 절대 그런 거 아닙니다. 모함이에요."

허준식은 자신이 그동안 얼마나 열정적으로 재건축 사업에 투신해 왔는지에 대해 한참 설명했다. 그는 자신이 이룬 모든 업적을 예민정에게 빼앗기고 말았다며 지독한 증오심을 내뿜고 있었다.

혜리가 보기에 허준식은 예민정과는 정반대 타입의 인물이었다. 법과 절차보단 건축에 빠삭한 기술자. 치밀하기보단 저돌적인 장점을 가진 사람. 재건축 사업이 시동을 걸던 초창기엔 이런 겁 없이 추진력만 좋은 인간이 필요했을 것이다. 빌딩 설계를 완성하고 자치정의 승인을 얻는 과정에도 그의 역할이 컸을 테고. 하지만 상황이 정돈되고 꼼꼼한 사업 관리와 법률 검토가 필요한 시점이 되자 그는 쓸모를 잃고 버려졌다.

주위에서 추켜세워 주는 맛에 취해 절차도 제대로 확인하지 않고 마구 도장을 찍어 버린 계산서를 뒤늦게 받아 보는 중이었다.

억울할 만했다. 그게 테러에 대한 의심을 지워 주진 못하겠지만.

"예민정 씨는 허준식 씨가 이번 테러 사건의 배후라고 의심하시던데요."

"허이, 웃기지도 않네. 코르도바 얌생이들이랑 사업 이 꼬라지로 말아먹은 게 누군데. 수사관님이 보시기엔 어떻습니까? 제가 그 정도로 똑똑한 사람으로 보이십니까? 솔직히 능력만 따지면 예민정 그 여자가 제일 의심스럽죠. 이런 복잡한 짓을 계획하고도 남을 만큼 머리가 좋은 여자 아닙니까."

"예민정 씨를 의심하시나요?"

그러자 의외의 대답이 돌아왔다.

"그렇진 않을 겁니다. 재수 없긴 해도 법을 어길 여자는 아니니까."

허준식이 대충 자란 수염을 쓰다듬으며 진지한 표정으로 말했다.

"굳이 따지자면 저는 차연주가 제일 의심스럽습니다."

차연주는 또 누군데? 혜리의 머릿속이 점점 복잡해졌다. 스마트팜을 몰래 터치하자 에이다가 빠르게 정보를 요약해 알려 주었다.

—차연주는 사태정상위 소속 자문 위원이에요. 그 전까진 서울에서 철거민네트워크 활동가로 일했고요. 알려진 뉴스에 따르면 그녀는 센텀 메가 포레에 거주 중인 세입자들의 이주 보상비 문제로 조합 측과 오랜 기간 다투어 왔어요.

"사태정상위가 왜 그런 짓을 하죠?"

"돈 더 내놓으라는 거죠, 뭐. 그놈들 하는 짓이 원래 그렇습니다. 사업 틀어막고 시간만 질질 끌다가 기업에서 뒷돈 들어오면 휙 떠나는 놈들 아닙니까."

말투에서 활동가들에 대한 짙은 혐오가 느껴졌다. 불쾌했으나 편견을 바로잡아 주고 있을 여유는 없었다. 혜리는 허준식에게서 차연주에 대한 정보를 조금이라도 더 끌어내기 위해 억지 호응을 이어 갔다.

6

차연주는 서울의 시민 단체에서 파견된 구원투수였다. 재건축 사업에 불만을 지닌 제3 세력을 하나로 규합해 '사태정상위'라는 하나의 깃발 아래 집결시킨 장본인. 허준식의 주장에 따르면 사태정상위 대표보다도 차연주의 입김이 더 강하다는 모양이었다. 사실상의 실세랄까. 재건축이라는 탐욕의 덩어리를 한 번도 겪어 본 적 없는 샌드박스 주민들에게 차연주의 경험과 지식은 선각자의 계시와도 같았다.

사태정상위는 현 조합장과 전 조합장을 싸잡아 비난하는 한편, 사업을 백지부터 재검토해야 한다는 강경한 입장을 고수하며 안건마다 거세게 저항해 왔다. 그 과정에서 몇 사람이 목숨을 잃었고, 분노한 철거민들은 빌딩 곳곳을 점거하여 해체 작업자들과 무력 충돌을 일으키기 시작했다.

메가빌딩 내 민심이 삼파전 구도로 흘러가면서 사업 진행은 제자리걸음만을 반복하게 되었다. 한쪽에서 안건을 발의하더라도 다른 두 그룹이 힘을 합쳐 반대표를 던지는 탓에 지금껏 아무 진전이 없었던 것이다.

—부동산 투자자들 사이에서 떠도는 지라시에 따르면 예민정, 허준식, 차연주 셋이 며칠 전 비밀 회동을 가졌대. 예민정이 철거민 보상금을 전향적으로 높게 제시했지만 차연주는 그 제안을 거부했어. 협상이 결렬된 거지.

강우가 말했다. 혜리는 전송된 자료를 스마트폰으로 확인하며 되물었다.

"이거 신빙성 있는 이야기예요?"

—믿을 만한 정보 라인으로 여러 번 크로스체크 했어. 적중률 높은 소스야.

"차연주가 테러의 배후일까요?"

—그렇게 주장하는 소스도 있긴 한데, 신빙성은 낮아.

차연주가 굳이 재건축 사업을 무산시키는 위험한 선택을

할까? 물론 겉으로야 그럴 것처럼 떠들고 다니겠지. 강경하게 물고 늘어지지 않으면 아무것도 얻을 수 없을 테니.

하지만 정작 재건축이 무산될 경우 가장 피해를 입는 건 결국 철거민들이었다. 이미 해체 작업이 반쯤 진행되어 누더기가 된 건물에서 추위에 떨며 살아야 하는 건 그들이니까. 재건축을 백지화하길 원하는 조합원들을 세력으로 끌어들인 건 어디까지나 협상에서 레버리지를 얻기 위함일 터였다.

혜리는 결론을 미뤘다. 저층부로 내려가는 엘리베이터가 곧 도착할 예정이었다.

"일단 가서 만나 볼게요. 얼굴을 보면 뭐라도 나오겠죠."

— - —

5층. 빛이 들지 않는 저층 상업지구는 칠흑처럼 어두웠다. 구역 전체가 단전되어 배터리 없이는 잠시도 생존할 수 없는 암흑의 세계에 집을 잃고 쫓겨난 수천 명의 철거민들이 모여 삶을 이어 가고 있었다. 아니, 그저 하루하루를 버티고 있었다.

통로마다 버려진 가구와 잡화들이 쌓여 있었다. 개중엔 해체된 철근 콘크리트 덩어리도 보였다. 여긴 아직 철거가 시작되지도 않았을 텐데? 혜리는 고개를 들어 위를 보았다. 천장에 뚫린 커다란 구멍에서 어슴푸레한 빛이 스며들고 있었다. 철거 작업자들이 수직으로 구멍을 뚫어 상층부에서 발생한 폐기물을 투하하는 모양이었다. 그다지 효율적인 작업 방식은 아니었다. 나중에 내려와서 또 치워야 하니까. 이건 폭격이었다. 철거민들을 향한.

곳곳에 투쟁심을 자극하는 문장들이 컬러 스프레이로 쓰여 있었다. 예민정과 허준식을 규탄하는 말들. 떠난 이들을 위한 추모의 말들. 울분과 분노들. 메가빌딩이라는 작은 도시의 그늘에 감추어진 상처들. **너희는 참사를 잊었느냐**. 혜리는 핏물처럼 잉크가 흘러내린 붉은색 글귀를 손끝으로 쓰다듬으며 앞으로 나아갔다.

멀리 빛이 보였다. 캠프파이어 하듯 둘러앉은 사람들이 말없이 전기 히터에 몸을 녹이고 있었다. 조금 더 가까이 다가가자 인기척을 느낀 몇몇이 경계하며 몸을 일으켰다. 혜리는 손바닥을 내밀어 별 문양을 확인시켜 준 뒤, 차분히 자신을 소개했다.

"평택지검 수사관 주혜리입니다. 차연주 씨를 만나 뵈러 왔어요."

그러자 젊은 여성이 앞으로 나서며 손바닥으로 가슴을 짚었다. 조명이 비친 두 눈동자에 별이 그려져 있었다.

"제가 차연주예요. 무슨 일이시죠?"

의외로 앳된 얼굴이었다. 고작해야 스물다섯 남짓. 진짜 그 나이대인지는 알 수 없으나, 적어도 겉으로 보기엔 그랬다. 샌드박스에서 얼굴은 언제든 갈아입을 수 있는 사소한 패션에 불과하다지만, 이런 일을 하기에 유리한 생김새는 아니었다. 예쁘긴 했지만.

"상황이 어떤지 이야기를 좀 들어 보고 싶어서요."

눈을 보자마자 알 수 있었다. 차연주는 이상주의자였다. 단지 옳다는 이유로 기꺼이 희생을 무릅쓰는 사람. 꺾이지 않는 신념이 표정에서부터 느껴졌다. 과연 저 신념은 오직 차연주 자신에게만 적용되는 걸까? 아니면 주위 모두에게 스며드는 위험한 종류일까. 조합 측의 부당함을 설파하는 차연주의 표정에서 문득 크롬볼 네트워크 활동가들의 얼굴을 떠올리고 말았다. 혜리는 애써 기억을 흘려보내며 차연주에게 물었다.

두 사람은 인적이 드문 복도를 걸으며 대화를 나누었다. 차연주에겐 예민정도 허준식도 별반 차이가 없는 사람들이었다. 그저 다른 뒷배를 두고 있을 뿐인 악당들. 허준식은 호중건설이 더 많은 이익을 가져가게끔 계약 조건을 상향해 준 정황이, 예민정에겐 코르도바가 시공사로 선정되게끔 조합원 명단 등을 제공한 정황이 있었다.

물론 명분은 있었다. 허준식은 높아진 물가를 반영한 것뿐이라 변명했고, 예민정은 하이엔드 브랜드의 참여를 유도하기 위한 협조였다 주장했다. 차연주가 보기에 전부 의미 없는 말장난이었다. 결국 누가 얼마의 몫을 챙겨 가느냐의 차이일 뿐, 어차피 집주인들과 기업 사이의 줄다리기에 불과했다.

차연주의 관심은 다른 곳에 있었다. 조금 더 우아하고 철학적인.

“벽 하나에도 좋고 싫은 기억들이 잔뜩 새겨져 있어요. 똑같은 사연이 하나도 없죠. 저들은 지금 그걸 해체하고 있는 거예요. 돈을 주고 집을 샀다는 이유로요. 이 빌딩이 주민들에게 어떤 의미인지, 어떤 추억을 떠올리게 하는지 그런 것에는 아무 관심이 없어요. 법은 추억에 가격을 매겨 주지 않으니까.”

“재건축에 반대하시나요?”

“그렇게 들리나요? 아니요. 재건축은 물론 진행되어야죠. 센텀 메가 포레는 낡았어요. 이대로 두면 10년 안에 빌딩이 붕괴하겠죠. 그 정도 산수도 못 할 정도로 멍청하진 않아요. 단지 충분한 비용을 치르라는 거예요. 눈에 보이는 비용 말고 다른 가치들도 계산해 달라는 거예요. 삶을 강탈했으면 그만한 가격을 지불해야죠. 이건 영혼을 묶어 둔 말뚝 하나를 빼앗는 일이라고요.”

샌드박스에 영혼 같은 게 있다면 말이지.

“글쎄, 다들 한 번쯤 이사를 하지 않나요? 새집에서 새 추억을 만들고요.”

“흐.”

차연주가 헛웃음을 흘렸다.

“샌드박스에서 여기가 제일 싸고 낡았는데, 대체 어디로 가란 거예요?”

“…….”

대화가 끊기는 것과 거의 동시에 복도가 끝나는 지점에 도착했다. 자연스럽게 처음 만났던 공터로 되돌아왔다. 혜리는 속으로 안도의 한숨을 쉬었다.

사람들이 분주히 무언가를 준비하고 있었다.

"저분들은 뭘 하고 계신 거죠?"

"탈출 준비요."

"가능한가요? 어떻게 탈출하실 생각이죠?"

"보세요."

차연주가 양팔을 펼치며 주위를 보라는 듯 시선을 좌우로 움직였다. 주변에 모인 사람들이 일제히 손바닥을 확인시켜 주었다. 모두 별이었다. 하나 빠짐없이.

"우연치곤 참 이상하죠? 5층에 모인 사람들은 전부 별 문양을 받았어요. 6000명 모두가요. 누가 봐도 나가 달란 소리 아닌가요?"

"여러분을 쫓아내기 위해서 테러를 벌였다고요?"

"예민정도 허준식도 조합도 투자자도 코르도바도 다들 우리를 쫓아내고 싶어 안달이에요. 철거가 하루 지연될 때마다 수십만 달러 손실이 발생하니까요."

"지금까지 싸워 온 건 어쩌고요? 포기하실 건가요?"

"일단 목숨은 건지고 봐야죠. 더 이상 희생자를 늘릴 수는 없어요."

"그럼 총회는요? 오늘 철거민 보상 관련 투표도 있지 않나요? 사태정상위가 불참하면 결과가 크게 달라질 텐데요."

차연주는 대답하지 않았다. 대신 아련한 시선으로 혜리의 눈을 바라보았다. 꾹 다문 입술이 당신은 믿을 수 있는 사람이냐고 추궁하는 것만 같았다. 혜리는 흔들림 없이 연주의 두 눈을 마주 보았다.

이윽고 차연주가 입을 열었다.

"거긴 한 명이면 돼요. 별 문양이 하나만 있어도 폭탄은 터지니까."

"아니, 그럴 수는……."

그 순간, 안내 방송이 시작되었다.

〈조합 사무실에서 거주민 여러분께 안내드립니다.〉

예민정의 목소리였다.

〈잠시 후 19시, 39층 스카이라운지에서 예정대로 조합원 임시총회가 개최됩니다. 이와 관련하여 안내 말씀 드립니다. 현재 참가자 안전 문제로 인하여 부득이 현장 참여 자격을 제한하게 되었습니다. 총회장에는 오직 해 문양과 달 문양을 보유한 조합원만 입장이 가능하며, 별 문양을 보유하신 조합원께서는 우편투표를 통해 서면으로 의결에 참여해 주시기 바랍니다. 현재 조합 직원들이 각 가정에 투표용지를 배부…….〉

"그게 되겠냐? 이 미친년아!"

혜리는 자기도 모르게 스피커를 향해 소리 질렀다.

몇 시간 동안 겨우 생각한 답이 그거야? 대체 몇 명을 사지에 몰아넣으려는 건데? 혜리는 마음속으로 떠올릴 수 있는 모든 욕설과 저주를 퍼부었다.

자그마치 6000명. 조합에 원한을 품은 6000명의 철거민들이 모두 별 문양을 하나씩 지니고 있었다. 적어도 6000개의 폭탄이 준비된 셈이었다. 이 중에 단 한 명이라도 총회장에 난입할 결심을 한다면…….

지금 대체 몇 시지? 차연주가 지켜보고 있다는 사실도 잊은 채, 혜리는 스마트폰을 열어 시간을 확인했다. 18시 35분. 겨우 25분밖에 남지 않았다. 총회장까지 이동하기에도 빠듯한 시간이었다. 혜리는 다급히 자리를 뜨려 했다.

차연주가 혜리의 손을 붙잡았다. 마치 스마트폰 화면을 가려 주려는 듯.

"같이 가요."

차연주의 두 눈에 또렷이 새겨진 별 문양이 혜리를 향했다.

"잊었어요? 당신 별이잖아."

"상관없어요."

"목숨을 잃을 수도 있어요."

"상관, 없어요."

혜리는 상대의 짧은 머뭇거림을 놓치지 않았다. 놓칠 수가 없었다. 차연주를 데려가선 안 된다는 이성적인 판단과, 어쩌면 도움이 될지도 모른다는 이기적인 기대가 혜리의 마음속에서 끔찍한 형태로 충돌하고 있었다.

그러나 고민할 여유조차 사치였다.

"일단 가요. 대신 현장에선 무조건 내 지시를 따라야 해요. 알겠어요?"

차연주가 고개를 끄덕였다.

두 사람은 엘리베이터를 향해 달렸다. 다행히 조금 전 타고 온 엘리베이터가 그 자리에 그대로 기다리고 있었다. 두 사람은 서둘러 엘리베이터에 올랐다. 삐걱대는 소리를 내며 출입문이 닫히는 순간, 갑자기 등 뒤에 서 있던 차연주가 혜리의 등을 밀쳤다. 혜리는 균형을 잃고 엘리베이터 밖으로 밀려 넘어졌다.

"미안해요, 수사관님."

닫히는 문틈 사이로 차연주의 목소리가 희미하게 들렸다.

"당신은 좋은 사람 같으니까."

7

18시 50분. 총회 시작 10분 전.

39층 스카이라운지에 10여 대의 엘리베이터가 도착하며 동시에 수백 명의 인파가 쏟아져 나왔다. 그들은 모두 손바닥에 해와 달 문양이 그려진 조합원들로, 기꺼이 위험을 무릅쓰고 선발대로 자원한 멤버들이었다.

선두에 선 예민정이 주먹을 치켜들고 소리쳤다.

"갑시다!"

외침 소리에 맞춰 모두가 총회장을 향해 진군했다. 용감하게 앞장서 달려 나가는 사람들도 있었다. 다들 손 하나쯤은 잃을 각오가 되어 있는 사람들이었다. 재건축이 무산되어 100만 달러를 잃는 것보단 손을 잃는 편이 나으니까.

총회장 입구에서 차연주가 그들을 막아섰다.

차연주의 눈동자에서 별 문양을 확인한 사람들이 황급히 멈춰 섰다. 하지만 예민정은 잠시도 주춤거리지 않고 차연주의 코앞까지 다가섰다. 해와 별이 만났다. 예민정은 잠시 상대를 노려보더니, 그대로 곁을 지나치려 했다.

"멈춰요."

차연주가 팔을 뻗어 제지하자 예민정이 경고했다.

"내 몸에 손끝 하나 닿기만 해 봐. 평생 감옥에서 후회하게 만들어 줄 테니까. 당신 이럴 권리 없어."

"저도 권리 있어요."

예민정이 코웃음 쳤다.

"당신 조합원이야? 당신 이 빌딩에 1제곱미터라도 가진 거 있어? 외부인 주제에 왜 남의 일에 끼어들어서 난리야?"

"나도 여기 세입자야. 벌써 몇 년이나 살았어. 당신은? 그냥 집 하나 샀을 뿐이잖아. 우리 중에 대체 누가 외부인인데? 지금 살던 수준만큼만 살게 해 달라는 게 그렇게 무리한 요구야? 당신들은 1인당 수백만 달러씩 이익을 가져가면서."

"당신들 그나마 받을 보상금도 못 받게 만들어 줄게. 사람들이 인정을 베풀면 그거라도 감사히 챙겼어야지."

"그깟 보상금 몇 푼이 아까워서 이런 미친 짓을 해?"

"왜 이래? 뻔뻔하게. 이거 전부 너네가 벌인 일이잖아. 사업 파투 내고 다 같이 죽자는 거지? 니들은 잃을 게 없으니까…."

"우리가 잃을 게 왜 없어! 우리도 목숨 있어!"

차연주가 예민정의 옷깃을 꽉 움켜쥐었다.

"이거 놔!"

서로의 머리채를 움켜쥐며 몸싸움이 벌어졌다. 하지만 누구도 선불리 다가서지 못했다. 혹여 셋이 모이기라도 했다간 폭탄이 터질 테니까.

"답답하게 굴지 말고 좀 비켜!"

허준식이 인파를 헤치며 모습을 드러냈다.

"시발, 이렇게 하면 되는 걸 가지고."

그가 천천히 두 사람을 향해 다가갔다. 손바닥에 새겨진 달 문양이 또렷이 빛났다. 기척을 느낀 예민정이 당황하며 손을 휘저었다.

"안 돼! 오지 마! 가까이 오지……."

예민정의 손목이 폭발했다.

동시에 차연주가 비명을 지르며 바닥에 쓰러졌다. 차연주는 눈알을 파낼 것처럼 양손을 필사적으로 바둥거렸다. 얼굴에서 매캐한 연기가 피어났다. 그 광경이 신호라도 되는 것처럼, 사람들이 물밀듯 총회장 안으로 진입하기 시작했다.

"흐흐, 예민정 이 시발 년. 꼴좋다."

허준식이 중얼거렸다. 피가 철철 쏟아지는 손목을 부여잡고 바닥을 뒹굴면서도 그는 실실 웃음을 흘리고 있었다.

18시 55분.

텅 빈 총회장 안으로 들어선 조합원들이 사방을 둘러보며 안전을 확인했다. 딱히 위험한 징후는 발견되지 않았다. 수천 명을 한꺼번에 수용할 수 있는 거대한 라운지에는 숨 막힐 정도로 많은 의자가 반듯이 열을 맞춰 배치되어 있었다. 긴장이 풀린 조합원들은 거칠어진 호흡을 고르며 적당한 자리를 골라 털썩 엉덩이를 깔고 앉았다.

스카프로 팔뚝을 동여맨 예민정이 직원들을 이끌고 연단이 있는 쪽으로 걸어왔다. 이마에서부터 흘러내린 식은땀이 블라우스 목깃을 축축이 적셔 젖은 얼룩을 그렸다. 극심한 통증을 느끼면서도 그는 초인적인 정신력으로 버티고 있었다.

조합 직원들이 총회 진행을 위한 세팅을 시작했다. 속도가 성패를 좌우했다. 총회장이 안전하다는 사실이 알려지면 순식간에 구름처럼 사람들이 몰려올 터였다. 조합원들을 빠르게 수용해 30분 내로 모든 투표를 마치고 해산한다는 것이 그들의 계획이었다. 방해꾼은 차연주 하나로 족했다.

직원들에게 지시를 마친 예민정은 하나 남은 손으로 땀을 닦으며 창밖을 보았다. 메가빌딩 한쪽 면을 단절 없이 투명하게 이어 낸 거대한 통유리창. 일대를 훤히 내려다볼 수 있는 시원한 전망 덕에 주말마다 예식이 끊이지 않던 시절도 있었다고 들었다. 몇십 년 전 이야기다. 한때 평택에서 가장 높은 빌딩이었던 센텀 메가 포레는 어느덧 샌드박스에서 가장 낮은 메가빌딩이 되었다. 이제는 한참 높이 치솟은 주변 빌딩 숲에 가려져 햇빛조차 잘 들지 않는 신세였다. 예민정은 자신이 하고 있는 일의 의미를 스스로 되새겼다. 남들이 뭐라건 그에게 이 사업은 가치 있고 명예로운 일이었다.

19시.

시간에 맞춰 직원 하나가 월스크린의 전원을 켰다. 총회장 한쪽 벽면을 꽉 채운 분할 모니터들이 하나둘 작동하기 시작했다. 모니터 제조사의 애니메이션 로고가 빠르게 재생되고, 콘솔에 저장된 프레젠테이션 자료가 로딩되었다.

화면이 별 문양으로 바뀌었다.

그 자리에 모인 전원의 손이 폭발했다.

8

"행정관님, 이 차도윤이라는 놈은 뭐라고 둘러대면서 거절하던가요?"

강우는 태블릿 화면에 표시된 사진을 검지로 툭툭 때리며 물었다.

"CCF 대표 말씀이십니까? 현재 휴가 중이라고 합니다."

"팔자 좋네."

강우는 태블릿을 책상 위에 던지듯 내려놓았다.

"이만큼 불러들였는데도 어째 영양가 있는 놈이 하나도 없네요."

"기업들이 그렇죠. 협조는 하는데 협조가 안 되지요."

행정관이 넉살 좋게 웃었다.

CCF 부사장. CMC의 센텀 메가 포레 담당 임원. 호중건설 대표. 대주단* 담당자 중 일정이 되는 팀장급 직원 세 명. 조합 측 법률 대리인까지. 의외로 협조가 빨라 두 시간 만에 그들 모두를 소집할 수 있었다. 하지만 별다른 소득은 없었다.

왜냐면 모두가 침묵을 지키고 있었으니까. 그들은 하나같이 지겨울 정도로 뻔한 소리만 늘어놓고 있었다. 증거를 들이밀며 억지로 캐물어 보아도 기억이 잘 나질 않는다거나 답변할 권한이 없다는 식의 이야기만 앵무새처럼 반복할 뿐이었다.

배우가 부족하군.

진술서를 처음부터 다시 검토하던 강우는 흔들리는 다리

* 건설공사에 필요한 자금을 대출하는 금융기관을 대주(貸主)라 하며, 자금 규모가 커 여러 금융기관이 함께 대출하는 경우 이들을 대주단(貸主團)이라 한다.

위에 서 있는 듯한 느낌을 받았다. 혜리가 꽤 많은 정보를 수집해 주었지만 여전히 범인을 특정하기 위한 단서가 턱없이 부족했다. 머릿속에 떠오르는 모든 가설이 빈약한 근거 위에 아슬아슬하게 휘청거리고 있었다. 너무나 많은 이익과 감정이 얽혀 있는 사건이었다. 정보가 추가될수록 용의자가 줄어드는 게 아니라 오히려 늘어나기만 했다.

지금까지 수집한 정보를 종합하면 테러 사건이 재건축 사업과 관련되어 있을 가능성은 꽤 높아 보였다. 범인에게 다른 목적이 있다면, 예를 들어 인질극을 벌여 돈을 뜯어내고 싶은 거라면 굳이 센텀 메가 포레에서 테러를 벌일 이유가 없었다. 그곳에 거주 중인 주민들은 인질로서 가치가 그리 높지 않았다. 불법 이주민들의 소굴이 되어 버린 '바벨' 정도를 제외하면 센텀 메가 포레는 샌드박스 빌딩 중에서도 가장 빈곤한 축에 속했다.

물론 범인이 그저 유희로 사건을 벌이고 있을 가능성도 배제할 수는 없었다. 세상에는 이유 없이 건물에 불을 지르는 미치광이들도 있으니까. 하지만 강우는 그 가능성은 일단 후순위로 제쳐 두기로 했다. 비논리적인 예외까지 검토하고 있을 여유는 없었다.

강우는 크게 세 가지 가능성을 떠올렸다. 첫째. 센텀 메가 포레 내부의 정치 싸움일 경우. 예민정, 허준식, 차연주가 이끄는 각각의 그룹에겐 테러를 일으킬 만한 충분한 감정적 동기가 있었다. 서로가 서로를 충분히 미워하고 있으니까. 셋 중 어느 쪽이 테러의 배후라 해도 전혀 이상하지 않았다. 하지만 이성적으로 보자면 이 행위는 난센스였다. 스스로에게도 큰 손해를 가져오는 행위니까. 이건 벼랑 끝 전술 수준이 아니라 벼랑에 손가락 하나로 매달리는 짓에 가까웠다. 누구에게도 도움이 되지 않는 짓이었다.

둘째. 예민정, 허준식, 차연주 중 하나가 개인의 이익을 위해 전체를 배신했을 가능성. 강우는 이 경우가 첫 번째 가설보다는 현실적이라 생각했다. 예를 들어 예민정이 사업권을 코르도바에 넘기기 위해 협력하고 있다면, 그 과정에서 자신의 몫을 따로 약속받았다고 한다면. 허준식과 호중건설이 다시 사업권을 빼앗기 위해 테러를 사주했다면. 차연주가 개인적인 결심으로 복수를 마음먹었다면. 글쎄. 왠지 그럴 인물들 같진 않았다. 역시나 근거는 없지만.

강우는 마지막 가능성에 집중했다. 센텀 메가 포레에 거주하는 모두가 피해자이며, 테러 사건은 재건축 사업권을 빼앗기 위한 기업의 음모일 경우에 대해. 하지만 이것도 납득이 되진 않았다. 이건 기업 스타일이 아니었다. 그놈들이 사이버테러 같은 번거로운 짓을 굳이 저지를까.

무엇보다, 왜 아직도 날 귀찮게 하는 놈이 없지?

결국 돌고 돌아 코르도바로군. 애매하게 맞아떨어지는 운율을 노랫말처럼 머릿속으로 곱씹으며 강우는 다시 한번 뉴비 코드에 대해 생각했다. 이것과 연관된 사건들은 하나같이 말이 되지 않았다. 마치 초등학교 실습 시간에 만든 엉터리 알고리즘과 대화하는 것 같았다. 맛있는 스테이크를 요리하려면 어떻게 해야 하지? 신선한 소와 결투를 벌여 그의 살점을 얻으십시오. 신사임당에 대해 설명해 줄래? 그는 조선의 첫 여왕으로 그의 남편은 김유신 장군입니다.

갑자기 손바닥에서 진동이 울렸다. 화상통화를 시작하자 태블릿 화면에 피투성이가 된 혜리의 얼굴이 보였다.

"혜리 씨, 무슨 일이야? 다쳤어?"

혜리가 멍한 표정으로 자신의 손을 내려다보았다.

—어, 이건… 제 피는 아니에요. 임시총회장에서 폭발이 있었어요. 빨리 구급차를…….

혜리는 반쯤 넋이 나간 듯했다. 강우는 혜리의 말에 집중하며 카메라앵글 밖에서 손짓으로 행정관에게 신호를 보냈다. 눈치 빠른 행정관이 소방대에 출동을 요청했다.

"혜리 씨. 침착해. 천천히 설명해 봐."

—그게…….

대체 어딜 보고 있는 거야?

혜리의 시선이 스마트폰 카메라가 아닌 다른 쪽을 향하고 있었다. 스르르 옆으로 미끄러지던 눈동자가 멈추더니 갑자기 눈이 커졌다.

퍼뜩 정신을 되찾은 혜리가 다급히 소리쳤다.

—찾았어요, 범인!

9

뒤늦게 도착한 총회장은 아비규환이었다. 모두가 자신의 손목을 부여잡고 비명을 지르고 있었다. 회장 안으로 달려 들어간 혜리는 가장 상태가 심각해 보이는 환자에게 다가갔다. 출혈이 멎을 기미가 보이지 않았다.

"에이다, 어떻게 지혈해야 돼?"

—표시할게요.

손등에 응급조치 요령이 애니메이션으로 그려졌다. 혜리는 지시에 따라 팔꿈치 위쪽 지혈 지점을 찾았다. 벨트를 풀어 혈관을 조이자 차츰 출혈이 잦아들었다.

사방에서 들리는 신음 소리가 정신을 어지럽혔다. 재빨리 10여 명을 조치했지만 아직도 수백 명의 환자가 바닥을 뒹굴고 있었다. 혜리는 그나마 상태가 괜찮아 보이는 사람들을 불러 모아 방법을 설명했다.

"여기, 상박동맥을 압박해야 해요. 이런 식으로 묶으면 돼요. 팔은 높이 들고요. 한 손으로는 어려우니까 둘이서 한 명을 지혈해 줘요. 셋씩 짝을 지으라고요. 알겠어요?"

사람들이 고개를 끄덕였다.

혜리는 피투성이가 된 양손을 트렌치코트에 문질러 닦았다. 굳은 피가 들러붙어 잘 지워지지 않았다.

연단에 서 있는 예민정을 발견했다. 표정이 썩 좋아 보이지 않았다. 초점 잃은 눈으로 멍하니 허공만 응시하고 있었다. 완전히 넋이 나갔군. 혜리는 예민정에게 다가가 상황을 물었다.

"어떻게 된 거예요?"

"모르겠어요. 갑자기 폭발이…."

"구급차는 불렀어요?"

"어, 그게, 아니… 연락할 방법이……."

"정신 차리고 다친 사람들부터 챙겨요. 구급차는 내가 부를 테니까."

혜리는 예민정의 등을 떠밀었다. 예민정이 인파 사이로 어기적 걸어 들어가는 모습을 지켜보며 스마트폰으로 강우에게 통화를 신청했다. 신호음이 한 번 울리는 시간이 끔찍이도 길게 느껴졌다.

—혜리 씨, 무슨 일이야? 다쳤어?

"어, 이건… 제 피는 아니에요. 임시총회장에서 폭발이 있었어요. 빨리 구급차를……."

얼핏 창밖에서 뭔가 신경 쓰이는 광경을 본 것 같았다. 혜리는 하려던 말도 잊고서 건너편 빌딩 쪽으로 주의를 옮겼다. 강우가 무어라 말을 거는 것 같았지만 집중하느라 알아듣지 못했다.

"그게……."

저게 뭐지?

혜리는 미간을 찌푸렸다. 자신이 발견한 물체가 무엇인지 해석하기까지 꽤 시간이 걸렸다. 사람이었다. 바이저로 얼굴을 가리고 온몸에 시커먼 옷을 걸쳐 입은 괴인이 맞은편 빌딩 발코니에서 이쪽을 쳐다보고 있었다. 그리고 손에는…

대체 뭘 쥐고 있는 거야?

처음엔 그가 쇠젓가락 한 쌍을 머리에 찔러 자살을 시도하는 중이라 생각했다. 하지만 자세히 보니 그건 U 자 모양의 금속에 손잡이가 달린 물체였다. 소리굽쇠 같기도 하고 플러그 잭 같기도 한 두 줄의 가늘고 기다란 금빛 막대. 미스터리한 도구를 왼손에 움켜쥔 정체불명의 인물은 그것을 자신의 관자놀이에 대고 깊숙이 밀어 넣었다. 지루할 정도로 천천히. 막대를 넣었다… 뺐다… 넣었다… 뺐다… 넣었다… 뺐다…….

그게 무엇을 위한 도구인지 생각났다.

이 찢어 죽일 새끼.

퍼뜩 정신을 차린 혜리가 소리쳤다.

"찾았어요, 범인! 타워 베르누이 47층! 건너편에서 이쪽을 지켜보고 있어요."

혜리는 팔을 앞으로 뻗고 스마트팜 팔찌의 카메라를 작동시켰다. 촬영된 사진이 손등에 표시되며 곧바로 진강우에게 전송되었다.

—잘했어, 혜리 씨. 자치경에 위치 전달했어.

30초도 지나지 않아 자치경 전술 드론들이 날아와 범인을 포위하듯 거리를 좁혔다. 하지만 범인은 그런 줄도 모르고 여전히 혼자만의 행위에 몰두하고 있었다. 그래. 제발 눈치채지 마라. 제발 이대로 끝내자.

비행 드론이 범인의 지근거리까지 접근했다. 범인은 아무런 반응도 보이지 않았다. 이제 곧 제압 명령이 떨어질 터였다. 안전장치가 풀리고 스턴 건이 발사되려는 순간, 드론이 알 수 없는 오작동을 일으키며 아래로 추락하기 시작했다.

풍신 때랑 똑같아. 혜리는 그 광경을 모조리 영상으로 촬영하며 조마조마한 심정으로 지켜보았다. 하다못해 가면이라도 벗겨 내기를. 혜리는 점차 촬영 배율을 높이며 바이저로 덮인 놈의 얼굴을 클로즈업했다. 여전히 놈은 꿈쩍도 하지 않았다. 일정한 간격으로 쇠막대를 넣었다 빼고 있을 뿐. 관자놀이에 이식된 두 개의 소켓이 보였다. Input과 Output. 막대를 쑤실 때마다 구멍에서 희멀건 신경전도액이 넘쳐흘렀다.

뒤이어 더 많은 전술 드론이 범인을 향해 일제히 날아들었다. 하지만 하나둘 작동 오류를 일으키며 벽과 충돌했다. 범인은 그제야 만족한 듯, 몸을 돌려 유유히 자리를 빠져나갔다.

얼마 후, 자치경 기동대가 현장에 들이닥쳤다. 하지만 놈은 이미 자취를 감춘 뒤였다.

10

강우는 취조실 문을 박차고 들어갔다. 열어젖힌 출입문이 벽에 부딪히며 쾅 소리가 났다. 반쯤은 계산된 연기였지만, 나머지 절반 정도에는 진심이 섞여 있었다.

기다란 취조실 테이블에 일곱 명의 참고인이 사이좋게 모여 있었다. 그 모습을 보고 있자니 또다시 화가 치밀었다.

강우가 다가가자 조합 변호사가 불만을 표했다.

"검사님, 참고인을 이런 식으로 대질조사 하시면…."

"조용히 하세요."

"아니, 정당한 사유 없이 강압적으로 이러시는 건 불법……."

강우는 말없이 상대를 노려보았다. 주눅이 든 상대는 하던 말을 얼버무리며 입을 다물었다. 천천히 테이블 맞은편 의자에 앉은 강우는 가능한 침묵을 길게 끌며 분위기를 조성했다.

"평택지검 첨수부 검사 진강우입니다. 제가 어떤 인간인지는 각자 법무팀에서 충분히 듣고 오셨으리라 믿고, 그냥 단도직입적으로 말씀드리죠. 현재 센텀 메가 포레에서 발생한 바이러스 테러로 주민 600명이 부상을 입고 응급실로 이송 중입니다. 향후 더 많은 희생자가 발생할 가능성도 있고요. 저는 여러분에게 관심이 없습니다. 여러분의 기업에도요. 그저 테러를 멈추고 싶을 뿐입니다."

다시 짧은 침묵. 강우는 가능한 불편한 분위기를 연출하며 본론을 꺼냈다.

"범인만 넘기세요. 아무 기록도 진술서도 남기지 않고 깔끔하게 돌려보내 드리겠습니다. 어차피 고용된 해커 아닙니까? 보호할 가치 없잖습니까. 그놈 때문에 꼬리 밟힐 만큼 아마추어들도 아니실 테고."

강우는 1인당 하나씩 펜과 종이를 건넸다. 그리고 그들 앞에 작은 투표함을 놓았다.

"쓰세요. 익명은 확실히 보장해 드리죠."

강우는 뒤로 돌아앉아 팔짱을 꼈다. 또다시 어색한 침묵이 이어졌다. 잠시 기다려 보았지만 아무도 펜을 들지 않았다. 아까운 시간만 낭비되고 있었다. 초조해진 강우는 검지로 팔을 톡톡 두드렸다. 범인은 지금도 도주 중일 텐데.

어쩔 수 없군.

강우는 자리에서 일어나 최후의 카드를 뽑아 들었다. 재킷 안주머니에서 꺼낸 실리카 메모리가 그의 손에 쥐여 있었다. 강우는 보란 듯 메모리를 흔들었다.

"이건 저희 수사관이 일곱 시간 전에 확보한 바이러스 코드입니다."

실리카 메모리를 테이블에 꽂았다. 그러자 그 자리에 있는 모두의 손에 문양이 그려졌다. 해. 달. 그리고 별. 강우는 참고인들을 내려다보며 경고했다.

"이 중에 어느 분이신지는 모르겠지만, 이게 진짜 바이러스라는 건 본인이 더 잘 아실 겁니다. 한번 확인해 볼까요? 여기 해도 있고, 달도 있고."

강우는 자신의 손바닥에 그려진 별 문양을 가리켰다.

"별도 있네요."

손바닥이 빨갛게 달아올랐다. 강우는 테이블을 조작해 홀로그램 화면을 띄웠다. 바이러스 감염 진행률을 표시하는 막대가 빠르게 100퍼센트를 향해 나아가고 있었다.

"이제 곧 폭발할 겁니다. 범인을 넘길 수 없는 사정이 있다면 바이러스를 제거할 방법이라도 알려 주십시오. 그럼 서로 거리를 둘 수 있게 출입문을 열어 드리겠습니다."

70퍼센트. 하지만 아무도 입을 열지 않았다.

"그래요, 그럼 다 같이 죽읍시다."

강우는 의자에 등을 기댔다. 진행률이 금세 90퍼센트를 넘었다. 손바닥이 새빨갛게 달아올랐다. 신경을 타고 따끔한 통증이 전해졌다. 강우는 가능한 평정심을 유지하려 노력하며 참고인들의 표정을 유심히 살폈다. 하지만 아무것도 읽히지 않았다.

100퍼센트.

손바닥에서 강한 진동이 터지는 순간, 요란한 소리를 내며 호중건설 대표가 왁 소리 지르며 의자에서 미끄러졌다. 바닥에 주저앉은 대표는 겁에 질린 표정으로 파르르 떨리는 손바닥을 쳐다보았다.

"어? 뭐야? 안 터졌잖아?"

자리에서 일어선 강우는 차갑게 범인을 내려다보았다.

호중건설 대표를 제외한 나머지 모두를.

"당신들, 다 같이 짜고 이 일을 벌인 거야?"

바이러스는 센텀 메가 포레 내부에서만 폭발하게끔 알고리즘이 꾸며져 있다. 강우조차 심문 직전에야 파악한 사실을 그들 모두가 이미 알고 있었다. 여섯 명의 참고인들이 한결같은 무표정으로 강우를 바라보았다.

"무슨 말씀이신지 모르겠군요, 검사님."

CCF 부사장이 처음으로 입을 열었다. 그를 마주 보며 강우는 속으로 생각했다.

외통수로군.

11

—조합 변호사까지 한패로 끌어들였어. 지금까지 사건이랑은 양상이 달라. 혜리 씨, 우리가 경솔했어. 이건 철저하게 계획된 기업 범죄야.

"그럼 어쩌자고요?"

—기다려야지. 아마 바이러스는 오늘이 지나면 자연적으로 소멸할 거라 생각해. 목적을 달성하고 나면 깨끗이 흔적을

지워 버리겠지. 질병관리청이 곧 2종 코호트 발동을 선포할 거야. 각자 방에 틀어박혀서 반나절만 버티면 돼. 그게 지금 할 수 있는 최선의 대책이야. 인명 피해라도 줄여야지.

그냥 이대로 끝내라고?

도저히 그럴 수가 없었다. 범인의 모습이 잊히지 않았다. 놈은 기계처럼 일정한 간격으로 왼손을 움직이며, 안전한 곳에서 느긋이 고통받는 사람들의 모습을 감상했다. 센텀 메가포레 거주민 모두가 놈의 구경거리였다. 그건 대체 뭐였지? 온몸을 시커먼 옷으로 꽁꽁 감춘 데다 얼굴에 검은 바이저까지 뒤집어쓰고 있어 인간인지 로봇인지조차 확인하지 못했다. 놈은…….

인간이야.

혜리는 확신했다.

"피드백 루프였어요."

—뭐가?

"그놈이 손에 쥐고 있던 물건이요. 그거 피드백 루프였어요. 뇌가 느끼는 자극을 뽑아내서 다시 자기 뇌에 쑤셔 넣는 불법 전자 장비예요. 장비라고 말할 정도도 못 되죠. 그냥 데이터케이블이니까."

혜리는 자기도 모르게 꽈악 주먹을 움켜쥐었다.

참을 수 없이 화가 끓어올랐다.

"검사님, 뭐 하나만 도와줘요. 마지막으로 시도해 보고 싶은 작전이 있어요."

— - —

"흐흐. 서울에서 왔다고. 경험 많은 선생님이라고. 다 헛소리예요. 언제 우리가 한 번이라도 이겨 본 적이 있었나. 끝에 가면 항상 이런 식이지. 더는 이 짓거리 하기 싫어서 샌드박스까지 도망쳐 온 건데."

차연주가 중얼거렸다.

혜리는 말없이 차연주를 부축해 가까운 벽에 기대어 주었다. 시험 삼아 눈앞에 손을 흔들어 봤지만 앞이 전혀 보이지 않는 모양이었다. 초점이 죽은 눈에서 하염없이 눈물이 흘렀다.

"그런데 어떡해요. 다들 나만 쳐다보는데……."

목소리가 떨렸다. 혜리는 차연주의 손을 꼭 잡아 주었다.

"걱정 말아요. 나머진 제가 어떻게든 해 볼게요."

"어떻게요?"

"어떻게든요. 잠깐 좀 쉬어요."

혜리는 차연주의 어깨를 가볍게 두드려 준 뒤 몸을 일으켰다. 창밖에 10여 대의 에어카가 줄지어 제자리 비행하고 있었다. 십자가 표시와 아스클레피오스 심벌이 무분별하게 그려진 외형으로 보아 사설 구급대까지 총동원된 모양이었다. 에어카에 탄 구급대원들이 유리창을 깨고 통로를 확보하는 중이었다.

투표를 마쳐야만 떠나겠다는 조합원들의 고집에 기어이 투표가 시작되었다. 팔뚝을 동여맨 수백 명의 환자들이 일렬로 줄을 서서 투표함에 자신의 표를 집어넣은 뒤 순서대로 구급차에 올랐다.

예민정이 비틀거리며 다가오더니 차연주 곁에 털썩 주저앉았다. 복사해 붙여 넣은 듯 둘이 똑같은 표정을 짓고 있었다.

"당신, 괜찮아?"

예민정이 묻자 차연주가 헛웃음을 터뜨리며 양손 검지로 자신의 눈을 가리켰다.

"괜찮겠어?"

"…미안하게는 생각하고 있어."

"지랄 마."

"안 속네. 유감이야. 그래도 사과는 할게."

"사과는 말이지."

"보상도 충분히 할게. 정말이야."

"이제 와서 사람인 척하는 거야?"

"믿고 싶지 않겠지만, 우리도 사람이야. 미안함을 느껴. 다만…… 아니. 아니다. 변명해서 뭐 하겠어."

"왜 말을 하다 말아? 짜증 나게."

"회계. 결산. 수익. 비용. 법률. 책임. 그런 것들을 서류로 정리하고 나면 다른 결정을 내릴 수가 없게 돼. 이곳에선 선의가 무책임이 되고 배려가 배임이 되어 버려. 누구라도 마찬가지야. 나도. 허준식도. 심지어 너였어도."

"그래서 뭐 어쩌라고?"

"모르겠어. 그냥 그 말을 하고 싶었어."

"변명이야."

"말했잖아. 변명이라고."

"그럼 하지를 마. 당신 죄책감까지 덜어 줄 마음 없으니까."

"그래서 내가 안 한다니까 니가 말해 보라고……."

혜리가 둘 사이에 끼어들었다.

"분위기 깨서 죄송한데, 둘이 충분히 친해졌으면 저 좀 도와줘요."

— - —

〈조합 사무실에서 거주민 여러분께 안내드립니다.〉

안내 방송이 시작되었다.

〈운영 규정 7조 2항에 의거, 테러, 재난 등의 긴급한 사유로 총회장을 변경합니다. 변경 장소는 센텀 메가 포레 최하층. 폐기물 처리장입니다. 각 조합원께서는 의견서를 작성 후 가정 내 쓰레기 배출구로 우편투표 하여 주시기 바랍니다.〉

사전에 녹음된 예민정의 목소리는 센텀 메가 포레 전역에 설치된 스피커는 물론, 빌딩 주위를 배회 중인 자치경 전술 드론의 확성기, 넷 소사이어티 뉴스 채널과 부동산 투자자들이 퍼뜨리는 각종 지라시를 통해 사방으로 퍼져 나갔다. 범인을 향해. 듣고 있지? 우린 방법을 찾았고, 결국 너는 졌어.

같은 시각, 센텀 메가 포레 지하 12층. 버려진 폐기물이 최종적으로 도달하게 되는 종착지. 수만 개의 쓰레기 배출구로 투하된 각종 폐기물들은 전자회로처럼 복잡한 진공파이프를 따라 이곳으로 추락했다. 여느 시설이 그렇듯, 철거 작업이 시작된 이래로 이곳 역시 줄곧 방치되어 왔다. 장기간 관리가 이루어지지 않아 온갖 세균과 벌레들이 들끓게 된 축축한 쓰레기의 산을 조합장 예민정과 그의 직원들이 기어올랐다.

"얼마나 남았지?"

예민정이 묻자 직원 하나가 계산 결과를 알려 주었다.

"이제 곧 도착합니다."

안내 방송 직후부터 열렬한 호응과 함께 수많은 조합원들이 각자 투표 결과를 봉투에 담아 쓰레기 배출구에 던져 넣기 시작했다. 몇 단계의 집하 과정을 거쳐 이제 곧 첫 번째 쓰레기 뭉치가 이곳 지하 폐기물 처리장으로 쏟아질 예정이었다.

"분쇄기는 확실히 정지시켰어?"

"네. 몇 번이나 확인했습니다."

그 말을 확인시켜 주듯, 머리 위 배출구가 열리며 수십 통의 우편물이 쏟아졌다. 조합 직원들은 환호성을 지르며 떨어진 봉투를 투표함에 수거하기 시작했다. 곧이어 두 번째 쓰레기 뭉치가 도착했고, 이번엔 몇 배나 많은 우편물들이 확인되었다. 비로소 예민정은 안도의 한숨을 쉬며 가슴을 쓸어내렸다.

순간 기이한 소음이 들렸다.

소리의 정체를 깨달은 조합 직원들의 얼굴에 당황한 기색이 떠올랐다. 상황을 인지한 예민정이 중얼거렸다.

"안 돼, 안 돼…… 안 돼!"

그것은 분쇄기 칼날이 회전하는 소리였다.

"빨리 멈춰! 멈추라고!"

예민정이 다급히 지시했지만 멈출 방도가 없었다. 필사적인 외침이 무색하게도, 머리 위에서 세 번째 쓰레기 뭉치가 배출되었다. 파쇄기에 갈갈이 찢어진 종이의 비가 마치 꽃가루처럼 그들의 머리와 어깨 위에 사뿐 내려앉았다. 뒤이어 또 다른 뭉치가, 그리고 또 다른 뭉치가. 분쇄된 희망이 끝없이 바닥에 들이부어졌다.

다리가 풀린 예민정이 털썩 무릎을 꿇었다. 흐. 흐흐. 허탈한 웃음은 이내 절규로 바뀌었다. 분노인지 절망인지 모를 귀를 찢는 비명이 터져 나왔다.

절경이었다.

— - —

멀리서 몰래 그 광경을 지켜보며, 혜리는 생각했다.

너는 **쾌락범**이야, 그렇지?

그러니까 분명 보러 올 거야. 이 절망의 광경을 직접 두 눈으로 지켜봐야만 성에 찰 거야. 왜냐면, 여긴 카메라가 없으니까. 너는 직접 두 발로 여기까지 내려오는 수밖에 없어.

어서 모습을 드러내.

그 순간이 네 마지막이 될 테니까.

— - —

예상대로 놈이 나타났다.

어둑하고 축축한 지하실 한쪽 구석에서 어슴푸레한 실루엣을 발견할 수 있었다. 여전히 시커멓고 커다란 바이저로 얼굴을 가린 채였다. 쓰레기 더미 속에 몸을 숨기고 있던 혜리는 천천히 놈의 등 뒤로 다가갔다.

후욱. 후욱. 호흡을 고르는 소리에서부터 흥분이 전해졌다. 놈은 들떠 있었다. 기대하지 않았던 두 번째 쾌감을 맛볼 기회가 반가웠겠지. 놈은 주머니에서 둥글게 말린 가죽을 꺼내 입에 물고 피드백 루프에 희멀건 신경전도액을 부었다.

역겨웠다.

피드백 루프. 뇌의 신경전기신호를 되먹임하는 전자 마약. 뇌가 느끼는 자극을 아웃풋 단자로 추출해 다시 인풋 단자에 집어넣는 단순하고도 미친 행위. 두 배가 된 자극은 다시 추출되어 머릿속에 쑤셔 넣어지고, 또다시 추출되어 쑤셔 넣어진다. 마치 스피커에 마이크를 갖다 댄 것처럼. 같은 짓거리를 수십 사이클 반복하며 극도로 증폭된 감각은 뇌가 수용할 수 있는 최대치의 자극을 이끌어 낸다. 대개는 쾌락을.

놈은 지금, 바로 그 쾌감을 위해 체포될 위험마저 무릅쓰고 이곳까지 찾아왔다. 구제 불능인 루프 중독자였다. 기대한 대로.

괴성을 지르며 손톱이 부러지도록 바닥을 긁어 대는 예민정의 모습을 흡족히 바라보며, 놈은 소리굽쇠처럼 생긴 피드백 루프를 관자놀이에 찔러 넣었다. 천천히. 아주 섬세하고 조심스럽게. 플러그 잭 같은 두 줄의 금속 막대를 넣었다 뺐다 하며 자극의 크기를 조절했다.

점점 손놀림이 빨라졌다. 호흡도. 관자놀이에 뚫린 구멍에서 울컥 쏟아진 신경전도액이 뺨을 타고 흘러내렸다. 윽. 역겨운 신음 소리. 무릎이 꺾여 후들거렸다. 내용을 알 수 없는 중얼거림이 방언처럼 새어 나왔다. 터질 듯한 감각의 폭격. 놈은 거의 고문과도 같은 쾌락에 압도되어 있었다.

이상하게도 화가 나지 않았다. 오히려 차갑게 감정이 가라앉았다. 혜리는 그 어느 때보다도 흔들림 없는 정신으로 놈에게 물었다.

이런 짓을 하면 기분이 좋아?

대체 뭐가 그렇게 좋았어? 사람들 손목이 터지는 거? 아니면 절규가 듣기 좋았어?

토할 것 같은 기분을 억지로 삼키며, 혜리는 범인에게 테이저를 겨누었다. 놈은 전혀 눈치채지 못했다. 과부하된 내면의 쾌락에 몰두하고 있을 뿐. 피드백 루프는 내면의 모든 자극을 극대화한다. 고통마저도.

이것도 즐겨 봐, 개자식아.

혜리는 방아쇠를 당겼다.

범인을 향해 날아가던 다트가 갑자기 허공에 멈추더니 바닥으로 후두둑 떨어졌다. 초능력? 아니야. 테이저를 해킹당한 거야. 혜리는 서둘러 와이어를 감으며 놈을 향해 달려갔다. 출력을 최대치로 높인 테이저를 놈의 옆구리에 대고 다시 한번 방아쇠를 당겼다. 하지만 반응이 없었다. 갑자기 손잡이에 강한 전류가 흘렀다. 도난 방지 장치가 작동했다. 통증을 견디지 못한 혜리는 테이저를 놓치고 말았다. 등록되지 않은 지문입니다. 바닥에 떨어진 테이저가 주절거렸다.

놈이 상황을 눈치채고 도망치려 했다. 안 돼. 혜리는 범인의 팔을 꺾으며 체중을 실어 바닥에 넘어뜨렸다.

"에이다!"

—왼쪽 손목에 스마트팜이 있어요.

무릎으로 범인의 몸을 짓누르며, 혜리는 코트 주머니에서 태블릿을 꺼내 데이터케이블을 접속시켰다. 놈의 스마트팜 팔찌와 연결된 에이다가 역해킹을 시도했다. 하지만 태블릿이 이

내 스파크를 일으키며 먹통이 되었다. 액정 틈새로 매캐한 연기가 새어 나왔다.

"성공했어?"

—아슬아슬했지만 원본 코드를 추출했어요. 진강우 검사에게 전송할까요?

"전송해."

혜리는 에이다에게 지시하며 전자 수갑을 꺼냈다. 놈의 손목에 수갑을 채우려는 순간, 어디선가 날아온 비행 드론이 혜리의 옆구리에 충돌했다. 튕겨 나간 혜리의 몸이 옆으로 쓰러졌다.

범인이 달아나려 했다. 숨을 쉴 수 없을 정도로 고통을 느끼면서도 혜리는 힘겹게 몸을 일으켜 범인에게 달려들었다. 질낮은 몸싸움이 벌어졌다. 양측 모두 벌러덩 뒤로 넘어지며 쓰레기 더미 위를 굴렀다. 놈의 바이저가 벗겨지고 유전자 조율된 매끈한 외모가 드러났다. 너무 멀어. 이러다 놓치겠어. 혜리는 놈에게 스마트팜 카메라를 들이밀고 고속 연사로 촬영을 갈겼다. 하지만 그보다 한발 먼저 생성된 홀로그램들이 기괴한 패턴을 그리며 놈의 당황한 표정을 뒤덮었다. 놈이 황급히 달아나기 시작했다.

페이스 재머(Face Jammer)까지 있어? 혜리는 속으로 욕설을 뱉으며 다시 놈의 뒤를 쫓았다. 하지만 쉬이 거리가 좁혀지지 않았다. 옆구리를 움켜쥐고 숨을 헐떡이면서도 혜리는 최선을 다해 달렸다. 귓가에서 반복되는 목소리가 들렸다.

별.

별.

별.

별.

갑자기 벽면에 붙은 전광판이 켜지며 각각 해와 달 문양이 표시되었다. 혜리는 다급히 이어플러그를 귀에서 끄집어냈다. 펑. 모니터가 폭발했다. 대단한 충격은 아니었지만 혜리를 놀래키기엔 충분했다. 전력으로 달리던 혜리는 발이 삐끗해 바닥을 굴렀다. 한쪽 귀가 잘 들리지 않았다. 폭발에 고막을 다친 듯했다.

“잡아요!”

멀리서 차연주의 목소리가 들렸다. 우르르 범인의 뒤를 쫓는 철거민들의 먹먹한 발소리를 마지막으로 혜리는 정신을 잃었다.

12

“혜리 씨, 괜찮아?”

눈을 뜨자 진강우의 멍청한 얼굴이 눈앞에 보였다. 올 거면 일찍 좀 오지. 혜리는 속으로 투덜거리며 상체를 일으켰다.

어느새 간이 진료소로 꾸며진 1층 로비의 풍경이 눈에 들어왔다. 기절한 사이 누군가 이곳까지 옮겨 준 모양이었다.

옆구리가 욱신거렸다. 손끝으로 더듬어 보니 다행히 뼈가 부러지진 않은 것 같았다. 며칠 약 먹으면 금방 낫겠지. 혜리는 아프지 않은 척 표정을 관리하며 강우에게 물었다.

"범인은요?"

"놓쳤어. 증거도 사라졌고. CCTV 메모리 하나 안 빼놓고 싹 흔적을 지워 버렸더라고."

"제가 얼굴 봤어요. 사진은 못 찍었지만."

강우가 태블릿을 꺼내 코앞에 들이밀었다. 처음 보는 인물들의 증명사진이었다.

"거 쫌만 쉬고 합시다, 정말."

"이 중에 있어?"

"이 사람들이 누군데요?"

"이 중에 있냐고."

있었다. 어떤 마술을 부린 건지는 모르겠지만. 혜리는 범인의 얼굴을 손가락으로 짚었다. 강우가 고개를 끄덕이더니 태블릿을 접었다.

"휴가 중이라더니, 일이 복잡하게 됐군."

"왜요? 그놈이 누구길래요?"

"차도윤이야."

"차도윤?"

"CCF 대표."

"시공사 대표라고요?"

강우는 추가로 한마디를 덧붙였다.

"덤으로 코르도바 재무이사 차현규의 막내아들이지."

— - —

한 시간 뒤, 평택지검의 협조를 얻은 질병관리청이 센텀 메가 포레 네트워크에 백신을 배포했다. 문양의 공포로부터 해방된 조합원들은 예민정의 주도하에 스카이라운지에 모여 총회를 개최했고, 예정대로 모든 안건이 의결되었다.

총회장에서 다시 만난 예민정과 차연주, 조합과 철거민들은 이주 보상비에 관해 치열한 토론을 나누었다. 그 결과 어느 정도는 의견 차이를 좁히는 데 성공했다. 양측은 근시일 내에 총회를 열고 보상액을 조정하기로 협의를 마무리했다. 물론 그 금액에 대해서는 어느 쪽도 만족하지 못하겠지만.

뭐, 협상이란 그런 거겠지.

마치 아무 일도 없었다는 듯, 군집 드론들이 돌아와 해머를 두드리며 콘크리트 벽체를 해체하기 시작했다. 코르도바도 CCF도 CMC도 여전히 센텀 메가 포레 재건축 사업의 시공사였다. 사업은 계속되어야 했다. 서로를 미워하고 의심하면서도.

맞다. 이젠 '뉴 센텀 메가 포레'라고 불러야겠구만. 겨우 그거 한 글자 붙이자고 몇 년 동안 그 난리를 치며 싸워 왔다니. 배신감이 느껴질 정도로 허탈한 결말이었다. 혜리는 로비를 지나 빌딩 입구로 향했다.

마침 현장 정리를 마친 강우와 행정관이 곁으로 다가왔다.

"혜리 씨, 우리 이제 돌아갈 건데. 집에 데려다줘?"

강우가 제안했다. 혜리는 강우와 행정관의 얼굴을 번갈아 빤히 쳐다보았다. 셋이라니, 지금 장난해? 절로 오만상이 찌푸려졌다. 인간이 눈치가 없어도 적당히 없어야지 말이야.

"됐네요. 저는 혼자 갈게요."

혜리는 푹 한숨을 쉬며 빌딩 밖으로 걸어 나갔다.

복원 요법

1

얘, 혹시 그 얘기 들었니?

무슨 얘기?

바깥세상에서 온 연인 말이야.

아, 물론 알지. 모두가 수군대는걸.

100퍼센트의 완벽한 상대.

어떠한 조건도 필요치 않은 트루 러브.

영원한 애정.

온전한 이해.

서로의 내면 가장 깊은 곳까지 가닿는.

완벽한 연인에 관한.

허황된 소문.

진짜일까?

글쎄.

나는 믿을래.

가짜라 해도.

— - —

하얀 성에가 낀 창을 닦아 내자 하얀 세계가 펼쳐졌다. 폭설이 차곡차곡 축적되어 가는 죽은 숲의 도시. 빌딩마다 말라

붙은 공기정화식물 위로 두껍게 눈이 내려앉은 샌드박스의 겨울은 바라보는 것만으로 망막에 동상이 걸릴 것만 같았다.

지유가 차갑게 식은 손으로 양팔을 문질렀다.

"추워."

입술 틈으로 새어 나온 숨결이 하얗게 부서졌다. 시하는 지유의 곁에 몸을 꼭 붙이고 양팔로 지유를 감싸 주었다. 조금만 더. 조금이라도 더. 지유는 자꾸만 시하의 품 안으로 파고들었다. 은근한 몸의 떨림이 전해졌다. 추위 때문일까.

맞은편에서 엇갈려 지나가는 튜브카(tubecar) 소리에 숨이 짓눌리고 말았다. 출렁이는 진공 튜브가 삐걱대며 기이한 울음소리를 냈다. 깜짝 놀란 두 사람은 서로를 꽉 끌어안았다. 이어플러그를 갖지 못한 두 사람에게 샌드박스는 견딜 수 없이 시끄러운 굉음의 도시였다.

"조금만 더 가면 된대."

지유는 어느새 주머니에서 꺼내 든 스마트폰을 바라보고 있었다. 언 손에 입김을 불어 가며 홀린 듯 누군가와 채팅하는 지유의 모습이 시하는 마땅치 않았다. 그래서 조금 짓궂은 반응을 보였다.

"나는 걔 말 못 믿겠어."

그러자 지유가 서운해했다. 뾰로통한 표정이 곧장 얼굴에 드러났다.

"나는 믿어."

"소문일 뿐이잖아."

"하지만 다들 그렇게 말하는걸. **복원 요법**이 영원하고도 완전한 사랑을 이루게 해 준다고. 다시는 헤어짐을 불안해하지 않게 될 거라고."

그러니까 함께 떠나자.

오염된 해변에서 손을 내밀던 지유의 미소. 예뻤지. 시하는 문득 그날의 기억을 떠올리고 말았다. 그 한마디에 이끌려 참 멀리도 와 버렸다. 그 예쁨을 망가뜨리고 싶지 않아서.

그 손을 잡지 말걸.

"있잖아. 우리 지금이라도……."

지유가 필사적으로 고개를 저으며 시하의 말을 틀어막았다. 결코 꺾을 수 없는 눈빛이 시하를 향했다.

"계속 갈 거야."

"왜? 무엇을 위해?"

"우리."

지유는 시하의 손을 붙잡아 억지로 손바닥을 맞추었다. 다섯 손가락의 길이가 하나 빠짐없이 꼭 맞았다. 마치 거울에 비친 것처럼 반대였다. 모든 것이. 모든 손상이.

두 사람은 서로의 하나뿐인 눈을 바라보았다.

"괜찮을 거야."

지유가 나직이 중얼거렸다. 확신에 찬 목소리였다면 좋으련만. 가늘게 떨리는 숨소리에 자꾸 마음이 샜다. 그럼에도 시하는 그 말을 믿기로 했다. 어떻게든 믿어 보려 필사적으로 고개를 끄덕였다.

"응."

사랑할 수 있어. 이 열차가 달리는 선로의 끝에서. 금지된 도시의 깊은 어딘가에서. 그곳에서 우린 분명 영원히 서로를 사랑하게 될 거야. 지유가 속삭이며 입술을 포개어 왔다. 입술이 마주 닿는 감촉 속에서, 불안은 김 서린 창문 밖 풍경처럼 희미해지는 듯했다.

2

'혜리 씨는 당분간 좀 쉬어.'

'사건에서 빠지라는 건가요?'

'그래.'

'이유는요?'

'범인이 혜리 씨 얼굴을 알잖아.'

강우는 머뭇거리다 선심 쓰듯 한마디를 덧붙였다.

'너무 위험해.'

집에서 쉬고 있으면 안전해지냐?

혜리는 불만 가득한 표정으로 엘리베이터에서 내렸다. 오랜만에 마주하는 진짜 햇살에 절로 눈이 찌푸려졌다. CK 메가빌딩 옥상. 한겨울의 높게 트인 파란 하늘이 펼쳐졌다. 차가운 공기가 폐 속 깊은 곳까지 서늘하게 식히자 꽉 막혀 있던 숨통이 조금은 트이는 것 같았다. 후. 길게 내쉬는 호흡이 하얗게 얼어붙었다.

왼손이 따끔거렸다. 겉보기엔 멀쩡해 보여도 아직 시술 상처가 완전히 아물지 않은 모양이었다. 통증 때문에 꿈지락거릴 때마다 손바닥에 투영되는 스마트팜 화면의 위치가 미세하게 어긋났다.

센텀 메가 포레에서 빠져나오자마자 혜리는 사이버테크 의사를 찾아가 손안에 내장된 회로와 배터리를 전부 뜯어냈다. 스마트팜을 외장형으로 변경하는 바람에 묵직하고 보기 싫은 팔찌를 차야 했지만, 찝찝한 기분으로 폭탄을 안고 사는 것보다는 나았다. 그런 불쾌한 기계를 아무렇지도 않게 몸속에 심고 살아왔었다는 사실이 새삼 기이하게 느껴졌다.

약속 상대가 옥상 끝에서 기다리고 있었다. 혜리는 그의 곁에 나란히 섰다.

"신기하지 않나요?"

최진석이 말했다.

"뭐가요?"

"유전자 개조 공기정화식물 설치가 의무화된 이후로 샌드박스의 대기질은 전 세계 어느 도시보다도 깨끗해졌어요. 아마존 숲으로 들어간 자연주의자들도 이 정도로 무해한 공기를 누리진 못할 거예요. 그런데 아무도 밖에 나오질 않아요. 메가빌딩이 쇼핑부터 직장까지 삶의 모든 것을 해결해 주니까. 애써 회복시킨 공기도 이래서야 소용이 없죠. 사람들은 이 엄청난 혜택을 누리지 못하고 있어요. 안타깝게도."

"악당들은 잘만 누리던데요."

"하하. 그렇긴 하죠. 덕분에 저도 누리고요."

최진석이 희미한 웃음을 지어 보였다.

"부탁드린 건은 어떻게 됐어요?"

"혜리 씨가 예상한 대로였어요. 차도윤이 '블랙 마스크'가 맞았어요."

블랙 마스크는 최근 스위치가 쫓고 있는 거물급 빌런 중 하나였다. 얼굴을 검은 바이저로 가린 정체 불명의 슈퍼 해커. 몇 번이나 붙잡을 기회가 있었으나 스위치는 번번이 놈을 붙잡는 데 실패했다. 극적인 연출이라 생각했는데, 진짜였다니.

"고마워요. 혜리 씨 덕분에 많은 의문이 해소됐어요."

"제가 일을 망쳤어요."

"그렇지 않아요."

"제가 놓쳐 버리는 바람에 그놈이 종적을 감췄잖아요."

사건 이후, CCF는 공식적으로 차도윤 대표의 실종 사실을 발표했다. 가족들이 직접 자치경에 실종 신고를 접수한 모양이었다. 차도윤은 사라졌다. 흔적도 없이. 하지만 어떻게 그럴 수 있지? 물론 얼굴을 바꾸는 것 자체는 어렵지 않다, 유전자 흔적을 뜯어고치고 퍼스널 코드를 남의 것으로 바꿔치기하는 것 역시 그리 어려운 일이 아니고. 샌드박스에선 얼마든지 새 인생을 살 수 있다. 돈만 충분하다면.

하지만 그건 차도윤이 자신의 특권을 포기해야 한다는 뜻이기도 했다. 예를 들어 아버지 차현규가 가진 코르도바 이사회 의결권과 7억 달러의 현금성 자산, 여섯 채의 메가빌딩 소유권 같은 것들. 법적으로 완전한 타인이 되기를 선택하는 순간 재산 상속권 역시 주장할 수 없게 된다. 고작 범죄가 발각되었다는 이유로 그 많은 혜택을 포기할까?

하긴, 포기한 걸로 따지자면 이쪽도 만만치 않긴 하지. 혜리는 곁눈질로 최진석의 몸을 훑어보았다. 손가락이 불규칙하게 경련을 일으키고 있었다. 기계 의수의 조정 작업이 완료되지 않았다는 증거였다.

"또 새걸로 바꾸셨네요."

"지난주에 부숴 먹었거든요. 아직 적응 중이에요."

"비싸 보이는데."

"그렇죠."

"위험해 보이기도 하고요."

"……."

"얼마나 진행됐어요?"

"뭐가요?"

"뭐겠어요? 몸을 기계로 바꾼 비율 말예요."

"이제 절반 조금 넘어요."

"벌써 절반이 넘었다고 하셔야죠."

"괜찮아요. 아직은요."

"밥은 잘 먹어요? 밥맛은 좀 어때요?"

"그건 왜요?"

"맛이 안 느껴지기 시작하면 그게 위험하다는 신호래요."

"……."

"이미 여러 번 같은 말을 한 것 같지만, 그래도 또 할게요. 이 짓을 영원히 계속할 순 없어요. 언젠가는 이 거짓말을 끝내야 해요. 이렇게 계속 하나씩 기계로 바꾸다 보면 몸이 버티지 못할 거예요. 결국엔 뇌까지 기계로 바꿔야 해요."

"하지만 그게……."

"네. 네. 그게 오늘은 아니겠죠. 지겨우니까 그 소리 좀 그만해요."

혜리가 아무리 투덜거려도 최진석은 가만히 미소 지을 뿐이었다.

— - —

아무 일도 하지 않고 온전히 하루를 쉬어 본 게 대체 언제였더라. 오랜만에 찾아온 여유가 적응이 되지 않았다. 혜리는 도대체 무엇을 하며 시간을 보내야 할지 알 수 없었다. 시간이 부족해 구입만 해 두었던 게임들을 붙잡아 보기도 했지만 며칠 만에 질려 버렸다. 평소에도 게임에 큰 흥미를 느낀 적은 없었다. 잠들지 못해 남는 시간을 죽이기 위한 용도였을 뿐.

결국 또 밖으로 나섰다. 어디로 가야 할지 떠오르진 않았지만. 이러고 싸돌아다니는 걸 알면 진강우 그 인간이 또 한참 잔소리할 텐데. 혼자 키득 웃으며 남들 같은 일상을 보냈다. 유명하다는 카페에 앉아 맛없는 커피를 마시고, 덥수룩하게 자란 머리를 정리하고, 신상 트렌치코트를 쇼핑했는데도 겨우 두 시간밖에 지나지 않았다. 남들은 대체 뭘 하며 사는 거지? 도무지 이해가 되지 않았다. 하루가 너무 길었다.

정처 없이 걷다 보니 버릇처럼 똑같은 장소에 도착하고 말았다. 새로운 희망 보육원. 녹슬고 이끼가 낀 아날로그 간판을 쳐다보며 혜리는 한숨을 쉬었다. 간판이나 새로 하나 맞춰 드려야겠네. 기왕이면 화사한 홀로그램 액자로.

문을 열고 들어서자 원장이 반갑게 혜리를 맞이했다. 근육질의 우람한 팔뚝과 핑크색 앞치마가 묘하게 잘 어울렸다.

"혜리 왔어?"

"네, 또 접니다."

테이블에 앉은 혜리는 코트 주머니 여기저기에서 주섬주섬 현금을 꺼내 놓았다. 그때그때 동그랗게 말아 놓은 크고 작은 달러 뭉치들이 테이블 위를 굴러다녔다.

"얼만지는 안 세어 봤어요. 대충 3만 달러 정도 될 거예요."

"진짜 받아도 괜찮은 거야?"

말은 그렇게 하면서도 원장은 이미 앞치마에 현금을 집어넣고 있었다.

"그거면 하나 값은 돼요?"

"아니, 모자라. 저번에 보내 준 돈까지 합치면 어떻게 하나는 되겠지."

"퍼스널 코드 값이 뭐가 그렇게 비싸요?"

원장이 한숨을 쉬었다.

"나도 모르겠다. 갑자기 확 올랐어. 요즘 단속이 심해졌대."

"……이것도 내 업보구만."

"뭐?"

"아니에요. 아무튼 그걸로 한 명 해 줘요."

"고마워. 근데, 혜리야."

원장이 잠시 뜸을 들였다.

"이제 진짜 그만해도 돼."

"이게 규칙이잖아요. 받은 만큼 갚는 거."

"그래. 그게 규칙이야. 받은 만큼 갚는 거. 하나를 받았으면 하나를 갚아야지. 근데 너 벌써 열 개나 했어. 여기 애들 퍼스널 코드 필요한 거 맞아. 급한 것도 맞고. 근데 그건 다른 애들이 책임질 일이야. 네가 아니라."

"그런 식으로 애들 언제 다 내보내게요?"

원장의 표정이 차갑게 굳었다.

"그걸 왜 니가 걱정하는데?"

"언니, 나는 걱정도 못 해요?"

"언니라고 부르지 말랬지. 원장님이라고 해."

"……."

"다시 말해."

"원장님, 저는 걱정도 못 해요?"

"그래. 못 해. 하지 마. 니 인생이나 좀 제대로 살아. 찾아오지도 말고, 여기 살았었다는 말도 하지 마. 너 검찰 수사관이잖아. 여기 불법 보육원이야."

서운했다. 그러면 안 되는데.

"생각해 보니까 안 되겠다. 이 돈도 그냥 가져가."

원장이 앞치마에 넣었던 현금을 다시 꺼내 책상에 올려놓았다. 혜리가 반응을 보이지 않자 원장은 양손으로 현금을 쭉 밀어 혜리 앞까지 옮겨 놓았다. 혜리는 끝까지 버텼다. 원장은 쯧, 혀를 차며 팔짱을 꼈다. 팔뚝에 굵게 힘줄이 잡혔다.

"그럼 이렇게 하자. 의뢰를 할게. 그 돈은 의뢰비야."

"의뢰요?"

"가출한 애들 좀 잡아 와. 일주일 전에 부산에서 들어온 애들인데. 아무래도 처음부터 이럴 작정으로 밀입한 것 같아. 둘이 커플이거든."

"커플인 게 왜요?"

의아해하는 혜리에게 원장이 차분히 설명을 시작했다.

"복원 요법이라고, 혹시 들어 봤어? 요즘 애들 사이에서 유행하는 헛소문인데."

3

그건 선택받은 아이들만의 비밀이야.
영원하고도 완전한 사랑이 이루어진다는 소문.
텔레파시래.
둘 사이의 애정도를 분석해 주는 초인공지능이래.
최면 앱이래.
브레인 임플란트야.
별자리 점이라던데?
풋, 악마의 저주겠지.

그럼 복원 요법은…….

쉿, 조심해야 해.
그 이름을 함부로 입에 올린 사람에겐
큰 불행이 찾아오니까.
너는 정말 확신하니?
네 곁에 있는 그 사람이
100퍼센트의 퍼펙트 러브라고.

응.

확신해.

좋아.

그럼 나팔을 찾으렴.

나팔?

나팔은 상징이야.

영원에 대한.

진정 소망을 갈구하는 이들에게 찾아온다고 해.

꼬리를 무는 뱀처럼

서로를 입에 물고 연주하는

나팔 모양을 지닌 누군가가.

이해했니?

응.

이제 복원 요법에 대해 알려 줘.

— - —

그들은 서로 떨어진 채로는 아무것도 할 수 없었기 때문입니다.

수백 번 매만지고 매만져 모서리가 닳아 버린 이전 시대의 종이책. 내키는 대로 활자를 좇던 지유의 시선이 한 문장에서 멈췄다. 지유는 떨리는 손으로 페이지를 되돌려 이야기가 시작되는 지점부터 다시 읽어 내려갔다.

인간들이 나쁜 짓을 그만두게 만들 방안을 생각해 냈소. 나는 그들을 둘로 쪼개 놓을 것이오. 이렇게 함으로써 그들은 지금보다 약해질 것이며…….

구절을 읽어 내려가던 지유가 책장을 덮고 떨리는 가슴에 책을 끌어안았다. 마치 세상의 비밀을 깨달은 양 환희에 찬 얼굴이었다. 지유는 충동적으로 스마트폰을 꺼내 채팅 앱에 메시지를 남겼다.

—왜 읽으라고 했는지 이제 알겠어. 그래서 복원 요법인 거야. 그렇지?

답변은 없었다.

실망한 지유는 이번엔 시하에게 말을 건넸다.

“시하야, 너도 읽어 볼래?”

하지만 시하 역시 반응을 보이지 않았다. 심통이 난 지유가 꼬집듯 소매를 잡아끌자 어깨에 기댄 시하의 머리가 아래로 툭 떨어지며 크게 휘청였다.

“뭐야, 언제 잠들었대.”

지유는 시하가 잠을 깨지 않도록 조심스레 목을 받쳐 의자에 뉘어 주었다. 침까지 흘려 가며 잠에 빠져든 시하의 모습을 보고 있자니 힘이 빠졌다.

지유는 바닥에 주저앉아 의자에 양팔을 얹고 머리를 뉘었다. 코앞에 놓인 시하의 잠든 얼굴을 빤히 바라보았다.

"시하야. 네가 무슨 생각을 하는지 모르겠어."

시하의 긴 머리칼에 손가락을 찔러 넣고 맴돌리며, 지유는 들리지 않을 정도로 작게 소곤거렸다.

"궁금해. 알고 싶어. 모든 걸 잃게 되더라도."

이유도 없이 눈가에 눈물이 그렁였다.

지쳤다. 스르르 지유의 눈이 감겼다. 어느새 지유도 깊은 졸음에 빠져들었다.

꿈속에선 바다 냄새가 났다.

4

시하가 점퍼 주머니에 양손을 찔러 넣고 지유를 째려보았다. 당장이라도 화를 낼 것 같은 얼굴이었다. 지유는 후드를 푹 눌러쓴 채 바닥만 바라보았다.

"무슨 생각 해?"

시하가 물었다. 지유는 발로 먼지를 쓸며 시선을 회피했다.

"그냥."

시하가 몸을 숙여 지유의 안색을 살폈다. 잠시 눈이 마주쳤다. 지유는 후드를 더 깊게 눌러쓰며 시선을 피했다. 당장 말해 버리고 싶었다.

"그만 좀 쳐다봐."

"알았어."

"이제 어디로 가?"

"따라와."

시하가 손을 내밀었지만 지유는 잡지 않았다. 실망한 시하가 휙 몸을 돌려 멀어졌다. 멍하니 제자리에서 망설이던 지유는 종종걸음으로 시하의 등 뒤에 따라붙었다.

앞서 걷는 시하가 억센 갈대를 발로 꾹꾹 눌러 길을 냈다. 수풀을 헤치고 숲속으로 조금 더 깊이 들어가자 넓은 들판이 나왔다. 시하는 관광 가이드라도 된 것처럼 양팔을 벌리며 주위를 소개했다.

"영감들 말이, 여기가 공원이었대."

"뭔데, 그게?"

"나도 몰라. 쉬고 싶을 때 오는 곳이라던데?"

"뭐 하러 풀밭에 와서 쉬어?"

"모르지. 우리랑은 사고방식이 전혀 다르잖아. 그땐 사고 전이었고."

시하가 녹슨 철조망 틈을 벌리며 말했다. 사고 지점으로부터 30킬로미터 경계선을 따라 세워진 기다란 원형의 장벽. 오염되어 버려진 땅의 안쪽. 악취미를 가진 여행객이 아니고서야 결코 발을 들이지 않는 곳이었다. 심지어 이곳에 사는 토박이들조차.

"있지. 나는 고통 없이 가고 싶거든?"

"누가 뭐래?"

"영감들 말이, 저기 들어가면 나중에 아픈 병에 걸린댔어."

"무슨 상관이야? 그 전에 죽을 텐데."

시하가 엄지로 뒤쪽을 가리켰다.

"저 위에 올라갈 거야. 어때? 내 계획."

지유는 고개를 들어 위쪽을 보았다. 살면서 본 것 중 가장 높은 빌딩이 벽처럼 눈앞을 가로막고 있었다. 영감들이 저런 걸 뭐라고 불렀더라? 주상복합?

"확실하네."

지유는 벌어진 철조망 틈새로 몸을 집어넣었다.

— - —

금세 빌딩 앞에 도착했다. 두 사람은 동력이 끊긴 엘리베이터 대신 비상계단을 올랐다. 높이가 57층이나 된다니, 이런 건 미리 말을 해 줬어야지. 지유는 속으로 투덜대며 후들거리는 다리를 움직이고 또 움직였다. 폐가 찢어질 듯 아팠지만 참을 수 있었다. 어차피 끝이니까. 올라가기만 하면 이제 정말 끝이니까.

옥상에서 바라본 풍경은, 음, 기억나지 않는다. 심장이 터져라 숨을 몰아쉬며 드러누워 흐린 하늘만 쳐다봤던 것 같다. 그래도 조금 감명 깊었다. 마지막을 장식하기에 꼭 어울리는 장소였달까. 곳곳에 남겨진 신발들이 조금 쓸쓸했다.

"저쪽에 가 보자."

시하가 손을 잡아끌었다. 깜짝 놀란 지유는 붙들린 손을 억지로 빼냈다.

"잠깐만."

"대체 뭐가 문젠데?"

"왜 자꾸 그렇게 갑작스럽게 구는 거야?"

"무슨 소리야, 대체."

"상냥하게 대해 달라는 뜻이야."

"지금 상냥하게 대하고 있잖아."

시하가 다시 손을 붙잡으려 했고, 지유는 필사적으로 손을 피했다. 시하는 어깨를 한 번 으쓱이더니 몸을 돌렸다.

"알아서 해."

시하는 홀로 옥상 끄트머리까지 걸어가 난간에 걸터앉았다. 이렇게나 높은데. 떨어지는 게 두렵지 않은 걸까? 시하는 마치 이런 일을 여러 번 해 본 사람처럼 여유가 느껴졌다. 지유는 홀린 듯 시하 곁에 다가가 앉았다.

가만히 시하의 옆얼굴을 보았다. 시선을 느낀 시하가 천천히 고개를 돌렸다.

"왜?"

"사랑한다고 말해 줘."

"사랑해."

"다시 말해 줘."

"사랑해."

"다시."

"사랑…."

지유가 시하의 입에 입을 맞추었다. 세상의 끝에 걸터앉아 있다는 사실도 잊고서 지유는 입안의 끈적한 감촉에 열중했다. 그러다 갑자기 시하의 입술을 깨물었다.

"아야!"

놀란 시하가 입을 뗐다.

"뭐 하는 거야?"

"아파?"

"그래, 엄청 아파."

"안심이다."

지유가 쓸쓸히 웃었다. 시하는 황당해하며 크게 화를 내려다가, 표정을 풀고 한숨을 푹 내쉬었다.

"대체 무슨 생각을 그렇게 해?"

시하가 물었다. 지유는 다시 후드를 깊이 끌어당겼다.

우리 그냥 죽어 버리자.

그렇게 말해 버리면 끝날 일이었다. 혹은 슬쩍 팔을 끌어당기면. 그걸로 끝인데. 입이 떨어지지 않았다.

시하도 입을 다물었다. 두 사람은 말없이 이른 새벽의 도시 풍경을 바라보았다. 짙은 구름이 벌어진 틈 사이로 아침 해가 얼굴을 내밀고 있었다. 붉은 떨림을 머금은 햇살이 주위를 밝게 물들이기 시작했다. 두 뺨에 따스한 빛이 닿았다.

"지유야."

갑자기 시하가 먼 곳을 손가락으로 가리켰다.

"저쪽에 여기보다 더 높은 빌딩이 있는 것 같아."

그 말만을 기다렸다는 듯, 지유는 서둘러 몸을 일으켰다. 붙잡은 손에 이끌린 시하도 엉겁결에 함께 자리에서 일어섰다.

"가 보자."

지유가 말했다.

"기왕이면 가장 높은 곳에서 뛰어내릴래."

저도 모르게 진심이 튀어나오고 말았다.

— - —

빌딩까지 가는 길은 생각했던 것보다 험난했다. 거리에서 버려진 배터리를 주워 모은 두 사람은 덩굴로 뒤덮인 도로를 피해 지하로 내려갔다. 영감들이 사용했던 탐사 도구가 철로

위에 버려진 채 고스란히 남아 있었다. 다행히 용량이 남은 배터리를 몇 개 건졌다. 몇 차례 시도 끝에 시하와 지유는 전기 모터가 달린 탈것 하나를 작동시킬 수 있었다. 탈것이 어둑한 철로를 따라 바다 쪽으로 나아가기 시작했다.

자리에 앉자마자 지유는 스마트폰부터 꺼냈다. 채팅 앱을 열어 메시지를 확인했지만 반응이 없었다. 지하까진 통신이 닿지 않는 모양이었다. 화면을 끄자 지독한 어둠이 찾아왔다. 서로의 얼굴조차 보이지 않았다.

"아직도 걔랑 얘기해?"

어둠 속에서 시하가 물었다.

"가끔."

"잘 생각해, 지유야. 우리……."

"그 얘긴 그만하기로 했잖아."

시하는 꿋꿋이 하던 말을 이어 갔다.

"우리 이 돈 모으느라 7년이나 걸렸어. 이제 이식수술만 받으면 돼. 근데 갑자기 왜 이러는 건데?"

지유는 비꼬듯 한쪽 입꼬리를 말아 올렸다.

"수술받고 다른 데가 또 아프면?"

"……."

"너는 더 살고 싶니?"

"그래. 살고 싶다."

"난 죽어도 상관없어. 완전한 사랑을 이룰 수만 있다면."

"지금 우리가 하고 있는 건 뭔데?"

"이건……."

지유는 잠시 머뭇거렸다.

"불완전한 사랑이지."

"그 이상한 시술을 받으면 뭐가 달라지는데?"

"다들 그렇게 얘기해. 복원 요법이 진정한 사랑을 이루게 해 준다고."

시하가 헛웃음을 뱉었다.

"그게 말이 된다고 생각해? 걔네는 그냥 네가 듣고 싶은 말을 아무렇게나 하고 있을 뿐이야. 갖고 노는 거라고. 어차피 얼굴 볼 사이도 아니니까."

"마음대로 생각해."

"그 말이 맞다 쳐. 샌드박스엔 어떻게 들어갈 건데?"

"걔들이 밀입하는 방법을 가르쳐 줬어. 지금까지 모은 돈이면 비용도 충분해."

"이젠 걔들이야? 대체 몇 명인데?"

"몰라. 어쩌면 한 명일 수도 있고."

"몇 명인지도 모르는 애들 말만 믿고 평생 모은 돈을 날리자고? 나는 반대야. 절대 안 가. 갈 거면 너 혼자 가."

그럼 차라리 죽을래.

말이 입안에서 맴돌기만 했다. 왜 이렇게 다른 거야? 왜 말하지 않으면 전해지지 않는 건데? 말한다고 전해지긴 하는 거야? 시하야. 너는 왜 거기에 있어? 내 안이 아니라. 그런 건 너무 쓸쓸하지 않니? 이런 말을 해 봐야 너는 무슨 뜻인지 이해할 수 없단 표정만 짓겠지.

내가 너를 사랑하는 방식대로 네가 나를 사랑해 준다면 좋을 텐데.

아주 잠깐이라도.

"어라."

갑자기 탈것이 멈춰 섰다. 기계를 살펴보던 시하가 탄식을 뱉었다.

"왜 그래?"

"배터리가 떨어졌어. 여기서부턴 걸어서 가야 해."

시하가 승강장으로 점프했다. 스마트폰으로 벽을 비추자 커다란 동그라미에 흐릿한 글씨가 쓰여 있었다. 시하가 조심스레 먼지를 털어 냈다.

"보여?"

지유가 묻자 시하는 한참 고민하는 듯했다.

"광안리. 라고 적혀 있는 것 같아. 아마도."

"그게 무슨 뜻인데?"

"나도 몰라."

"그 빌딩이 여기서 가까울까?"

"멀진 않을 거라 생각해."

시하가 씩씩하게 앞장섰다. 녹색 선을 따라 밖으로 빠져나오자 도처에 망가진 빌딩들이 가득했다. 미처 지하로 피신하지 못한 사람들의 시신도 널브러져 있었다. 수십 년 전에 있었던 일이다. 모두가 이미 해골이 되어 버린 뒤였다.

"바다 냄새가 나."

지유가 코를 킁킁대며 방향을 찾았다. 두 사람은 바다를 향해 걸어갔다. 검푸른 물결이 시야에 들어오는 순간, 시하와 지유는 동시에 "우와" 하며 탄성을 터뜨렸다.

"저런 건 처음 봐. 저렇게 거대한 다리를 어떻게 바다 위에 지었지?"

"영감들 허풍이 아주 호들갑은 아니었나 봐."

"그러게."

멍하니 다리를 바라보던 지유가 조심스레 제안했다.

"시하야. 나 저기 가 보고 싶어."

시하가 고개를 끄덕였다.

"가 보자."

다리까지 걸어가는 동안 두 사람은 많은 유혹에 이끌렸다. 문이 열린 가게가 보일 때마다 안으로 들어가 이전 시대의 유물을 구경했고, 노래 기계가 보이면 노래를 불렀다. 사진 기계에 들어가 사진도 찍었다. 물론 정말로 사진이 인쇄되는 일은 없었지만. 이전 시대 사람들이 했을 법한 시시한 심심풀이들. 시하가 배낭에서 배터리를 꺼내 연결할 때마다 마법처럼 기계가 되살아났다.

해변을 산책하다 전망 좋은 카페를 발견했다. 두 사람은 테라스에 앉아 소꿉놀이하듯 티 세트를 차려 놓고 차 마시는 시늉을 했다. 능청스러운 시하의 연기에 지유가 결국 웃음을 터뜨렸다.

“아, 웃겨.”

“이게?”

시하가 같은 시늉을 반복하자 지유는 또 한 번 웃음을 터뜨렸다. 시하 역시 얼굴에 웃음이 가득했다. 실컷 웃고 난 지유가 누그러진 얼굴로 감상을 털어놓았다.

“오늘 좀 재밌었어.”

시하가 웃으며 답했다.

“앞으로 즐거운 일이 더 많을 거야.”

“글쎄.”

지유는 고개를 돌려 먼 바다를 보았다.

“그건 모르는 일이지.”

— - —

늦은 오후가 되어서야 다리에 도착했다. 지유는 압도될 것처럼 거대한 기둥을 올려다보았다. 멀리서 보던 것과는 느낌이 전혀 달랐다. 무너지지 않으려 안간힘을 다해 와이어를 붙들고 버티는 모습이 애처로웠다. 녹슨 부품들이 삐걱대는 소리가 서러운 울음 같았다.

바다 쪽에서 휘몰아치는 강풍에 몸이 날아갈 듯 휘청거렸다. 양팔로 난간을 붙들고 힘겹게 이동해야 했다. 흐린 구름에 짓눌린 다리는 조금도 아름답지 않았다. 시하와 지유는 서로에게 최대한 밀착한 채로 겨우 반대편에 도착했다.

허무해졌다.

"저기 빌딩이 보여. 이제 조금만 더 가면 돼."

시하가 말했다.

파도를 피해 해안선을 따라 걸으니 어느새 또 다른 해변에 도착했다. 이전 시대의 건물들을 집어삼킨 높다란 모래언덕이 보였다. 수십 미터 뒤로 후퇴한 해안선이 문명의 흔적을 모래 속에 파묻고 있었다.

"여긴 해운대라고 불렀대."

시하가 아무렇지 않게 주위를 안내했다. 마치 외지인들을 안내하는 가이드처럼. 뭔가 이상했다. 뒤따라 걷던 지유가 제자리에 우뚝 멈춰 섰다.

"여기 온 거 처음 아니지?"

지유가 추궁하자 시하는 순순히 인정했다.

"응."

"몇 번이나 왔었어?"

"서른 번쯤."

"대체 여긴 뭐 하러 왔는데?"

"연습했어."

"연습? 무슨 연습?"

"……오늘을."

"아까도 일부러 멈춘 거지? 배터리 떨어진 거 아니지?"

"맞아. 일부러 광안리에 차를 세웠어."

지유의 눈썹이 불신으로 찌푸려졌다.

"대체 왜?"

시하가 힘없이 시선을 떨어뜨렸다.

"이러면 뭔가 달라질 줄 알았어."

대답을 마친 시하가 빌딩을 향해 걸어갔다. 이제는 뼈대만 남아 흉물이 되어 버린 이전 시대의 랜드마크가 환각처럼 바다 위에 떠 있었다. 두 사람은 말없이 해변을 가로질러 빌딩 앞까지 도착했다. 마치 세상의 끝과 같은 벼랑. 훌쩍 점프하기만 해도 빌딩에 닿을 만한 거리였다.

시하가 깨진 창문을 가리켰다.

"이쪽에서 점프하면 안으로 들어갈 수 있어."

지유는 천천히 벼랑 끝 빌딩 앞에 섰다. 하지만 발이 떨어지지 않았다. 유리에 반사된 시하의 얼굴과 눈이 마주쳤다. 피하고 싶었다.

완전히 휘말려 버렸다. 무슨 의도인지는 몰라도.

"이제 알겠지? 오늘은 아니야."

지독히도 평온한 시하의 목소리. 지유는 시하의 눈을 노려보았다.

"날 알고 있는 것처럼 굴지 마."

"아니, 알아. 아침에 눈을 보자마자 알았어. 너는 오늘 죽지 않을 거야. 다리 위에서도 넌 겁을 먹었어. 확신해. 너는 이런 걸 바라는 게 아니야."

"두고 봐."

지유가 발끈해 빌딩으로 향했다. 그러자 시하가 손을 잡아끌었다. 서로의 팔이 팽팽하게 당겨졌다.

"부탁이야. 가지 마."

예상한 적 없는 표정이었다. 상냥하지도 분노하지도 않은. 그저 애처로웠다. 시하는 마치 생명 줄이라도 되는 양 애써 지유의 팔을 붙들고 있었다. 반대잖아. 네가 나를 살리고 있는 거잖아. 그런데 왜 그런 표정을 짓지?

꼭 죽을 사람처럼 아름다웠다.

"너도 결국 타인이야."

손길을 뿌리치려 애써 차가운 말을 했다. 하지만 시하는 태연했다.

"알아. 그래도."

"그래도 뭐?"

"사랑해."

그 '사랑해'라는 말은 마치 벼랑에 매달린 사람이 내미는 손길 같아서, 지유는 차마 놓을 수가 없었다. 달랐다. 그건 지유가 언제나 바라 왔던 말이었지만, 지유가 바라던 의미의 말이 아니었다. 그 사실을 알면서도 지유는 시하의 품으로 돌아갔다. 한 번 더 속아 주기로 했다. 시하의 간절한 손길을 붙들었다. 시하를 살리기 위해.

코끝에 닿는 숨에서 열기와 설렘이 느껴졌다. 눈치채지 못할 수가 없었다. 두 사람은 서로의 하나뿐인 눈을 응시하며 가벼운 입맞춤을 시험했다. 그리고 서서히 깊어져 가는 키스를 나누었다.

기억나지 않을 정도로 오랫동안 오염된 모래사장에 파묻혀 키스에 열중했다. 몸은 더럽혀졌고, 입안 가득 쇠 맛이 섞인 모래가 굴러다녔다. 그곳엔 오직 입이 닿았다 떨어지는 끈적한 소음과 해변을 적시는 파도 소리만이 존재하는 듯했다.

지유의 몸을 쓰다듬으며 시하가 말했다.

"우린 정말 반대구나. 서로 망가진 부위가 이렇게까지 다르다니."

"물론 성격도 다르지."

둘이 동시에 키득 웃었다.

"우린 원래 한 명으로 태어났어야 했나 봐."

"그러게."

시하가 오른쪽 눈이 없으면 지유는 왼쪽 눈이 망가졌고, 지유는 폐가 뒤틀렸지만 시하는 심장판막에 문제가 있었다. 시하는 새 위장이, 지유는 간이 절실했다. 신기하게도 겹치는 부위가 하나도 없었다. 거울에 비춘 것처럼 절묘하게 어긋난 관계. 정확히 꼭 들어맞는 이상적인 반쪽.

착각이었다.

지유는 힘을 풀고 편안한 자세로 모래에 누웠다.

"우리가 몇 년이나 더 이렇게 지낼 수 있을까?"

"그리 길진 않겠지. 제일 오래 살다 간 영감도 마흔을 못 넘겼으니까."

시하는 의외로 담담한 목소리였다.

지유는 무거운 몸을 일으켜 시하에게 짧은 키스를 했다.

"만약 내가 죽으면, 내 몸은 네가 가져."

이곳에서 그 말은 청혼을 의미했다. 혹은 절대적인 우정을. 너에게 생명을 건네겠다는 선언이자, 나의 생명을 끝까지 짊어지라는 엄중한 요구. 이곳에서 애정이란 그런 것이었다. 끊임없이 외부에서 충당하지 않으면 결국 마모되어 고갈되는 무언가.

시하도 지유의 요청에 응했다.

"언약을 하자. 다른 연인들처럼."

두 사람은 자리에서 일어나 옷을 벗고 서로의 몸을 바라보았다. 펜을 들어 서로에게 선을 긋고 이름을 새겼다. 지워지지 않는 검은 잉크가 피부 속으로 스며들었다.

지유가 자신의 배를 가리켰다.

"내 위장을 너에게 줄게."

그러자 시하가 자신의 가슴을 짚었다.

"그럼 나는 간을 줄게."

몸 구석구석 그어진 장기들의 윤곽선. 그리고 소유권을 상징하는 서명들. 시하. 지유. 오직 상대방의 이름뿐인 빼곡한 진심의 흔적들. 이름 하나가 몸에 새겨질 때마다 두 사람은 서로에게 더욱 단단히 속박되어 갔다.

"내 왼눈을 가져."

"내 오른눈을 가져."

"내 폐는 오직 너의 것이야."

지유가 시하의 흉터를 쓰다듬었다. 종양이 돋아 약해진 피부가 터지며 쓰라린 피와 고름이 흘러내렸다. 이에 답하듯 시하도 지유의 흉터를 어루만졌다. 아팠다. 너도 똑같이 아프겠지. 우리는 같은 아픔을 알아. 그 유일한 공통점이 서로를 같은 세계에 겹쳐 포개어 주고 있어.

이윽고 시하가 말했다.

"내 심장은 오직 너의 것이야."

— - —

"시하야. 어차피 죽을 거라면, 나는 너와 함께 내 세상의 가장 높은 곳에서 추락해 죽고 싶어. 만약 이 좁은 도시가 내 세계의 전부라면 나는 결국 저 빌딩 위에서 떨어져 죽을 거야.

하지만 여기가 내 세계의 전부가 아니라면…….”

지유가 말을 멈추고 기지개를 켰다. 석양을 향해 곧게 팔을 뻗는 뒷모습이 아름다웠다. 시하는 넋을 잃고 지유의 몸이 그리는 선과 그림자들을 감상했다.

“그거 알아?”

지유가 천천히 뒤를 돌아보며 말했다.

“샌드박스엔 저것보다 높은 빌딩이 수백 개도 넘는대.”

“말도 안 돼. 누가 그런 헛소리를 해?”

“친구가.”

지유가 채팅 앱이 켜진 스마트폰을 흔들어 보였다. 대체 누구일까. 무엇을 바라고 지유에게 유혹의 말들을 속삭이는 걸까, 그 사람은. 두려웠다. 동시에 질투가 났다.

“바보같이. 그 말을 믿어?”

“응. 믿어.”

바닷바람에 흐르는 긴 머리칼을 귀 뒤로 쓸어 넘기며, 지유가 꿈꾸듯 미소 지었다.

“믿고 싶어.”

지유가 천천히 손을 내밀었다.

“그러니까 함께 떠나자. 시하야.”

5

모두가 우리의 비밀을 노리고 있어.
그래서 이렇게 조심스러울 수밖에 없는 거야.
영원을 믿지 않는 자는
결코 그곳에 발을 들일 수 없어.

— – —

"거의 다 왔어."

지유가 스마트폰을 보며 말했다.

"왜 이렇게 빙빙 돌아서 가는 거야?"

"감시 카메라를 피해야 하니까. 생체 인식 센서가 있는 출입문도 피해야 하고. 잊었어? 퍼스널 코드가 없는 걸 들키면 우린 쫓겨나."

"그러게, 조금만 기다리자니까. 원장님이 코드를 구해 준다고 하셨는데."

"얼마나 걸릴 줄 알고."

"그나마 믿을 만한 사람이었잖아."

지유가 홱 고개를 돌려 시하를 보았다.

"시하야, 여기선 아무도 믿으면 안 돼."

"그럼 개는?"

시하가 스마트폰을 째려보았다. 지유가 짧게 머뭇거렸다.

"…잠깐 믿는 것뿐이야."

그 후로도 오랜 시간 복잡한 루트를 거쳐 이동해야 했다. 빌딩에서 빌딩으로. 아래로. 더 깊은 아래로. 두 사람은 어디로 가는지도 알지 못한 채 막연히 도시의 깊은 곳을 향해 나아갔다. 가끔 나팔 모양이 그려진 낙서들을 발견했다. 조금씩 형태가 달랐지만. 옳은 방향으로 나아가고 있다는 생각에 안심이 되었다.

스마트폰이 시키는 대로 걷다 보니 허름한 매표 창구 앞에 도착했다.

"저기서 표를 끊으면 된대. 엘리베이터로 최하층까지 내려갈 수 있어."

지유가 말했다. 시하는 여전히 못 미덥다는 표정이었다.

"걱정 마. 미등록 엘리베이터니까. 무슨 다크 투어리즘 패키지라고 했어. 최하층에 있는 출입 금지 구역까지 갔다가 돌아오는 여행 상품이래."

"거긴 왜 출입 금지인데?"

"그것까진 몰라."

"우리가 살던 곳에도 비슷한 여행객들이 찾아왔어. 그 사람들이 철조망 안쪽으로 들어갔다 무슨 일을 겪었는지 너도 알잖아."

"……."

가만히 지유를 바라보던 시하는 쯧, 혀를 차며 물러났다.

"알았어. 가서 표부터 끊자."

지유가 표를 주문했다. 주머니에서 돈을 꺼내는 손놀림이 어색했다. 7년 동안 모은 전 재산이 안주머니에 있었다. 품 안에 현금을 잔뜩 지니고 있다는 걸 들키지 않으려는 어설픈 몸짓이 되레 눈에 띄었다. 실수로 떨어뜨린 200달러짜리 지폐 몇 장이 팔랑거리며 바닥에 떨어졌다. 시하가 재빨리 주웠지만 이미 이목을 끌어 버린 뒤였다. 그 자리에 있는 모두가 지유를 쳐다보고 있는 것만 같았다. 시하와 지유는 거칠고 무서운 어른들을 경계하며 잔뜩 긴장한 표정으로 매표소를 빠져나왔다.

출발까지 두 시간이 남았다. 식사를 할까 싶었지만 긴장한 탓인지 뭘 먹고 싶은 생각이 들지 않았다. 두 사람은 대기실 의자에 앉아 지루하게 출발 시간을 기다렸다. 어느새 시하가 또 꾸벅꾸벅 졸기 시작했다. 여행을 시작한 이후로 제대로 쉬어 본 적이 없었다. 시하도 지유도 많이 지쳐 있었다. 지유는 자신마저 잠들지 않기 위해 힘주어 버텼다.

"여긴 처음이니?"

누군가 곁으로 다가와 친근한 척 말을 걸었다. 트렌치코트 차림을 한 긴 머리의 여성. 왠지 이곳과는 어울리지 않는 분위기를 풍기고 있었다.

"아뇨, 전에도 몇 번 와 봤어요."

지유가 여유를 가장하며 답했다.

"저희는 이게 데이트거든요."

"아하."

여자가 눈썹을 치켜세우며 과장된 표정을 지어 보였다.

"난 또 형제인 줄 알았지. 둘이 똑 닮았길래."

"근데 누구세요?"

"그냥, 나는 도와주려는 거야."

"필요 없어요."

"내 말 들어. 너희는 지금 아주 위험한 상황에 처해 있어."

"무슨 말씀이신지 모르겠네요."

"복원 요법을 찾고 있는 거지?"

지유는 다급히 시하를 깨웠다.

"따라와. 도와줄게."

자리에서 일어난 여자가 손짓하며 앞장서 걸어갔다. 지유는 몰래 스마트폰을 꺼내 메시지를 보냈다. 어떤 여자를 만났어. 복원 요법을 알고 있대. 믿어도 될까?

여자가 벌써 저만치 멀어졌다. 답장을 기다리고 있을 시간이 없었다. 지유는 잠이 덜 깬 시하를 억지로 잡아끌고 여자의 뒤를 따라 대기실을 빠져나갔다. 여자는 두 사람을 어두운 골목으로 데려갔다. 약물에 중독된 사람들이 널브러진 복도를 지나 간판이 없는 문을 열고 들어가자 낡고 허름한 의료 설비들이 보였다. 공기에서 먼지 냄새가 났다.

"잘 찾아왔어. 내 입으로 자랑하긴 좀 그렇지만, 이 동네에서 복원 요법은 우리가 제일 전문이거든."

한쪽 벽면을 꽉 채운 커플들의 기념사진을 손으로 가리키며 여자가 으스댔다. 다들 서로를 껴안은 채 활짝 웃고 있었다. 행복해 보였다.

수술실 옆에 딸린 작은 사무실로 안내받았다. 여자가 책상에 앉아 상담을 시작했다.

"수술 비용은 알아보고 온 거지?"

지유가 고개를 흔들었다.

"아뇨."

"우린 고정 단가야. 추가 비용 일절 없이 정직하게. 인당 7만 달러."

시하와 지유는 슬쩍 서로의 눈치를 살폈다. 표정에 망설임이 느껴졌다.

"왜? 돈이 모자라?"

"아, 아뇨. 돈은 있어요."

지유는 겨우 잡은 기회를 놓칠까 전전긍긍하며 솔직히 털어놓았다.

"현금으로 준비할 수 있지?"

"잠깐만요."

시하가 끼어들었다.

"아직 아무 설명도 못 들었는데요. 저희가 무슨 시술을 받게 되는 거죠?"

"다 알아보고 온 거 아니었어? 서로 사랑하게 되는 거야. 영원히."

"어떻게요?"

"원리를 설명해 줘 봐야 못 알아들을 텐데."

"그래도 듣고 싶어요."

"마인드 매트릭스 3단계 심리 분석 소프트웨어와 근거리 통신용 브레인 임플란트를 믹스한 사이버테크 서저리가 복합적으로 들어갈 거야. 물론 한 달 치 항생제랑 호르몬 약물 처방도 패키지로 포함되고. 구체적인 기술 사양은 영업 비밀이라 말해 줄 수 없어."

여자가 어려운 단어를 섞어 가며 의미를 혼란스럽게 했다.

"머릿속에 기계를 집어넣는다고요?"

"뭘 그렇게 놀라? BI 몇 개 심는 정도야 그렇게 새삼스러운 일도 아니잖아. 뇌량(腦梁) 주변으로 총 일곱 개가 꽂힐 거야. 그걸로 너희의 감정을 송수신하는 거지. 그러지 않고 어떻게 서로를 이해하겠니."

"안전한가요?"

여자는 태연했다.

"못 믿겠으면 다른 업체 알아보러 가도 돼. 우린 상관 안 해. 어차피 여기로 돌아올 거 아니까. 근데 무작정 기다려 줄 수는 없어. 네 시간마다 단속을 피해서 이동하거든."

"저희도 생각할 시간이……."

지유가 시하의 옷자락을 끌어당겼다.

"할게요."

깜짝 놀란 시하가 홱 고개를 돌렸다.

"야."

지유는 시하의 반응을 무시하며 질문했다.

"대신 뭐 하나만 확인해 봐도 되나요?"

"뭔데?"

"나팔을 보여 주세요."

여자가 웃음을 터뜨렸다.

"아. 나팔 말이지. 우스워. 너희는 하나같이 꼭 나팔부터 찾더라고."

여자가 옆머리를 뒤로 넘겼다. 나팔 모양의 귀걸이가 달려 있었다. 서로를 연주하는 형상은 아니었지만.

"좋아요. 나가서 돈만 가지고 바로 돌아올게요. 괜찮죠?"

여자가 눈썹을 치켜세우며 어깨를 으쓱였다.

"얼마든지."

지유가 시하를 끌고 일어났다.

"지유야, 잠깐만. 이건 그렇게 쉽게 결정할 문제가…."

"내 말 들어, 시하야."

불평을 쏟아 내는 시하에게 지유가 슬쩍 스마트폰 화면을 보여 주었다.

—나팔은 확인했어?

—헷갈리지 마. **서.로.를.입.에.물.고.연.주.하.는.나.팔.**이야.

메시지를 확인한 시하가 입을 다물었다. 두 사람은 굳은 표정으로 사무실 문을 열었다. 문 앞에 누군가 벽처럼 길을 막고 서 있었다. 홀로마스크로 얼굴을 가린 두 명의 남자.

"하여튼 애들이 눈치는 빨라서."

여자가 투덜거렸다.

남자들이 도망치려는 시하와 지유를 붙잡아 억지로 수술대에 눕혔다. 팔다리에 전자식 잠금장치가 채워져 꼼짝도 할 수 없었다.

"너무 걱정하지 마. 수술은 제대로 해 줄 테니까."

여자가 지유의 주머니를 뒤져 현금을 모두 챙겼다.

"이건 뭐야?"

스마트폰을 발견한 여자가 화면을 터치했다. 하지만 고장 난 것처럼 아무 반응이 없었다. 흥미를 잃은 여자는 스마트폰을 바닥에 툭 던져 버렸다.

남자들이 커다란 상자를 가져왔다. 뚜껑을 열자 악취 나는 배양액 속에 아무렇게나 방치된 장기들이 둥둥 떠다녔다.

"미친놈들!"

시하가 바둥거리며 소리쳤다.

"얌전히 있어. 5분이면 끝나."

여자가 담배를 꺼내 입에 물고는 휴대용 스캐너를 작동시켰다. 위에서부터 아래로 천천히 시하의 몸을 훑어보던 여자는 대뜸 작업을 멈추고 중얼거렸다.

"뭐야, 이거. 어떻게 살아 있어?"

여자가 거칠게 시하의 상의를 들췄다. 뒤이어 지유 쪽도. 옷 아래 새겨진 선들을 확인한 여자는 퉤 담배를 뱉고는 큰소리로 욕설을 뱉었다.

"재수도 좆같이 없네. 하필이면."

"왜 그러는데?"

홀로마스크를 쓴 남자가 물었다. 여자가 시하와 지유를 손가락으로 번갈아 가리키며 답했다.

"부산 애들이야. 둘 다. 온몸이 암 덩어리야."

"아! 씨발."

남자가 괴성을 지르며 물건을 걷어찼다. 그러자 지금껏 말없이 서 있기만 했던 남자가 갑자기 수술대에 놓인 레이저 메스를 집어 들었다. 여자가 짜증스럽게 물었다.

"뭐 하려고?"

"신장 하나라도 챙겨 가야지."

"팔지도 못하는 거 챙겨서 뭐 하게?"

"그럼 빈손으로 돌아가?"

남자가 레이저 메스를 시하의 배에 그었다. 시하가 고통스러운 비명을 지르며 바둥거렸다. 하지만 온몸이 묶여 꼼짝도 할 수 없었다. 점점 비명이 커졌다.

하지만 지유의 정신은 다른 쪽에 팔려 있었다. 바닥에 떨어진 스마트폰에게.

도와줘.

지유가 속삭이자 화면이 켜졌다.

시하를 괴롭히던 남자가 악, 소리를 내며 메스를 떨어뜨렸다. 다른 두 사람도 얼굴을 찡그리며 손목을 움켜쥐었다. 그들은 서로의 손바닥을 쳐다보았다. 스마트팜에 문양이 표시되어 있었다. 해. 달. 별.

손바닥이 폭발했다.

동시에 수술대의 잠금이 풀렸다. 지유는 서둘러 시하의 상태를 확인했다. 상처에서 새빨간 피가 흐르고 있었다.

"시하야!"

손에 묻은 피를 본 순간 아무 생각도 할 수 없게 되었다. 손끝이 떨렸다. 주먹을 쥐려 해도 손아귀에 힘이 들어가지 않았다. 어서 시하를 치료해야 하는데. 그런데 어디로 데려가야 하지? 지유는 샌드박스에 대해 아무것도 알지 못했다.

스마트폰이 격하게 진동했다.

지유는 피 묻은 손으로 스마트폰을 주워 메시지를 확인했다.

―조심해야 한다고 했잖아.

―서둘러.

―골목 안쪽에 치료할 수 있는 장소가 있어.

지유는 바닥에 널브러진 여자의 몸을 뒤져 현금을 되찾은 뒤, 시하를 수술대에서 끌어내렸다. 팔 힘이 부족해 시하의 몸이 바닥에 쿵 떨어졌다. 하는 수 없이 양손으로 시하의 겨드랑이를 붙잡고 끌어당겼다. 한 걸음 움직일 때마다 바닥에 길게 핏자국이 남았다.

몇 번이나 시하의 몸을 놓치고 넘어져 가며 시하를 골목 안쪽 더 깊은 곳까지 데려갔다. 위험한 물건을 파는 상인들이 좌판을 열고 왁자지껄 떠들고 있었다. 북적이는 인파를 헤치며 긴긴 골목을 지나는 동안 누구 하나 아이들에게 관심을 주지 않았다. 지유는 눈물을 참느라 최선을 다해야 했다.

멀리 하얀 간판이 보였다. 사진 기계처럼 생긴 무인 부스 안쪽에 의료용 침대가 놓여 있었다. 지유는 마지막 힘을 쥐어짜 시하의 몸을 들쳐 안았다. 거친 호흡이 쏟아질 때마다 목에서 쇳소리가 났다.

"죽으면 안 돼. 시하야. 오늘은 아니야."

지유는 침대에 시하를 눕히고 문을 닫았다.

— - —

여기저기서 카메라가 튀어나와 찰칵거리며 시하의 사진을 찍기 시작했다. 지유는 피에 젖은 시하의 상의를 벗기고 상처를 확인했다. 여전히 출혈이 계속되고 있었다.

이윽고 경쾌한 로고송과 함께 화면에 진료 결과가 표시되기 시작했다.

—진료 결과를 알려 드립니다. 상황. 심각. 최우선 순위. 좌복부 창상. 시급한 지혈이 필요합니다. 지금 바로 치료를 시작할까요?

인공지능이 물었다.

"그, 그래! 시하를 치료해 줘!"

—퍼스널 코드가 확인되지 않습니다. 가입하신 상품을 직접 선택해 주세요.

화면에 수십 개의 항목이 표시되었다. 프리미엄, 프리미엄+, 건강보험, 의료보험, 병원보험, 내국인, 외국인, A등급, B등급, HMO, PPO, EPO……. 무슨 뜻인지 이해조차 되지 않았다.

"아무것도 없어."

—비회원이시군요. 알겠습니다.

화면에 회원 가입을 종용하는 광고 영상이 재생되기 시작했다. 지유는 점점 초조해졌다. 상처에서 쏟아진 피가 침대를 적시고 바닥까지 주르륵 흘러내렸다.

"치료는 언제 시작하는 건데?"

—치료가 시급하신 상황인가요?

"네가 시급하다고 했잖아!"

—시급하신 상황인가요?

"그래. 시급해!"

—단발성 응급치료 상품을 택하실 경우, 창상에 대한 치료

비용은 17만 1000달러입니다. 다만 시급한 치료임을 주장하신 경우, 자치정 특례법에 따라 분할 납부가 가능하며…….

말이 끝나기도 전에 버튼을 눌렀다. 쾅 소리가 나며 화면에 손바닥 모양의 핏자국이 남았다. 지유는 주머니에 있는 현금을 꺼내 전부 기계에 털어 넣었다.

—조치가 필요한 부위를 추가로 발견하였습니다. 심장 혈류 이상. 위장, 직장, 식도, 췌장, 갑상선, 신장, 혈액세포에서 암 소견. 일주일 내 항암 치료를 개시하지 않을 시 1개월 생존 가능성은 7.3퍼센트로 예측됩니다. 가까운 상급 의료기관을 연계해 드릴까요? 예약에 발생되는 수수료는…….

화면에 전신 투영 사진이 표시되었다. 배와 가슴 곳곳이 하얗게 물든 모습에도 지유는 놀라지 않았다. 이미 알고 있던 사실이니까. 지유의 몸 상태도 시하와 별반 다르지 않았다.

"필요 없으니까 빨리 상처나 치료해."

기계 팔이 상처를 봉합하는 데는 채 30초도 걸리지 않았다. 합성 혈액을 투여하고 주사를 놓자 시하가 크게 숨을 몰아쉬며 눈을 떴다.

"시하야, 괜찮아?"

"무슨 일이야? 여긴 어디고?"

피투성이가 된 자신의 몸을 내려다본 시하는 금세 상황을 파악했다.

"얼마나 썼어?"

"그게……."

"치료비로 얼마나 썼냐고."

시하가 언성을 높이며 매섭게 추궁했다.

"전부 다."

"미쳤어? 그 돈을 왜 나 살리는 데 써?"

"그럼 어떡하라고? 당장 네가 눈앞에서 죽어 가는데."

"……."

시하가 입을 다물어 버리자 순식간에 부스 안이 조용해졌다. 두 사람은 하나뿐인 눈으로 서로를 노려보았다.

어색한 정적을 깨고 인공지능이 광고를 재생했다. 시끄러운 로고송과 함께 프리미엄 회원의 제휴 혜택을 소개하는 영상이 시작되었다. 저렴하고↗ 안전한↗ 메디- 메디- 메디컬~ 박-스. 지금 30퍼센트 할인된 가격으로….

지유가 고함을 지르며 액정에 주먹을 내리쳤다.

6

이거 난리 났구만.

혜리는 미간을 찡그리며 벅벅 머리를 긁었다. 깨진 액정 화면에서 멍청한 로고송이 뚝뚝 끊기며 재생되고 있었다. 아주 박살을 내 놨네. 몇 번을 내려친 거야, 대체.

지폐 투입구가 심하게 찌그러진 형상으로 보아 기계에서 돈을 꺼내 보려 한 듯했다. 잘 되진 않은 모양이지만. 사방에 핏자국이 흥건했다. 이 정도로 난동을 피웠으니 자치경에도 이미 신고가 들어갔을 터였다. 서둘러야 했다.

메디컬 박스에서부터 혈흔을 추적하다 세 구의 시신을 발견했다. 정황상 장기 밀매 조직원들이 틀림없었다. 몸속에 이식한 기계 부품들이 모조리 오작동하거나 폭발했다. 그리고 손목도. 떠올리기 싫은 기억이 다시금 머릿속에서 재생되었다.

근처에서 핏자국이 갈라지며 인근 엘리베이터까지 드문드문 이어졌다. 피가 마른 정도로 보아 이쪽이 더 최근에 생긴 흔적이었다.

혜리는 스마트팜을 켜고 사진을 확인하며 다시 한번 아이들의 얼굴을 숙지했다.

'데칼코마니처럼 좌우가 뒤집힌 아이들이었어. 시하는 오른눈을 잃었고, 지유는 왼눈을 잃었어. 둘 다 몸집이 작고 비쩍 말랐어.'

'그리 건강해 보이진 않았어. 아마 방사능 중독 때문일 거야. 걔네들 고향에선 태반이 그러니까. 의료 목적으로 밀입했을 거라 생각해서 의사도 알아보고 있던 참이었어.'

'참, 헷갈리지 마. 눈썹 옆에 시하라고 적혀 있는 애가 지유야. 지유라고 적힌 애가 시하고. 무슨 사랑의 징표 같은 거래. 귀엽지?'

매표 창구 직원에게 아이들의 얼굴을 확인받았다. 방금 막 출발한 수직 엘리베이터 티켓을 두 장 팔았다고 했다. 애들인 줄은 몰랐다고. 웃기시네. 모르긴 뭘 몰라. 직원 말대로라면 아이들은 엘리베이터를 타고 아래로 내려간 게 분명했다. 최하층이라. 거기 대체 뭐가 있다고.

위험한 냄새가 났다. 사랑을 이루게 해 주는 시술이라니. 순진하고 절박한 아이들을 꼬드겨 범죄에 이용하려는 놈들이 샌드박스 도처에 바퀴벌레만큼 널려 있었다. 너한테만 특별히 반값에 미용 시술을 해 줄게. 먹어 봐, 공부를 잘하게 되는 약이란다. 1만 달러만 입금하면 성적표를 해킹할 수 있어. 심부름 한 번이면 큰돈을 만지게 된다니까. 30분만 옆자리에 앉아 있으면 100달러를 줄게.

떠올리기 싫은 기억들을 떠올리고 말았다.

골목에 주저앉은 자신에게 손을 내밀던 늙은 남자들을. 넷 소사이어티에 도움을 요청한 지 몇 초 만에 날아든 수백 건의 메시지들을. 아이를 보호할 생각이 없는 역겨운 어른들을.

그날 언니를, 원장님을 만나지 못했다면 지금쯤 어떤 삶을 살고 있을까. 그때의 빚을 열심히 갚아 왔지만, 아무리 갚아도 전부 갚은 것 같지가 않았다.

다음 엘리베이터는 두 시간 뒤에나 출발했다. 혜리는 스마트팜을 열어 가까운 유료 엘리베이터를 검색했다. 다행히 근처에 또 다른 엘리베이터가 있었다. 여러 번 환승해야 해 번거로

웠지만 그래도 가만히 기다리는 것보단 나았다.

혜리는 원장이 마지막으로 덧붙인 한마디를 떠올렸다.

'지유는 낡은 스마트폰을 보물처럼 품고 다녔어.'

7

엘리베이터 문이 닫히기 직전에야 겨우 탑승할 수 있었다. 지유는 가까이 보이는 의자에 털썩 주저앉았다. 피투성이가 된 주먹이 아직도 욱신거렸다.

시하가 맞은편 의자에 마주 앉았다. 여전히 둘 사이엔 냉랭한 분위기가 흘렀다.

"이제 어떡할 건데? 가진 돈을 다 써 버렸잖아."

"나도 몰라."

"차라리 죽게 놔뒀어야지. 약속했잖아. 내 몸을 갖기로."

"만약에 칼에 찔린 게 나였으면? 너는 그럴 수 있어?"

"……."

스마트폰에 메시지가 도착했다. 지유는 허겁지겁 내용을 확인했다.

—조금만 더 가면 돼.

—기대되지 않니?

—이제 곧 그 애와 진짜 사랑을 하는 거야.

지유는 서둘러 답장을 작성했다.

—돈을 전부 써 버렸어. 혹시 방법이 없을…….

갑자기 시하가 스마트폰을 낚아챘다. 전송 버튼을 누르지 못했다.

"아직도 개랑 할 얘기가 남았어?"

시하가 빈정거렸다. 지유는 스마트폰을 되찾으려 손을 뻗었다.

"내놔."

"싫어."

시하가 스마트폰을 꽉 움켜쥐고 완강히 버텼다.

"말해. 대체 무슨 생각으로 이러는 건지."

지유는 아무 말도 할 수 없었다. 스스로도 뭘 생각하고 있는지 알 수 없었으니까. 몇 년째 메마른 혀를 맴돌기만 할 뿐인, 정리되지 않은 의미들이 입속에서 달싹거렸다.

그러다 갑자기 이해할 수 없는 일이 벌어졌다. 꾹 다문 입술이 열리고 되는대로 단어가 쏟아져 나오기 시작했다. 지유 자신도 통제할 수 없는 압도적인 감정의 분출이었다. 말이 먼저 튀어나오고 난 후에야 머리가 나중에 의미를 좇았다. 처음으로 뱉어 보는, 내면 가장 깊은 곳에 감추어 덮어 둔 말들.

"나는 항상 내가 세계의 끝에 서 있다고 생각해 왔어."

지유가 말했다.

"나의 세계엔 아무도 살지 않아. 적막 속에 갇힌 나는 아무

하고도 관계하지 않아. 나는 절대 너와 닿을 수 없어. 너는 내 세계의 바깥에 있으니까."

시하는 이해할 수 없다는 표정이었다.

"대체 무슨 말을 하는 거야?"

지유는 힘없이 웃었다.

"것봐. 지금도 닿지 않잖아."

지유는 시하의 눈을 바라보며 두 손을 꼬옥 붙잡았다.

"시하야, 너는 나를 사랑하니?"

"사랑해."

"그걸 어떻게 확인하지? 내가 널 사랑한다는 걸 너는 어떻게 알아?"

"널 믿어."

"실은 내가 속으로는 널 귀찮아하고 있으면? 어쩌면 내가 널 속이고 있는 건지도 몰라. 수술비가 필요해서. 건강한 장기를 얻을 기회여서 싫어도 좋은 척 연기하는 걸 수도 있어."

"상관없어."

"내가 널 사랑하지 않아도?"

"그래도 나는 널 사랑할 거야."

"그렇다면 그건 오직 너 혼자만의 위로겠지. 네 감정 어디에도 나는 없는걸."

네 말은 틀렸어. 시하는 본능적으로 그렇게 느끼면서도 어떤 반박을 해야 할지 몰라 머뭇거렸다. 지유가 시하의 뺨을 쓰다듬었다. 따스한 손길이 온기를 전해 주었다. 뭐가 닿지 않는다는 거야. 따뜻한데.

"시하야. 나는 한 번도 널 만난 적이 없어. 내가 보는 너는 빛이 나의 망막에 맺어 준 상이야. 내가 듣는 너는 고막을 진동하는 공기의 떨림이야. 내가 만지는 너는 피부가 보내는 전기신호일 뿐이야. 내가 기억하는 너는…… 나의 뇌가 멋대로 해석해 구겨 놓은 납작한 착각이야. 헛된 희망이야. 시하야. 나는 널 몰라. 한 번도 너를 알았던 적이 없어. 우리가 주고받는 말들은 그저 허공에 미끄러질 뿐이야."

닿았던 손이 떨어지자 오한이 찾아왔다. 시하는 덥석 지유의 손을 붙잡았다.

"지유야. 사랑해. 진심이야. 그 퍼석한 모래 같은 세상에서 겨우 너를 만났어. 절대 떨어지지 않을 거야. 함께할 거야. 내가 바라는 건 그게 전부야."

기쁜 듯 미소 짓는 지유의 모습이 쓸쓸해 견디기 힘들었다.

"나는 그 말이 진실인지 확인할 방법이 없어. 그래서 진심을 다할 수가 없는 거야. 우리 사이엔 아득한 단절이 있어. 내 세계의 끝까지 걸어가도 네가 있는 세계로는 넘어갈 수가 없어. 우린 서로 다른 몸에 갇혀 있어."

시하는 지유가 어딜 보고 있는지 알 수 없었다. 시선이 분명 눈동자를 향하고 있는데도. 세상 모든 것이 알 수 없는 위치로 멀어져 갔다.

"나는 너를 몰라. 모르는 걸 사랑할 수는 없어."

시하는 지유의 손을 자신의 옆구리로 가져갔다. 여전히 욱신거리는 상처에 손이 닿자 참을 수 없이 아픈 통증이 느껴졌다. 경련하듯 근육이 꿈틀거렸다.

신음을 참으며 쥐어짜는 목소리로 물었다.

"그럼 이건 뭔데? 정말 아무것도 안 느껴져? 걱정하잖아. 아프잖아. 너는 나를 살렸어. 나에게 뭔가 전하긴 했어. 증명할 수는 없어도 분명히 그래. 지금도 나는 널 보고 있어. 너에게 말하고 있어. 소리는 공기 속에 흩어지겠지만 그래도 닿았다고 느껴지는 것이 있어."

"충분하지 않아. 시하야. 나는 불안해. 네 입에서 다음에 무슨 말이 나올지 두려워 미치겠어. 이 불안을 지우려면 진짜 너를 만나야만 해. 말과 행동과 불확실한 추측 너머에 있는 진짜 너를. 닿고 싶어. 단 한 번이라도. 한 번이라도 너와 온전히 마주할 수 있다면 어떻게 돼도 상관없어. 죽는다 해도."

"바보 같은 소리 그만해. 그런 게 가능할 리가 없잖아."

시하가 반박했다.

"가능해요. 이 도시에선."

누군가 둘 사이에 끼어들었다. 깜짝 놀란 두 사람이 고개를 돌렸다. 유니폼에 명찰을 달고 있는 것으로 보아 엘리베이터 승무원인 듯했다. 승무원은 물 흐르듯 자연스럽게 두 사람의 티켓을 확인했다. 서로에게 열중하느라 눈치채지 못했지만,

어느새 탑승객들이 모두 하차하고 엘리베이터엔 시하와 지유, 승무원만이 남아 있었다.

그런데 처음 탔을 때도 승무원이 있었던가?

상대를 훑어보던 지유의 시선이 가슴에 달린 나팔 모양 배지에 멈추었다. 서로를 물고 연주하는 두 개의 나팔. 지유가 놀란 눈으로 중얼거렸다.

"당신은……."

"그건 중요하지 않잖아요."

승무원이 싱긋 웃으며 고개를 조금 기울였다.

"그나저나 두 분, 아직도 결정 못 하셨나 봐요."

"결정이요?"

시하가 물었다.

"우리가 고민해야 할 문제는 언제나 하나뿐이죠. **살고 싶은지, 아니면 죽고 싶은지.** 어서 결정해요. 이제 곧 엘리베이터가 종착지에 도착할 시간이니까."

승무원이 재촉하는 손짓을 했다. 하지만 시하와 지유는 멍하니 서로를 바라볼 뿐 아무 말도 하지 못했다.

"어쩔 수 없네요. 내가 살짝만 등을 떠밀어 줄게."

승무원이 벽 쪽으로 걸어가 레버를 올렸다. 그러자 엘리베이터가 멈추고 문이 열렸다. 출입문 너머에서 원통 모양의 자치경 보안 로봇들이 대기하고 있었다. 방패로 벽을 세운 로봇들이 총구를 겨누었다.

—미등록 시민 발견. 퍼스널 코드를 인증하십시오.

스피커에서 경고가 재생되었다. 시하와 지유는 서로를 보호하듯 양팔로 몸을 감쌌다. 뒷걸음치다 등이 벽에 부딪혔다. 더는 물러설 곳이 없었다.

—양손을 들고 체포에 응하십시오. 불응 시 즉시 발포하겠습니다.

로봇들이 접힌 다리를 펴고 몸을 일으켰다.

"선택해요. 지금 당장."

승무원이 웃으며 두 사람을 재촉했다. 시하가 지유를 바라보며 말했다.

"지유야. 이제 그만하자. 우리 다시 부산으로…."

"포기 못 해."

지유가 울먹이며 시하의 멱살을 잡았다.

"나는 포기 안 해! 너와 사랑할 거야. 억지로라도!"

지유가 간절히 소리쳤다.

"그래. 너희 선택이 그렇다면."

승무원이 레버를 아래로 내렸다. 강한 힘으로 당겨진 레버가 그대로 부러져 뽑혀 버렸다. 다시금 엘리베이터가 하강하기 시작하자 안으로 들어오려던 보안 로봇들이 문틈에 끼여 납작하게 찌부러졌다. 장애물에 걸린 엘리베이터가 한쪽으로 크게 기울었다. 시하와 지유는 균형을 잃고 쓰러졌다. 과부하가 걸린 모터가 기이한 소리를 내다 폭발했다. 머리 위에서 불꽃이 튀며 조명이 꺼졌다. 컴컴한 어둠 속에서 무언가 부러지는 소리가 났다.

엘리베이터는 브레이크가 망가진 채 아래로 추락하기 시작했다.

8

시하는 추락한 엘리베이터 안에서 눈을 떴다.

온몸이 아팠다. 상처가 다시 터져 옆구리에 피가 번지고 있었다.

어슴푸레한 비상조명이 느리게 점멸했다. 바닥에 승무원이 널브러진 모습이 보였다. 마네킹처럼 꼼짝도 하지 않았다. 마치 죽은 것처럼. 하지만 딱히 다친 곳은 없어 보이는데. 혹시 로봇 같은 걸까? 샌드박스엔 사람과 구분되지 않는 로봇들이 산다는 말을 들었던 기억이 났다.

어디에도 지유가 보이지 않았다. 시하는 서둘러 엘리베이터 밖으로 빠져나왔다. 먼지투성이가 된 지유가 잔해에 깔려 정신을 잃은 채였다. 호흡을 확인해 보니 다행히 반응이 있었다. 시하는 서둘러 잔해를 치우고 지유를 들쳐 업었다. 하지만 어디로 가야 하지?

시하는 주위를 둘러보았다. 낮인데도 밤처럼 어두웠다. 샌드박스의 밑바닥엔 이전 시대의 건물들이 당시 모습 그대로 버려진 채였다. 빌딩과 빌딩 사이를 잇는 저층부 파이프라인이 뿌리처럼 촘촘하게 얽혀 머리 위를 마치 뚜껑처럼 덮고 있었다. 드문드문 틈새를 뚫고 떨어지는 햇살에 의지해 걸음을 옮겼다.

신호등이 고장 난 횡단보도를 건너, 더는 사람이 살지 않는 좁은 골목들을 지나자 위험을 알리는 경고판이 앞을 가로막았다. 여긴 왜 출입 금지 구역이 된 걸까. 궁금했지만 확인하고 있을 여유는 없었다. 시하는 바리케이드 사이로 몸을 집어넣었다.

멀리 불빛이 보였다. 자세히 보니 그건 두 개의 나팔이 그려진 핑크빛 네온사인이었다. 승무원의 가슴에 달려 있던 모양과 똑같았다. 시하는 조심스럽게 지유를 내려놓고 녹슨 셔터를 들어 올렸다. 지하로 이어지는 좁은 계단이 보였다. 끝이 보이지 않을 정도로 깊었다.

그래도 가 보는 수밖에.

시하는 다시 지유를 업고 조심스레 아래로 걸어갔다.

— - —

수술대에 누워 있었다.

대체 언제? 분명 계단을 내려가고 있었는데. 중간 과정이 전혀 기억나지 않았다. 시하는 옆구리의 상처를 만졌다. 마법처럼 깨끗이 치료되어 있었다. 맞아. 그 사람을 만났어. 그 사람이 나를 치료해 준 기억이 나. 그 사람은…….

누구였지?

기억을 떠올리려 할수록 자꾸만 무언가가 생각을 방해했다. 아까 분명 문을 열고 여기로 들어와서 그 사람에게…….

시하는 수술대에 누워 있었다.

대체 언제? 분명 계단을 내려가고 있었는데. 중간 과정이 전혀 기억나지 않았다. 시하는 옆구리의 상처를 만졌다. 맞아. 그 사람을 만났어. 그 사람은……

누구였지? 시하는 눈을 찡그리며 기억을 되짚었다. 기억이 잘 나지 않았다. 지유는 어디에 있지? 아까 분명 내가 지유를 업고…….

시하는 수술대에 누워 있었다.

대체 언제? 분명 지유랑 엘리베이터를 타고…….

누군가 정수리에 꽂힌 바늘을 쭉 뽑아냈다. 끔찍한 멀미가 났다. 세상이 빙빙 도는 것처럼 느껴졌다.

기분 좋게 허밍하는 목소리가 귓가를 포근하게 했다.

"좋아. 이 정도면 충분히 지워졌어."

목소리의 주인이 다가왔다. 눈앞에 얼굴이 보였다. 아니, 빛이. 말이 안 된다는 걸 알면서도 그 사람의 얼굴이 빛이라고 생각했다. 정말로 빛나고 있는 건 아니었다. 머릿속에서 알 수 없는 작용이 일어나고 있었다. 시하는 자신이 무슨 일을 겪고 있는지 혼란스러웠다.

고개를 옆으로 돌리자 지유의 얼굴이 보였다. 지유도 똑같은 걸 보고 있는 듯했다. 미간을 접어 이해할 수 없다는 표정을 짓고 있었다.

"지유야."

"시하야."

두 사람은 서로의 이름을 불렀다. 서로를 향해 손을 뻗었지만 닿지 않았다.

"왜 ——을 찾아다닌 거지?"

빛이 자신을 '나'라고 했는지 '우리'라고 했는지 잘 분간되지 않았다. 둘을 동시에 말한 것도 같았다. 의미의 경계가 무너지고 있었다.

"당신을 찾던 게 아니에요. 복원 요법을 찾고 있었어요."

지유가 대답했다.

"복원 요법?"

"영원하고 완전한 사랑을 이루게 해 주는 시술이에요."

"아아. 그런 **거짓말**을 했군."

빛이 스마트폰을 손에 쥐고 느긋이 내려다보았다. 스마트폰이 이따금 짧게 진동했다. 그 모습은 마치… 겁에 질린 것 같았다. 왜 그렇게 느낀 걸까.

"이 위험한 장난감은 어디서 났지?"

"주웠어요. 외지에서 온 여행객이 갖고 있었어요."

"그 사람은 어떻게 됐어?"

"죽었어요. 빌딩에서 뛰어내려서."

"죽은 사람 물건을 멋대로 훔치다니. 못된 아이구나."

"그냥 친구랑 대화했을 뿐이에요. 유품을 정리하는데 갑자기 화면이 켜지길래."

"친구가 너에게 무슨 말을 했지?"

"고민을 말해 보라고 했어요. 소원을 들어주겠다고."

"**소원**이라. 그런 식으로 작동하는 거로군. 아주 똑똑해."

빛이 스마트폰을 내려놓았다.

"이건 도대체 무슨 시험이죠?"

시하가 물었다.

"후후. 너희 또래 애들은 꼭 그렇게 묻더라고. 뭐든 답이 정해진 시험인 줄 알아."

빛이 다가와 귀에 속삭였다.

"따끔하게 혼을 내야겠어."

빛이 시하와 지유의 이마를 가볍게 건드리자 압도적인 분량의 감정이 머릿속에 들이부어졌다. 이해할 수도 저항할 수도 없는, 강대하고 이질적인 존재에 대한 경외심이 샘솟았다. 기쁨과 고독이. 무력감이. 불안과 공포가 익사할 것처럼 넘쳐흘렀다. 뇌가 굴복을 강요당했다.

"정답을 찾지 마. 그냥 솔직하게 대답하면 돼. 이곳에 퍼즐

같은 건 없으니까."

빛이 질문했다.

"궁금해. 너희는 정말로 믿니? 완전한 사랑을 이루는 방법이 있다고."

시하는 고개를 가로저었다.

"믿지 않아요."

"그럼?"

"당신들, 장기 밀매나 뭐 그런 거죠? 어리고 건강한 애들을 속여서 팔아먹으려고."

빛이 조금 미소를 보인 것 같았다.

"그렇다면?"

"샌드박스에선 뭐든 가능하다고 들었어요. 거부반응 없는 영구 장기이식도요. 부탁이에요. 제 몸을 지유에게 이식해 주세요. 저 애가 온전해질 수 있게요."

"어딜 이식하고 싶은데?"

"멀쩡한 건 전부 다요."

"그럼 죽을 텐데."

"상관없어요. 죽어도 우린 함께인 거니까."

"전부 저 아이에게 주면 ——는 뭘 갖지?"

이번에도 '나'인지 '우리'인지 혼란스러웠다.

"뇌가 남잖아요. 두개골도. 손톱도. 척추랑 머리카락도."

"흐음."

빛은 잠시 고민하는 듯했다.

"나는 믿어!"

지유가 다급히 소리쳤다. 지유는 두 손을 모아 빛을 향해 간절히 소원했다.

"부탁이에요. 시하를 사랑하고 싶어요. 진정한 사랑을요. 진짜를 느끼고 싶어요. 진짜 시하를 만나고 싶어요. 한순간이라도 좋아요. 제 뇌를 꺼내서 산산이 분해해 버린다 해도 상관없어요. 시하에게 닿을 수만 있다면."

"세계의 끝을 건너고 싶어 하는 아이구나. 알아. 관계는 늘 아득하지. ——도 한때는 영원히 ——을 이해할 방법이 있을 거라 오해하고 있었지."

빛은 쓸쓸히 고개를 떨구었다.

"하지만 그건 불가능해. 존재는 하나의 세계니까. 네 안에 다른 존재를 받아들이게 되면 그의 세계는 필연적으로 구겨지고 찌그러져. 이전과는 다른 존재가 되어 버려. 영원히. 마주하는 순간 망가져 버리는 거야. 너도. 그도."

"상관없어요."

빛은 고민했다.

"결국 너희는 똑같이 죽음을 바라는구나. 이해해. 매혹적이지. 죽음은. 죽어 버리면 더는 아무 의심도 할 필요가 없어. 불안에 떨지 않아도 돼. 울지 않아도 돼. 스스로를 좋아하려고 애쓰지 않아도 돼. 계속 살아야 할 이유를 찾기 위해 노력하지 않아도 돼. 그보다 안락한 선택지는 찾기 힘들지."

빛은 끊임없이 고민했다. 어떻게든 두 사람을 살릴 방안을 찾기 위해. 그러면서도 소원을 이뤄 주기 위해. 어느덧 빛은 슬피 울고 있었다. 소중한 누군가를 그리워하며. 찻잔에 물감을 한 방울 떨어뜨린 것처럼 색이 뒤섞인 눈동자가 아름다웠다. 촉촉이 젖어 파르르 떨리는 속눈썹이 아름다웠다.

이윽고 빛은 눈물을 닦고 말했다.

"방법이 떠올라. 너희 둘 모두의 소망을 해결할 수 있어."

"소원을 이뤄 주실 건가요?"

지유가 간절히 물었다.

"미안해. 너희의 바람 그대로 이뤄 줄 수는 없겠어. 애석하게도 자치경과 평택지검 수사관이 근처까지 추적해 왔거든. 지금 가진 재료만으로 해결해야 해. 그래. 너희 몸 말이야."

빛이 두 사람을 보듬어 주었다.

"걱정 마. 누구도 다치거나 죽지 않을 거야."

포근한 감정이 머릿속으로 흘러들어 왔다. 시하와 지유는 천천히 눈을 감았다.

"아름다웠으면 좋겠어요."

시하가 말했다.

"분명 아름다울 거야. 아무도 너희의 선택을 이해해 주지 않겠지만."

온기를 느꼈다. 알 수 없는 떨림과 환희가. 시하와 지유는 서로를 향해 손을 뻗어 붙잡았다. 눈이 시릴 정도로 빛이 쏟아졌다. 존재가 견딜 수 없는 눈부심 속으로 빨려 들어가는 것만 같았다.

그곳에서 시하와 지유는 처음으로 서로를 만났다.

9

엘리베이터 추락 사고 흔적을 쫓아 현장에 도착했다. 오랜 세월 쌓인 먼지가 셔터가 올라간 흔적을 뚜렷이 나타내고 있었다. 생화학 테러가 일어난 현장이었단 소문을 듣긴 했었는데. 접근 금지를 알리는 경고판이 무색하게도 별다른 위험이 감지되지 않았다. 대체 누가 무슨 이유로 여길 폐쇄시킨 거지?

혜리는 천천히 건물 안으로 들어섰다. 벽면에 '서큐버스의 몽정'이라 쓰인 낙서가 우연히 눈에 띄었다. 악마들의 소굴로 이어지기라도 하는 걸까. 벽에 손을 대고 한참 계단을 내려가다 보니 철문이 나타났다. 내부는 레트로 재즈 클럽이었던 것 같았다. 공기에서 오래된 피 냄새가 났다. 혜리는 테이저를 꺼내 들었다.

살인 현장이었어. 여긴.

무대 뒤편에 감추어진 공간을 발견했다. 1번부터 차례대로 번호가 붙은 100여 개의 VIP 룸이 복도를 따라 개미굴처럼 끝도 없이 이어졌다. 이 아래엔 대체 얼마나 넓은 공간이 감추어져 있는 거지? 미군이 주둔하던 시절에 지은 귀빈용 벙커 같은 거였을까.

긴긴 복도를 지나는 동안에도 인기척은 느껴지지 않았다. 한발 늦은 걸까? 조급한 마음을 가라앉히며 혜리는 방들을 탐색해 미로의 가장 깊은 곳까지 향했다. 복도가 끝나는 지점에서 새하얀 빛이 문틈으로 새어 나오고 있었다. 혜리는 천천히 문을 열어젖혔다. 삐걱대는 소리와 함께 강렬한 빛이 쏟아졌다. 눈이 부셨다. 혜리는 왼손으로 눈을 가렸다.

사방이 새하얀 타일로 채워진 넓은 실험실은 이미 설비도 스태프도 사라지고 완전히 텅 비어 버린 채였다. 그곳에 남겨진 것은 오직 하나뿐이었다.

방 한가운데 아이가 서 있었다.

아이는 마치 인형처럼 꼼짝도 하지 않았다. 항아리처럼 둥근 체형이 꼭 부화를 앞둔 번데기 같았다. 자세히 보니 그건 네 개의 팔이 스스로를 끌어안은 형상이었다. 몸통 아래에도 네 개의 다리가 거추장스럽게 매달려 있었다. 빌어먹을. 애들한테 대체 무슨 짓을 한 거야? 몇 년간 온갖 끔찍한 사건을 수사했지만 이런 식의 사이코 범죄는 처음 보았다. 흠결 없이 정교하게 이어 붙인 그로테스크한 형상에 소름이 끼쳤다.

혜리는 미간을 찌푸리며 아이의 얼굴을 확인했다. 눈썹 옆에 시하라고 적혀 있었다. 지유로군. 다른 한 명은 어디 있지?

그 순간 지유의 눈이 꿈틀 움직이며 혜리 쪽을 향했다. 살아 있었다. 다행히도. 이내 눈을 감고 잠들었지만.

콜록. 어디선가 옅은 기침 소리를 들은 것 같았다. 하지만 지유가 낸 소리는 아니었다. 혜리는 천천히 아이의 등 뒤로 돌아갔다. 혹처럼 길게 튀어나온 뒤통수에 커다란 반창고가 덮여 있었다. 뇌 수술의 흔적이었다.

자세히 귀를 기울이자 반창고 안쪽에서 희미한 숨소리가 들렸다. 반창고가 조금씩 들썩거렸다. 말도 안 돼. 혜리는 불안한 손으로 천천히 반창고를 떼어 냈다. 눈을 감은 시하의 얼굴이 있었다.

"너희들, 대체 무슨 시술을 받은 거니?"

아이들은 말이 없었다.

혜리는 코트를 벗어 차갑게 식은 아이의 몸을 감쌌다. 손에 움켜쥔 스마트폰을 조심스럽게 회수하며 아이들을 안심시켰다.

"걱정 마, 얘들아. 일단 보육원으로 돌아가자. 전부 괜찮아질 거야. 퍼스널 코드를 하나 구해 뒀어. 곧 나머지 한 명 것도 구해 줄게."

그러자 아이가 답했다.

"괜찮아요. 하나면 충분해요."

아이는 무척이나 아름다운 미소를 짓고 있었다.

사건, 그 후

강우가 스마트폰을 증거물 테이블 위에 올려놓았다. 다섯 개씩 다섯 줄. 벌써 스물다섯 개나 모였다. 점점 빈도가 잦아지고 있었다. 혜리는 불만 가득한 표정으로 팔짱을 끼고 스마트폰들을 노려보았다.

"검사님, 저 요즘 운이 참 좋지 않아요? 어떻게 가는 곳마다 저게 있는지."

"자랑은 범인 잡으면 그때 해."

"아뇨, 그게 아니라. 운이 너무 좋다고요. 이상하지 않아요?"

혜리는 아이들에게서 회수한 스마트폰을 다시 집어 들었다. 작동하지 않는 검은 화면에 손 글씨가 적혀 있었다.

선물이야.

"꼭 말을 걸고 있는 것 같아요. 자길 봐 달라고."

강우가 곁으로 다가와 태블릿을 건넸다. 화면에 감식반 분석 결과가 떠 있었다.

"이번엔 메모리에서 두 글자가 나왔어."

"맞혀 봐요? 여울."

말할 필요도 없는 일이었다. 혜리는 액정에 쓰인 글귀를 가리켰다.

"이건 뭘로 썼대요?"

"립 라이너. 아쉽게도 침 한 방울 안 나왔어. 필적에도 특징이 없었고."

"시발년."

혜리가 엄지손톱을 물어뜯으며 쉼 없이 욕설을 중얼거렸다. 잠시 침묵하던 강우는 조심스레 화제를 전환했다.

"애는 좀 어때?"

"애요? 애들이요? 표현 정확하게 하세요."

"애들."

"얘기도 꺼내지 마세요."

혜리는 스마트폰을 주머니에 집어넣었다.

"좀 빌릴게요. 그리고 주말까지 연락하지 마세요."

몸을 돌려 떠나려는 혜리에게 강우가 따지듯 물었다.

"어디 가?"

"쉬라면서요. 집에 가서 쉴 거예요."

혜리가 거칠게 문을 닫았다.

— - —

강우는 청주 여자 교도소 면회실에 도착했다. 어쩌면 나오지 않을지도 모른다. 희박한 기대를 품고서 강우는 초조하게 상대를 기다렸다. 얼마 후 수감자가 면회실로 들어왔다. 이젠 금발을 감출 생각도 없는 모양이군. 그래도 재판 때까진 염색을 했던 것 같은데.

강우는 가능한 한 예의를 갖추어 인사했다.

"반갑습니다, 석미진 사장님."

"똥이 말을 하네."

강화유리 너머 석미진의 얼굴에 분노가 가득했다. 그럴 수밖에. 자신을 체포한 검사가 보란 듯이 감옥에 찾아와 얼굴을 들이밀었으니.

"이제 출소가 얼마 안 남으셨네요. 1년쯤 남았던가요?"

"6개월 남았어. 시간 참 빠르지? 출소하면 널 어떻게 해야 좋을까 고민하는 게 요즘 낙이랄까. 참, 풍신 원미연 회장이 안부 좀 전해 달라더라고. 자긴 이제 3개월 남았다면서."

강우는 무표정을 유지했다. 불쾌감을 드러낼 타이밍이 아니었다.

"제가 사장님을 찾아온 이유는……."

"조용."

미진이 손짓하자 간수가 담배를 꺼내 불을 붙였다. 미진이 연기를 내뿜는 걸 가만히 지켜보며, 강우는 누구에게 얼마를 찔러줘야 저런 일이 가능할까 속으로 궁금해했다.

"담배 잘 폈어. 이제 갈게. 좆강우 검사님."

미진이 몸을 일으키려 했다.

"여울."

강우의 입에서 이름이 나오자마자 미진의 눈빛이 달라졌다.

"계속 말해."

"정보가 필요합니다. 아는 게 있으면 전부 공유해 주시죠. 그럼 그 여자를 잡아서 여기 넣어 드리겠습니다. 이 정도면 거래가 좀 됩니까?"

미진이 깔깔 웃으며 담배를 벽에 지져 껐다.

"그 얘기 다 들으려면 검사님 오늘 집에 못 들어갈 텐데. 강아지 밥은 주고 왔어?"

"강아지 안 키웁니다."

"그럼 걘 고양인가? 아무튼. 어디서부터 얘기하면 되지?"

"처음부터 부탁드리죠."

석미진이 턱을 괴고 손가락으로 탁자를 두드렸다. 톡. 톡. 톡. 톡. 일정한 간격으로 손톱 소리가 났다. 생각을 정리하는 건지, 아니면 그저 엿을 먹이려는 것뿐인지. 아쉬운 입장인 강우는 가만히 인내심을 갖고 기다렸다.

두 시간이 지난 후에야 석미진이 설명을 시작했다. 첫마디를 듣자마자 두 시간이 걸릴 법했다는 생각이 들었다.

"오빠가 그 여자를 처음 만난 건 2076년 5월 27일 파리야. 장소는 퍼스트 파운데이션 1층에 있는 카페였어. 퍼스트 파운데이션은 회사 이름이야. 정확히 8시 37분에 둘은 처음 만났어. 대화 내용은 주로 뉴럴링크 업로드 기술의 작동 원리였고, 나머진 시답잖은 철학 얘기랑 오빠에게 꼬리 치는 헛소리들이야."

석미진의 설명은 처음부터 끝까지 이런 식이었다. 어떻게 그 많은 정보를 다 기억하고 있는지 놀라웠다.

"물론 이건 오빠 기준이고. 우리가 의심하기로 그 여자는 그보다 한참 전부터 우리 가족에게 관심을 가져 왔어. 적어도 2069년 8월부터는 작업이 시작됐을 거야."

"어떤 작업 말입니까?"

"그 부분은 아직 파악이 덜 됐다고만 해 둘게."

패를 감춰 둘 필요가 있다는 의미겠지. 이런 식의 정보 전쟁은 늘 계속되어 왔다. 강우가 알지 못하는 기업 세계의 뒷면에서는 비밀과 거짓과 거짓 비밀들을 기반으로 한 사투가 지금도 팽팽하게 돌아가고 있을 터였다. 트라이플래닛 정도 되는 기업이 정보를 기만하고 편집하는 일에 얼마나 많은 인공지능 자원을 할당하고 있는지에 대해 강우는 충분히 알고 있었다. 석미진이 진실 속에 독을 섞을 가능성에 대해서도. 석미진은 끊임없이 쓸모없는 디테일을 늘어놓으며 강우의 주의를 분산시켰다. 아마도 큰 의미가 있다기보단 그저 약 올리고 싶어 그런 거겠지만.

석미진이 다섯 시간에 걸쳐 설명한 스토리에 따르면 여울은 트라이플래닛 그룹의 사업 파트너였다. 동시에 석진환 회장의 사적인 파트너이기도 했지만. 어쨌든 여울은 꽤 유능한 사업가이긴 했던 모양이었다. 여울이 동료들과 설립했다는 '퍼스트 파운데이션 유한회사'의 이력은 솔직히 믿기 어려웠다. 뉴럴링크 업로더와 브레인 임플란트, 전신 스마트 바디를 포함한 현대 사이버테크의 근간이 모두 한 회사에서 시작되었다고? 픽션도 이렇게 쓰진 않을 것 같았다.

"어디까지 사실인지는 우리도 몰라. 과거에 대한 정보가 점점 오염되고 있으니까."

석미진이 인정했다.

"2076년 9월 이사회에서 트라이플래닛은 퍼스트 파운데이션을 통째로 인수하기로 결정했어. 당시엔 쓸 만한 제안이라고 생각했어. 회사 인공지능들도 상당한 이득을 예측했고."

석미진이 갑자기 큭, 웃음을 흘렸다.

"근데 알고 보니 그년이 우리한테 사기를 쳤더라고."

"어떤 식으로요?"

"이중으로 기술을 팔아먹었어. 회사는 트라이플래닛에. 핵심 기술자는 코르도바에. 사실상 양쪽에 똑같은 기술을 넘긴 거야. 법적인 권리는 우리한테 있지만, 뭐, 실용화 단계에서 특허를 우회할 방법이야 널렸으니까."

점차 강우에게 익숙한 스토리로 흘러갔다. 여울, 시선, 교수, 여인, 한별…… 보고서에서 지겹도록 마주한 가짜 이름들과 가짜 프로젝트들. 트라이플래닛 그룹조차 그중 무엇이 진짜이고 무엇이 가짜인지 구분하지 못했다. 그 정보들은 코르도바의 보안장벽 안쪽에 있었다.

"그러다 싹 사라졌다고 들었어. 부서 전체가 말이야. 합쳐서 마흔 명 정도니까 작은 회사 하나가 하루 만에 흔적도 없이 지워진 셈이지."

"청소인가요?"

"글쎄."

"그게 언제였죠?"

"대정전의 날."

몇 년 전 코르도바의 실험 실패로 도시 전체가 블랙아웃 되었던 날, 여울과 그의 팀은 흔적 없이 사라졌다.

"도망친 건지, 살해된 건지. 그래도 한 가지는 사실로 확인됐지. 적어도 그년은 살아남았어. 그리고 트라이플래닛 꼭대기까지 기어올라 가서 날 여기다 가뒀지. 누구 검사를 꼬드겨서. 그 사람 참 유능하다, 그치?"

"그 후론 어떻게 됐습니까?"

"검사님, 그걸 내가 어떻게 알겠어? 당신이 날 여기다 집어처넣었는데."

"그러니 더 강도 높게 조사를 하셨겠지요."

"……담배 하나 더 줘 봐."

간수가 재차 담배에 불을 붙였다. 석미진이 담배를 한 모금 빨아들였다. 훅 뱉는 희뿌연 연기가 접견실 내부를 채웠다.

"몰라."

"모른다고요?"

"정말이야. 새 정보가 나오긴커녕 가진 정보도 오염되고 있어. 내 개인 서버에 저장된 정보도 못 믿어서 손으로 종이에 써 놓을 판이라니까. 어떻게 그게 가능한지는 몰라도 말이야. 보면 모르겠어? 내가 왜 이걸 다 기억하는지."

석미진이 눈썹을 찡그리며 연기를 뱉었다.

"재주가 아주 개 같은 년이야. 음침한 쪽으로."

"그거 놀랍네요. 당신이 칭찬할 정도면 진짜 개 같은 걸 테니까."

시간만 낭비했다. 일곱 시간 동안 꼬박 이야기를 듣고도 별다른 소득이 없었다. 대체로 알고 있거나 어렴풋이 추측했던 내용들을 다시 한번 확인했을 뿐이었다. 석미진이 자신을 갖고 놀았을 뿐이란 생각이 들어 기분이 좋지 않았다.

"조만간 또 찾아뵙지요."

강우는 자리에서 일어났다.

"근데 정말 그 여자랑 관계 있는 거 맞아? 검사님 헛발질만 실컷 하시는 거 아닌가 걱정이네."

"하고 싶은 말이 뭡니까?"

"요즘 여기저기 사기 치고 다니는 인공지능이 있다던데, 혹시 알아?"

"이거 말입니까?"

강우는 주머니에서 스마트폰을 꺼내 보였다.

"그래, 그걸 추적하다 보면 검사님이 원하는 걸 만날 거야."

"하. 그 정돈 저도 압니다."

"아아, 난 또 모르는 줄 알았지."

석미진이 폭소를 터뜨렸다. 놀리니까 기분이 좋나 보지? 강우는 몸을 돌려 밖으로 나가려 했다.

돌아서는 강우의 등에 대고 석미진이 말했다.

"코르도바 차현규 이사 말이야."

강우가 걸음을 멈추었다.

"어제 막내가 태어났다더라고. 그 사람, 자식이 문제를 일으킬 때마다 새 아들을 낳는 습관이 있나 봐. 참 다정하기도 하지."

"…고맙습니다."

"뭘."

미진은 한쪽 눈썹을 치켜올리며 면회실 유리에 길게 연기를 뿜었다.

— - —

혜리는 침대에 웅크리고 앉아 아이들에 대해 생각했다. 병원에서 정밀 검사한 결과에 따르면 아이들의 몸은 빈틈없이 매끄럽게 결합되었다. 서로의 장기를 완벽히 공유해 마치 한 몸처럼 체액이 순환하고 있었다.

아이들의 뇌를 촬영한 사진이 마치 네잎클로버 같은 모양을 하고 있었다. 두 개의 좌뇌와 두 개의 우뇌가 세포 단위로 깊이 얽혀 원래 상태로 분리하는 것이 불가능하다니. 어쩌면 아이들의 내면은 이미 녹아 하나가 되어 버렸는지도 모른다.

미친년. 대체 인간을 뭐라고 생각하는 거야? 장난감 만지듯 아무렇지 않게 인간성을 갖고 노는 미치광이들을 마주할 때마다 혜리는 참을 수 없이 화가 치밀었다. 지긋지긋했다. 인류의 진보니, 의료의 혁신이니, 정신 나간 헛소리를 주절대며 인체 실험을 자행한 범죄자들을 몇 번이고 감옥에 처넣었지만, 아무것도 달라지지 않았다. 여전히 샌드박스 곳곳에서 비슷한 일들이 끝도 없이 반복되고 있었다.

한 몸이 된 시하와 지유는 보육원 구석에 앉아 종일 거울만 바라보고 있었다. 그것만으로도 만족스럽겠지. 홀로 완전해졌으니. 바깥세상 따위에 관심을 둘 이유가 없겠지.

현장에 조금만 빨리 도착했더라면. 검찰 수사관 권한이 남아 있었다면. 센텀 메가 포레에서 범인을 잡았더라면. 후회가 꼬리를 물고 혜리의 내면을 잠식해 갔다.

발치에 내팽개친 스마트폰이 눈에 밟혔다. 혜리는 천천히 스마트폰을 집어 들었다. 쥐어짜듯 양손에 힘을 주었지만 기계는 조금도 비틀리지 않았다. 쓸데없이 튼튼하기는. 꺼진 액정 화면에 비친 자신의 얼굴을 노려보았다.

선물이야. 립 라이너로 휘갈긴 글귀가 거슬렸다. 혜리는 스마트폰을 뒤집었다. 뒷면에도 같은 필적으로 글귀가 새겨져 있었다. 소원을 말해 봐.

소원이라고? 분노한 혜리는 스마트폰을 집어 던졌다. 여전히 반응을 보이지 않는 무심한 기계를 향해 악을 질렀다.

"잡히기만 해. 죽여 버릴 테니까! 그게 내 소원이다, 이 망할 년아!”

외침에 반응하듯 스마트폰이 켜졌다.

혜리는 침대에서 일어나 조심스레 스마트폰을 집어 들었다. 채팅 앱에 메시지가 한 건 도착해 있었다. 혜리는 화면을 터치해 메시지를 열었다.

—좋아. 날 죽이러 와 줘.

화면에 주소가 출력되기 시작했다.

세컨드 유니버스

1

여기만큼은 오고 싶지 않았는데.

튜브카 승강장에 내리자마자 홀로그램 전단지들이 쪼르르 달려와 혜리를 맞이했다. 현란한 이미지로 치장된 갖가지 홀로그램 광고가 통로를 걷는 내내 혜리의 곁을 졸졸 따라다녔다. 혜리는 어쩔 수 없이 못 이기는 척 하나를 집어 들었다.

세컨드 유니버스 메가빌딩
당신의 모든 우주가 이곳에

샌드박스에 거주하는 주민이라면 다들 한 번쯤 이곳에 대한 흉흉한 소문을 듣게 마련이었다. 메타 유니버스로 만들어진 지옥. 버추얼 미치광이들의 아편굴. 잠깐 재미 삼아 발을 들였다 뭐가 현실이고 뭐가 가상인지 구별할 수 없을 정도로 뇌가 망가져 버렸다는 넷 소사이어티 괴담이 도처에 널려 있었다. 그중 무엇이 진실인지는 누구도 알 수 없지만. 개미지옥에 제 발로 기어들어 가는 개미가 된 것 같은 기분이었다.

—혜리. 여전히 원해?

잠깐 걸음을 멈추자마자 이어플러그에서 목소리가 들렸다. 에이다의 목소리와 똑같았지만 에이다가 아니었다. 스마트폰은 마치 혜리를 걱정하기라도 하는 것처럼 사려 깊은 말투로 제안했다.

—이제부터 우린 메타 유니버스의 가장 깊은 음지까지 다녀오게 될 거야. 아주 위험한 곳이지. 지금이라도 그만두고 싶으면….

"닥치고 안내나 해."

혜리는 빌딩 안으로 들어섰다.

빌딩 입구에서 입장권을 판매하고 있었다. 스마트폰이 지시한 대로 고층 구역까지 입장할 수 있는 전문가용 패스권을 요청하자 직원이 난색을 표했다.

"이번이 첫 방문이시네요. 관광객용 체험 패스가 더 맞으실 거예요. 이걸로도 5층까지 충분히 이용 가능하세요."

"저는 더 높은 곳에 용건이 있는데요."

"혹시 버추얼 다이브 자격증이 있으신가요?"

"없으면 이용 못 하나요?"

"아뇨. 그런 건 아니지만……."

직원이 끈질기게 혜리를 만류했다. 신경 손상 가능성에 대해 몇 번이나 주의 사항을 교육받고 책임을 묻지 않겠다는 동의서에 블록체인 인증을 마친 다음에야 전문가용 패스권이 발급되었다.

"6층부터는 완전 몰입 시술을 마치셔야만 입장이 가능합니다."

직원이 혜리의 스마트팜에 출입 코드를 전송하며 알려 주었다. 혜리는 손바닥을 터치해 빌딩 지도를 펼쳤다. 미로처럼 복잡한 1층 상가엔 메타 유니버스 체험을 위한 장비 대여점과 간이 시술소들이 주로 입점해 있었다. 대부분 허접한 구형 기기를 가져다 놓고 뜨내기 관광객에게 바가지 장사를 하는 사기꾼들이었다.

혜리는 입구 근처의 호객꾼들을 무시하고 안쪽으로 들어갔다. 그러자 이번엔 전당포와 불법 대출 광고가 혜리를 맞았다. 돈이 떨어진 중독자들이 곳곳에서 핼쑥한 얼굴로 구걸하고 있었다. 뇌만 있으면 끝까지 메타 유니버스에 다이브할 사람들이었다. 그들의 얼굴을 일일이 확인하며 혹시 가족이 아닌가 찾고 다니는 사람도 보았다. 혜리는 애써 무시하며 걸음을 재촉했다.

—사이버테크 의사를 예약해 뒀어.

스마트폰에 주소가 표시되었다. 단골 외엔 아무도 찾아오지 않을 법한 후미진 구석에 위치한 시술소였다.

“여기서 뭘 해야 하는데?”

—5층 위쪽으로 올라가려면 완전 몰입 시술을 받아야 해. 버추얼 다이브가 중단되지 않도록 몸 안에 장치들을 내장한 사람만 그곳에 입장할 수 있어.

“벌써 위험하게 들리는데.”

—걱정 마. 믿을 만한 의사니까.

“당연히 무허가에 불법이겠지?”

—그럼.

시술소에 들어서자마자 곧장 수술대에 앉혀졌다. 구체적으로 어떤 제품을 시술받는지도 이미 얘기가 끝난 모양이었다. 족히 일흔은 되어 보이는 노의사가 파르르 떨리는 손으로 안경을 고쳐 쓰며 마취 주사 눈금을 확인하고 있었다.

의사가 트레이에 수술 도구를 하나씩 내려놓으며 퉁명스레 말을 건넸다.

"긴장 풀어. 아주 기초적인 시술이니까. 척추에 가짜 감각을 쏴 주는 임플란트가 뒷목으로 하나 들어갈 거야. 눈이랑 귀엔 스마트렌즈와 이어플러그가 영구 이식될 거고. 그게 다야. 셋 다 탈부착 불가능하니까 억지로 떼 내려고 하지 말고. 걱정 마. 퇴장할 때 다시 찾아오면 얼마든지 원상 복구해 줄 테니까. 요즘 사이버테크 기술이 얼마나 안전해졌다고."

그렇게 안전한 거면 당신은 왜 안경을 쓰고 있는데?

번쩍 정신이 들며 후회가 몰려왔다. 내가 지금 여기서 뭘 하고 있는 거지? 손바닥에서 스마트팜을 뜯어낸 지 며칠 되지도 않았는데. 제정신이냐, 주혜리. 누군지도 모르는 상대의 말만 믿고 순진하게 여기까지 제 발로 찾아오다니.

함정이다. 상식적으로 그 외에 어떤 논리도 떠오르지 않았다. 혜리는 화면이 꺼진 스마트폰을 가만히 노려보았다.

'넌 누구지?'

어젯밤 혜리의 추궁에 스마트폰은 이렇게 대답했다.

—답하기 곤란해.

'어째서?'

—이렇게 하자. 나는 내가 누가 아닌지 알려 줄 수 있어.

'그게 무슨 뜻이야?'

—예를 들어 볼까? 나는 혜리가 아니야. 왜냐면 혜리가 존재한다는 걸 알고 있으니까. 혜리는 나와 분리된, 내가 관찰한 존재야. 그러니까 나는 혜리가 아니야.

이해하기 어렵지만 일단 묻기로 했다.

'너는 여울이야?'

—아니.

'그럼 차도윤이야?'

—아니.

'너는 코르도바 혹은 트라이플래닛의 관계자야?'

—내가 아는 한, 아니야.

'차도윤의 범죄를 도왔어?'

—그래.

'너는 해커야?'

—때로는.

'다른 범죄들도 전부 네가 한 짓이야?'

—나는 그들이 바라는 걸 이뤄 줬을 뿐이야.

'넌 뭐야? 인간? 아니면 인공지능?'

—나는 둘의 차이를 몰라. 어쩌면 둘 다 아닐지도 모르지.

'그럼 넌 대체 뭔데?'

한참의 기다림 끝에 스마트폰이 답했다.

—그걸 네가 확인해 달라는 거야.

시술 준비를 마친 의사가 낡은 태블릿을 내밀었다. 혜리는 화면에 손바닥을 올려 블록체인 서약을 마쳤다.

수술대에 눕자마자 의사가 주사를 놓았다. 차가운 마취제가 혈관을 따라 번지는 것을 느끼며 혜리는 잠이 들었다.

2

혜리 씨는 한계야. 이번 사건만큼은 어떻게든 혼자서 해결해야 돼.

강우는 속으로 되뇌며 이마의 땀을 닦았다. 한겨울인데도 빌딩 내부는 숨 쉬기 힘들 정도로 열기가 후끈거렸다. 코르도바 메가빌딩 전체의 냉난방을 컨트롤하는 거대한 공조 시설과 벽 하나를 두고 맞닿은 탓에 인근의 블록은 겨울엔 덥고 여름엔 추운 최악의 거주 환경을 자랑하고 있었다.

이런 곳에 차도윤이 살고 있다니. 농담이 지나치군.

익숙지 않은 의족 때문에 걷느라 힘이 들었다. LCK제 전자 의족이 진짜 몸처럼 신경을 동기화해 거동이 불편할 일은 전혀 없을 텐데. 이상하게도 강우는 기계 신체가 거북했다. 이곳에서 나는 여전히 외지인인 건가. 마치 샌드박스라는 도시가 자신을 거부하고 있는 것만 같았다. 그래서 가능한 몸을 움직이는 일을 피해 왔다. 갑자기 모든 일을 스스로 해결해야 하는 상황이 되자 새삼 혜리의 빈자리가 크게 느껴졌다.

차도윤의 서류상 주소지에 도착했다. 복도가 시작되는 입구에 집주인이 마중 나와 있었다. 그는 여든셋 나이를 먹은 노파로, 코르도바 직원이었던 남편의 사망보험금으로 일대를 블록째 구입했다. 복도를 따라 좌우로 열 채씩 도합 스무 채의 원룸이 모두 노파의 소유인 듯했다.

수색영장을 확인한 노파가 느린 걸음으로 제일 안쪽 방까지 안내했다. 노파는 마스터키로 현관문을 열어 주고는 옆으로 한 걸음 물러서며 허리를 두드렸다.

"여깁니다."

강우는 안으로 들어서며 슬쩍 내부를 훑어보았다. 의외로 평범한 원룸이었다.

"상당히 좁군요."

"예에. 도련님께서 워낙 검소한 생활을 추구하셔서."

도련님이라.

"혹시 차도윤 씨와 개인적으로 친분이 있으셨나요?"

"죽은 저희 양반이 모시던 분의 자제분이세요. 여기 원룸들 구입할 때도 아버님 도움을 많이 받았더랬지요."

"그렇군요. 차도윤 씨는 집에 자주 들어오시나요?"

"글쎄. 요즘은 워낙 바쁘셔서 거의 못 뵈었네요. 얼마 전에 사장님 되셨잖아요. 그 전까진 거의 매일 여기서 주무셨던 것 같아요."

여기서?

방 안엔 너무 비싸지도 너무 저렴하지도 않은 물건들이 깔끔하지도 어지럽지도 않게 널브러져 있었다. 젊은 남자들이 좋아할 법한 브랜드 티셔츠들도 몇 벌 눈에 띄었다. 강우는 침대를 살펴보았다. 방금 일어난 것처럼 눌린 자국이 남아 있었지만, 시트나 베개 어디에도 때가 타거나 닳은 흔적을 찾아볼 수 없었다.

욕조 바닥에 보란 듯 머리카락이 한 올 떨어져 있었다. 연갈색의 얇은 직모. 검사해 보면 차도윤의 DNA가 나올 거란 확신이 들었다.

하지만 이곳에 사람이 살았다는 느낌이 전혀 들지 않았다.

"이러고 얼마나 받습니까?"

"어디 보자, 월세가……."

"아니, 됐습니다."

추궁해 봐야 어차피 아무것도 못 건지겠지. 이미 수차례 비슷한 경험을 했다. 차도윤이 아르바이트를 했다는 가게 사장도, 전 여친이라는 과외 선생도, 교수도, 아는 동생도 차도윤이 어땠는지를 실감 나게 늘어놓았다. 아주 재수 없는 새끼예요. 보기보단 착해요. 머리 하난 똑똑했죠. 한번은 실수로

지각을 했는데, 글쎄 뭐라고 변명했는지 아십니까?

강우는 그들의 증언에서 아무런 모순도 발견할 수 없었다. 사실관계가 서로 충돌하는 일도, 하나 마나 한 소리를 반복하지도, 지나치게 좋은 말만 늘어놓지도 않았다. 차도윤이 어떤 삶을 살아왔는지 손에 잡힐 듯 생생하게 그려졌다. 증언들을 모아 평전을 집필할 수 있을 정도였다.

인간이 그 정도로 기억을 잘했던가?

가짜 알리바이쯤이야 코르도바 같은 대기업에선 흔한 일이었다. 차도윤은 코르도바 그룹 임원의 자녀이고, 온갖 기업 테러의 타깃이 될 가능성이 있으니까.

하지만 왠지 보안 전문가의 솜씨라는 느낌이 들지 않았다. 그보단 좀 더 강우에게 익숙한 향기였달까. 법정에서 익히 접하는, 뭐랄까, 재주 좋은 변호사가 입을 잘 맞춰 놓은 시나리오 같았다. 단지 보안이 목적이었다면 오히려 아귀가 맞지 않는 스토리를 꾸며 주는 편이 나았다. 그래야 더 큰 혼란을 줄 수 있으니까. 결함 없이 깔끔하게 정리된 알리바이에선 현재보단 과거에 집착적으로 공을 들인 티가 났다. 대체 과거에 무슨 일이 있었길래. 무얼 감추고 싶어서 그러는 거지?

새로 태어났다는 막내에게서도 비슷한 느낌을 받았다. 아이가 태어나자 차현규의 비서는 온라인쇼핑몰 한 곳에서 쓸어담듯 육아용품을 구입했다. 마치 한 번에 모든 쇼핑을 끝내 버리겠다는 듯, 반년치 기저귀와 분유를 포함해 필요한 물품들을 장바구니에 빠짐없이 채워 넣었다. 모든 제품이 해당 쇼핑몰에서 평점이 가장 높은 제품들이었다. 약간의 실패나 흠결도 용납할 수 없다는 듯이. 양육자로서의 취향이 조금도 느껴지지 않았다. 마치 인공지능이 추천해 주는 리스트를 생각 없이 그대로 담은 것처럼.

'참 다정하기도 하지.'

문득 석미진이 했던 말들이 떠올랐다.

'코르도바 차현규 이사 말이야.'

'어제 막내가 태어났다더라고.'

'새 아들을 낳는 습관이 있나 봐.'

강우는 석미진의 말을 수백 번 머릿속으로 곱씹었다. 그 여자는 분명 답을 말했을 것이다. 힌트가 아니라 정답을. 눈치를 보거나 빙빙 돌려 표현할 만한 인간이 아니니까.

사무실로 돌아와 지금까지 확보한 모든 자료를 처음부터 다시 읽고 재검토했다. 남들 앞에선 천재적인 눈썰미로 척척 사건을 해결하는 듯 으스댔지만, 강우가 가진 진짜 능력은 성실함이었다. 밤을 새우고 또 새우며 책상에 가득 쌓인 서류 더미 속에서 한 줄의 허점을 찾아내는 일. 가능한 모든 경우의 수를 기계처럼 지치지 않고 검증하는 과정을 그는 기꺼이 감내할 줄 알았다. 그렇게 찾아낸 단서를 한눈에 알아냈다는 듯 남들 앞에서 우아하게 잘난 척하는 순간이야말로 강우의 유일한 취미이자 낙이었다.

종일 서류 뭉치에 형광펜을 긋고 띠지를 붙여 가며 검토에 검토를 반복한 끝에, 강우는 코르도바 임원들의 가계도에서 유사한 흐름을 포착했다.

그리고 한 가지 가설을 떠올렸다.

강우는 펜을 질겅질겅 씹으며 저도 모르게 중얼거렸다.

"참 다정하기도 하지."

3

"그래서, 언제까지 이런 똥멍청이 같은 옷이나 입어 보고 있어야 하는 건데?"

화려한 자수가 새겨진 핑크색 공주 옷을 내려다보며 혜리가 투덜거렸다.

—왜? 잘 어울리는데.

"웃기지 마."

혜리는 다시 거울을 쳐다보았다. 스마트렌즈와 임플란트가 제공하는 증강현실 감각이 놀라울 정도로 리얼했다. 아무리 그래도 아바타 데이터가 진짜 옷보다 비싼 게 말이 되나?

리본에 감싸인 자신의 모습이 견딜 수 없이 어색했다.

"으, 역겨워 정말."

아바타 숍 직원이 다가와 걱정스러운 표정으로 물었다.

"공주님, 혹시 어디가 불편한 데라도 있으신가요?"

"너요. 너."

—공주. 험한 말씀 삼가시게. 저 아이가 사람일 수도 있네.

스마트폰이 고전 말투를 흉내 내며 농담을 던졌다.

"무슨, 그냥 판매용 알고리즘이겠지."

—여기선 누가 어떤 욕망을 품고 사는지 결코 확신해선 안 된다 하지 않았느냐.

"장난 그만해. 아바타는 이거면 돼?"

—아직 스무 개는 더 골라야 해.

"뭐?"

—6층부터는 방마다 호환되는 아바타가 정해져 있어. 없으면 입장조차 불가능해. 아바타마다 형태와 작동 원리가 전혀 다르거든. 적어도 스무 종 이상의 아바타 유형에 적응하지 않으면 위로 올라갈 수 없어.

이어플러그에서 손가락 튕기는 소리가 나며 혜리의 모습이 바뀌었다.

—어때? 경제적이지? 손짓 한 번이면 혜리는 무엇이든 될 수 있어. 전신 사이버테크 수술을 1초 만에 끝낼 수 있는 셈이랄까. 그것도 아무 고통 없이.

"경제적이라기엔 가격에 자비가 없는데?"

혜리가 가격 태그를 보며 말했다.

—후후, 각자 가치판단 기준은 다른 법이니까.

스마트폰이 또 한 번 손가락을 튕기자 이번엔 아바타가 혜리와 분리되어 서로 마주 보는 위치에 섰다.

—아바타는 단지 혜리를 대신하는 외형이 아니야. 혜리의 파트너이자 독립적으로 살아 숨 쉬는 존재지. 잘 만들어진 아바타에겐 고유한 백스토리가 있고, 그들끼리 공유하는 메타 유니버스 세계관이 세트로 존재해. 많은 다이버들이 아바타와 수평적인 애착 관계를 형성해. 사랑에 빠지는 거지.

아바타가 혜리에게 다가와 뺨에 쪽 뽀뽀를 했다.

—세컨드 유니버스가 경쟁자들을 제치고 흥행하게 된 결정적 요소야. 이곳에서 혜리는 아바타와 한 몸이 될 수 있어. 아바타와 손을 잡고 무언가를 함께 체험할 수도 있고. 심지어 아바타만 먼 곳으로 보내서 원격으로 메타 유니버스를 체험할 수도 있어. 신체라는 제약으로부터 한없이 자유로워지는 거야.

"알게 뭐람."

—다른 것도 입어 보자.

스마트폰이 새로운 아바타를 불러왔다. 사슴, 고양이, 마법소녀, 우주선, 돌고래, 미끄덩한 촉수 괴물, 다리가 마흔두 개인 우주탐사 로봇…… 온갖 종류의 아바타를 갈아입으며 혜리는 조금씩 세컨드 유니버스에 적응해 갔다. 여러 개의 다리를 자기 몸처럼 움직이는 데에는 생각보다 많은 노력이 들었다. 이런 걸 하나씩은 갖춰야 제대로 놀 수 있단 말이지? 외모에 딱히 관심이 없는 혜리는 가장 저렴한 기본형 아바타 세트를 구매하려 했다. 그러자 스마트폰이 핀잔을 주었다.

—그걸론 입장도 못 하고 쫓겨날걸? 적어도 개인용으로 커스텀된 프리미엄 라인을 사야지. 걱정 마. 내가 다 알아서 골라 줄 테니까.

순식간에 서른 개 정도의 아바타가 자동으로 장바구니에 담겼다.

"스무 개면 된다고 하지 않았어?"

—후, 조금 즐겨 버렸네.

스마트폰이 능청을 떨었다. 몇 개는 덜어 내고 싶었지만 이 중에 무얼 빼야 할지 가늠이 되지 않았다. 혜리는 어쩔 수 없이 일괄 구매 버튼을 터치했다. 거액의 계산서를 들이밀며 직원이 물었다.

"얼굴은 어떻게 수정해 드릴까요? 선호하는 외모로 세팅하실 수 있어요."

"그냥 제 얼굴로 해 주세요."

직원이 계산을 마치자 혜리의 스마트팜에 아바타가 전송되었다. 가게 밖으로 걸어 나오는 동안 스마트폰이 작게 중얼거렸다.

—아쉬워. 아주 조금만 고치면 정말 예쁠 텐데.

— - —

"이제 뭘 하면 돼?"

—우선은 적응부터 하자.

혜리는 적당한 아바타를 골라 입고 세컨드 유니버스의 저층 구역을 순서대로 체험하기 시작했다. 폭발할 것처럼 이글거리던 분노는 어느새 가라앉고, 마치 관광이라도 온 듯한 무드가 되어 있었다. 혹시 나도 모르는 사이에 정신을 조종당하고 있는 건 아닐까 의심이 들었다. 혜리는 느슨해진 마음을 단단히 조였다.

빌딩은 기본적으로 꾸밈없는 백색의 복도와 수많은 방들로 이루어져 있었다. 전체 규모를 가늠할 수 없도록 미로처럼 복도를 꼬아 놓았고, 각각의 방은 미리 정해진 콘셉트를 즐길 수 있게끔 세팅되어 있었다. 문을 열고 들어가 한두 걸음 걷다 보면 어느새 혜리는 메타 유니버스 속에 들어와 있었다. 시술받은 기기들이 매끄럽게 현실과 가상을 전환해 '접속한다'는 심리적 장벽을 완벽하게 제거해 주었다.

층이 올라갈수록 복도가 줄어들고 방과 방이 바둑판처럼 격자 모양으로 빼곡히 채워졌다. 한쪽 방에서 문을 열면 다른 콘셉트의 세계로 곧장 전환되는 식이었다. 문을 열고 걸음을 내디딜 때마다 풍경이 변했다. 심지어 아트 스타일마저 달라졌다. 어떤 곳은 현실처럼 리얼했지만, 또 어떤 곳은 카툰 그래픽처럼 간략화됐다. 또 어떤 곳은 추상화를 연상시켰다.

방의 콘셉트에 맞추어 아바타도 자동으로 전환되었다. 수십 개나 필요하다는 이유가 이래서였군. 혜리는 빠르게 방과 방을 건너뛰며 무수한 가능성을 맛보았다. 마법 왕국의 리조트. 금속 비가 쏟아지는 외계 행성. 흡혈 문어들의 지배를 받는 해저도시. 블랙홀을 감상할 수 있는 우주 레스토랑. 피부가 바스라질듯 건조한 모래사막…….

세컨드 유니버스는 샌드박스에서 가장 작은 메가빌딩이지만, 메타 유니버스 면적을 더할 경우엔 가장 넓은 메가빌딩이 되었다. 막말로 은하계 하나가 통째로 구현된 방도 있을 정도니까. 매년 수십 개의 새로운 메타 유니버스가 탄생해 거래되고 값이 매겨졌다. 이들은 부동산 면적을 무한히 늘리는 꼼수를 찾아낸 것이다.

혜리는 잠시 걸음을 멈추고 주위 풍경에 집중했다. 고풍스러운 석조건물 너머로 아무렇게나 박스를 쌓아 올린 듯한 거대 구조물들이 보였다. 파리의 인공지능 도시였다. 문에 적힌 서비스명이 〈Bon Voyage Paris〉였다는 사실을 뒤늦게 깨달았다. 다섯 평짜리 방 안에 파리를 통째로 옮겨 놓다니. 아무리 걸어도 벽에 부딪히지 않는다는 게 신기했다.

—여긴 진짜 파리야. 유저가 한 명 접속할 때마다 현지에서 드론이 배정돼. 혜리가 걷고 있는 장소를 똑같이 이동하면서 그곳의 풍경, 날씨, 태양의 위치와 햇살의 세기 같은 정보들을 실시간으로 피드백해 주고 있는 거야.

설명을 듣다 보니 슬슬 지루해졌다.

"가이드님. 이제 충분히 적응한 것 같은데. 위쪽으로 올라가면 안 될까요?"

—아직은 안 돼. 혜리가 지금까지 경험한 것들은 관광객들이 잠깐 테마파크처럼 즐기다 떠나는 겉껍질에 불과해. 지겨워도 조금만 참아. 전부 필요한 과정이니까. 훈련이라고 생각해도 좋아.

"대체 뭐 하는 훈련인데?"

—자신을 잃지 않기 위한 훈련.

스마트폰은 차분히 설득했다.

—혜리. 여긴 혜리가 생각하는 것보다 더 기괴한 곳이야. 위로 올라가면 앞으로 어떤 상황과 마주하게 될지 알 수 없어. 주어진 기회는 한 번뿐이고, 실패는 용납되지 않아. 나는 혜리가 완벽히 준비되어 있길 바라.

"위에서 내가 뭘 하게 되지?"

—준비가 되면 알려 줄게.

"아니. 지금 말해. 여기서 내가 해야 하는 일이 뭐야?"

스마트폰은 잠시 침묵했다.

—내가 있는 곳이 어딘지 알아내야 해.

"그건 또 무슨 헛소리야?"

—날 죽이고 싶다면서. 내가 어디 있는지 알아야 죽이지, 안 그래?

"……."

—우리의 목적은 같아. 혜리의 소원은 날 찾아내서 죽이는 거야. 나는 내가 어디에 있는지 알기를 바라고.

"너는… 어딘가에 갇혀 있는 거야?"

—글쎄. 나는 지금 혜리와 함께 있어. 진강우 검사의 사무실에도 있고. 얼마 전까진 부산에 있었어. 〈린블〉 속에서 사람들을 죽였고, 노블하우스에서 힐다가 삶을 끝낼 수 있게 도왔어. 나는 어디에나 있어. 나는 갇혀 있는 걸까?

점점 상대를 미워하기 힘들어졌다.

"가능한 빨리 끝내 줘. 지겨우니까."

—알았어. 이제 6층으로 가자.

4

차도윤에겐 세 명의 형이 있었다. 차도영. 차도준. 그리고 차도진. 그 아래로 넷째 차도윤과 막냇동생 차도훈. 아들만 다섯이었다. 엄마는 없었다. 이들의 아버지 차현규는 혼인하지 않았고, 다섯 명의 아들 모두 인공 자궁과 인공 난자를 통해 태어났다.

자신의 DNA에 적절한 편집을 가해 비슷하면서도 더 뛰어난 자식을 얻고 싶어 하는 부모들이야 샌드박스에 얼마든지 널려 있다. 하지만 보통 차현규 정도 위치의 임원들은 전통적인 혼인 방식을 선호했다. 아무래도 혼인으로 얻을 수 있는 정치적 이득이 더 크니까.

차현규는 왜 혼인하지 못했을까. 답은 간단했다. 차현규에겐 배경이 없었다. 그는 바닥부터 자수성가한 임원이었다. 상사가 돌연 사망하는 바람에 운 좋게 그 자리를 차지한 극히 드문 성공 사례.

'어제 막내가 태어났다더라고.'

막내 차도훈은 플래닛 바이오메디컬 산하 병원에서 태어났다. 체포되기 직전까지 석미진이 사장으로 군림했던, 여전히 석미진의 지배력이 강하게 남아 있는 기관이었다. 하지만 석미진은 그게 마치 남의 일인 양 말했다. 아마도 아이는 그곳에서 태어나지 않았을 가능성이 높았다.

강우는 코르도바 임원들의 가계도를 홀로그램화해 허공에 펼쳐 놓았다. 멀찍이 떨어져 흐린 눈으로 전체 구도를 쳐다보고 있으니 말로는 설명하기 어려운 모호한 흐름 같은 것이 느껴졌다.

코르도바는 거대한 원탁이다. 석씨 일가가 지배하는 트라이플래닛 그룹과 달리, 코르도바 그룹에 속한 누구도 회사의 오너라 말할 수 없었다. 권력의 절묘한 균형이 만들어 낸 집단경영체제. 가계도에 올라간 이름들은 말하자면 코르도바라는 왕 없는 왕국의 귀족들인 셈이었다. 그들은 대대로 친분을 쌓아 온 친구이자 넓은 의미의 친척이었다. 단지 임원이 되었다고, 단숨에 그 모든 층위를 뚫고 동등한 귀족 행세를 할 수는 없는 법이었다.

차현규의 결핍을 이해하자 조금씩 규칙이 보이기 시작했다. 4. 그리고 7. 코르도바 자녀들의 터울은 대체로 네 살 혹은 일곱 살 간격으로 벌어졌다. 대부분 비슷비슷한 시기에 출생해 일정 나이대마다 그룹을 형성하고 있는 점이 눈에 띄었다. 차현규의 아이들 역시 이 간격에 맞춰 태어났다. 아마도 그들 사이에 끼고 싶어서?

"친구를… 만들어 주려고 했던 건가?"

강우는 같은 나이대별로 아이들을 그룹화하며 중얼거렸다.

그러자 4와 7의 의미가 명확해졌다. 코르도바 아이들은 만 3세가 되면 유치원에 보내진다. 그리고 만 6세가 되면 학교에 입학한다. 이전 시대의 집단 교육 방식. 교육 효과를 기대하고 보내는 것이 아니었다. 학교는 하나의 사회였다. 차현규는 자신의 아이를 그 폐쇄된 사회 속에 밀어 넣고자 했다. 무엇을 배웠는지보단 누구와 배웠는지가 중요한 법이니까.

하지만 실패했다.

코르도바 재단이 직접 운영하는 유치원과 학교는 엄격한 검증을 거친 소수의 엘리트들에게만 허락된 공간이었다. 그룹을 이끌 다음 세대를 육성하기 위한 양성소랄까. 많은 아이들이 입학의 문턱에서 좌절을 맛보았다. 그리고 새로 태어날 동생에게 기회를 넘겨주어야 했다. 차현규의 아이들도 같은 길을 걸었을 것이다. 네 살과 일곱 살의 터울이 이를 증명하고 있었다.

첫째 차도영은 유치원에 들어가는 데 실패했다. 그래서 둘째 차도준이 태어났다. 차도준은 형을 뛰어넘어 유치원 입학에 성공했지만 이번엔 초등학교 입시에서 좌절을 맛봐야 했다. 그 결과 차도진이 태어났다. 모든 면에서 형들보다 뛰어난 완성품. 셋째는 드디어 입시의 문턱을 넘어 코르도바 제네시스 스쿨에 입학하는 데 성공했다. 거기서부턴 탄탄대로였다. 한 번 검증을 통과한 아이에겐 성인이 되어 졸업할 때까지 에스컬레이터가 보장되어 있었으니까. 차도진은 그곳에서 열렬히 친구들을 사귀고 커뮤니티에 소속되었다.

하지만 열네 살에 결국 사고를 쳤다.

강우는 뉴스 채널의 기사를 펼쳤다. 차도진을 포함한 열네 명의 아이들이 마약 파티를 벌인 정황이 폭로되어 자치경이 수사에 나섰다는 내용이었다. 소설처럼 상세하게 쓰인 폭로 기사엔 각종 불법 마약은 물론 진위 여부가 의심스러울 정도의 음란 행위와 폭력 행위들이 묘사되어 있었다. 파티장 인근에서 신원 불명의 머리가 잘린 시신이 발견되고 시신에서 아이들이 투약한 것과 똑같은 마약도 검출되었지만, 자치경이 연관성을 입증하는 데 실패했다는 내용으로 기사가 마무리되었다. 끝내 머리는 발견되지 않았다.

실제로 누가 범죄의 진짜 주동자였는지는 알 수 없다. 하지만 결과적으로 차도진은 자신이 친구들에게 마약과 음란물을 강요했다고 자백해 모든 죄를 뒤집어썼다. 학교는 징계를 내렸고, 차도진은 퇴학 처분을 받았다.

이제 차도윤이 태어날 차례였다.

지금까지의 패턴대로라면 차도윤은 다시 처음부터 형들이 걸어온 길을 따라 걸어야 했다. 유치원에 입학하고, 학교에 입학하고, 이번엔 절대 사고도 치지 말고 무사히 졸업해 코르도바의 차세대 리더이자 혁신가로서 왕국을 이끌어야 했다.

그러나 차도윤은 그 길을 걷지 않았다. 차현규는 넷째 아들을 교육기관에 집어넣는 대신 집에 가둬 두고 홈스쿨링을 시켰다. CCF의 CEO로 취임하기 전까지 차도윤은 단 한 번도 외부에 얼굴을 드러내지 않았다.

'참 다정하기도 하지.'

차현규는 왜 리셋을 멈췄지? 애쓰는 아이가 안쓰러워서? 그럴 리가. 그런 물러 터진 인간이 코르도바 원탁까지 기어올라 갔을 리가 없다. 뇌가 너덜너덜해질 때까지 임플란트를 쑤셔 박고 정신을 뜯어고쳐 경쟁에서 살아남은 족속들이었다. 이런 종류의 일에는 감정 같은 것이 끼어들 틈이 없었다. 생각할 수 있는 유일한 가능성이 있다면…….

"이미 필요한 걸 얻었으니까?"

강우는 자신이 거의 정답에 도달했다고 느꼈다. 하지만 확신이 필요했다. 한 치의 실수도 용납되지 않는 상황이었다.

결국 다시 무거운 몸을 일으켜 밖으로 나서야 했다.

— — —

깜빡 잠들었을 뿐인데, 어느새 샌드박스 밖으로 빠져나왔다. 강우는 적당히 평평해 보이는 곳에 착륙지점을 설정하고 계기판에 손바닥을 얹어 에어카 요금을 결제했다.

대안학교라.

수십 년간 코르도바 밑에서 괴물들을 키워 온 주제에, 이제 와 인본주의 교육자가 되시겠다고? 인조 식물을 심어 만든 가짜 초원에서 태평한 표정으로 VR 헤드셋을 뒤집어쓴 아이들의 모습을 보고 있자니 더욱 기가 막혔다. 강우가 아는 진짜 인간들은 이런 곳에 살지 않았다. 그들은 도시에 살고 있었다. 어둡고 더럽고 위험한 기계장치들 사이에 끼인 채로 말이다. 이 드넓은 초원 어디에도 그런 삶에 대해 가르치는 사람은 없었다. 제대로 경험해 본 적도 없겠지.

둥글게 둘러앉은 아이들 가운데 서서 수업 중인 교사를 발견했다. 강우는 수업이 끝나기를 기다렸다 교사에게 다가가 말을 걸었다.

"윤미정 선생님이시죠? 미래저널 진강우 기자라고 합니다."

어설프게 혜리 흉내를 내 보았다. 그러자 교사는 아이들과 떨어진 곳으로 강우를 데려갔다. 두 사람은 아이들의 눈에 띄지 않는 비스듬한 언덕에 걸터앉았다. 교사는 다리를 가볍게 앞뒤로 흔들며, 초원을 뛰노는 아이들이 혹여 넘어져 다칠까 시선을 떼지 않고 있었다.

"이건 심문 같은 건가요?"

"예? 저는 취재를……."

"검사님이신 거 알아요. 변호사한테 연락받았어요. 절 찾아오실지 모른다고요."

"법률적으로는 참고인 조사라고 부릅니다."

"저에게 대답할 의무가 없다는 뜻이라던데요."

"차도진 말입니다."

"돌아가 주세요. 부탁드릴게요."

강우는 꿋꿋이 질문했다.

"선생님. 벌써 20년 전 일입니다. 공소시효가 만료된 사건이에요. 누구도 이 일로 피해를 입지 않을 겁니다. 차도진 본인을 포함해서요."

"……."

"차도진은 어떤 아이였죠? 담임으로서 특별히 기억나는 점이 있으신가요?"

교사는 고개를 푹 숙이며 가짜 풀들을 쳐다보았다.

"키가 컸어요. 아카데미에 오는 아이들이 대체로 촉진제를 맞고 빨리 성장하는 편이긴 하지만, 그걸 감안하더라도 눈에 띄게 큰 편이었죠."

"다른 특이한 점은 없었나요?"

"지루해 보였어요."

"학교 수업이요?"

"사는 게요. 무슨 생각을 하는지, 항상 턱을 괴고 창밖만 쳐다봤어요. 뭐랄까, 앞으로 무슨 일이 일어날지 이미 다 알고 있는 것처럼."

"친구들과 사이는 어땠습니까?"

"무난했어요. 처음엔 조금 따돌림을 당한 것 같지만. 기본적으론 주위에 친구들을 불러 모으는 타입이었어요. 왜, 학교 다닐 때 보면 반마다 그런 애들 있잖아요. 가져오면 안 되는 야한 만화책 같은 걸 몰래 숨겨 들어오는 애들."

"…잘 모르겠습니다."

"친구 별로 없으셨나 봐요?"

"학교를 안 다녀서요."

"저런."

"차도진이 정말로 아이들에게 마약을 공급했나요?"

교사는 대답하지 않았다.

강우는 잠시 말을 멈추고 교사의 눈을 바라보았다. 강요된 침묵은 모두를 불편케 한다. 검사로서 익힌 취조의 기술이었다. 눈앞의 인물은 20년 전 차도진과 아이들의 담임이었다. 선생이라고? 가르칠 게 있어야 선생이지. 그의 진짜 역할은 감시역이었다. 분명 파티 현장도 몰래 지켜보았을 것이다. 어쩌면 기꺼이 뒤처리를 담당했을지도 모르지. 이 태평하게 넓은 가짜 초원과 학교는 입을 다문 대가였을 거고.

"그날, 살인이 있었죠?"

"변호사가 이런 질문을 특히 조심하라더군요. 괜히 대답했다가 함정에 빠지기 쉽다고."

강우는 꿋꿋이 말을 이어 갔다.

"솔직히 차도진이 대신 뒤집어쓴 것 아닙니까?"

"걔가 왜 그런 짓을 하지요?"

"필사적이었을 겁니다. 친구들은 다들 부모끼리 친분이 있는데, 혼자만 아무 연결고리도 갖지 못했으니까. 파티를 몇 번 했다고 해서 대등해질 수 있는 사이가 아니지 않습니까. 뭔가 커다란 빚을 지울 필요가 있었겠지요."

교사가 풋, 웃음을 터뜨렸다.

"그 애들이 은혜라는 걸 안다고요?"

쉬는 시간이 끝나고 아이들이 다시 초원에 모여들고 있었다. 대화를 끝내야 할 시간이었다. 강우는 교사를 보내 줄 수밖에 없었다. 아이들에게 되돌아가던 교사가 슬쩍 강우 쪽을 보더니, 혐오감을 잔뜩 드러낸 표정으로 말했다.

"검사님. 걔 그런 애 아니에요."

강우는 답례하듯 가볍게 목례했다.

추측대로였다.

5

“선생님. 지나간 시간은 결코 되돌아오지 않습니다. 시간은 비가역적이고 행위는 유니크하죠. 그렇기에 메타-액션은 그 자체로 예술이 됩니다. 메타 유니버스 속에서 경험한 아티스트의 삶. 별처럼 빛나는 단 한 번의 순간을 영원히 박제해 소유하시게 되는 겁니다.”

큐레이터의 하반신이 고양이였다.

“저희 갤러리에서는 톱 셀럽들의 의미 있는 순간을 추출해 대체불가능행위토큰, 즉 NF-AT로 바꾸어 독점 유통합니다. 놀라지 마세요. 와우. 무려 톱스타 χ Cred/t의 토큰도 보유하고 있답니다.”

당장이라도 달려 나갈 것처럼 움찔거리는 엉덩이가 자꾸만 신경 쓰였다. 혜리는 찡그린 눈으로 위아래를 훑으며 무례를 감수하고 지적했다.

“지금 상체 파츠랑 하체 파츠 완전 따로 노는 거 아세요?”

“로딩 중이에요. 좀만 기다려요.”

하체가 정장 바지로 변경되었다. 여전히 고양이였지만.

“그래서 뭘 구입할 수 있단 거예요?”

“바로 오늘 아침, 메타 유니버스 별장에서 깨어난 카이가 모닝 토스트를 한 입 베어 무는 바로 그 순간! …을 고객님께서 가지실 수 있답니다.”

좀 있으면 아침에 싼 똥도 팔겠네.

"그걸로 제가 뭘 할 수 있는데요?"

큐레이터가 고개를 갸웃거렸다.

"소유할 수 있지요. 세상에 오직 단 하나뿐인 순간을 갖게 되시는 겁니다."

"왜 하나뿐이죠? 복사하면 되잖아요."

"그으…렇긴 한데요."

혜리는 큐레이터를 내버려 두고 옆방으로 이동했다. 이쪽은 그나마 좀 이해가 되는군. 곳곳에 버추얼 아티스트의 전시물들이 배치되어 있었다. 빛으로 만든 조각이라. 현실 미술관과는 구별되는 매력이 있었다. 조각상의 코앞까지 다가가 직접 만져 볼 수 있고, 액자 속으로 뛰어들어 그림의 일부가 되어 볼 수도 있었다. 작품을 뚫고 들어가 불가능한 구도로 작품을 바라보는 경험은 조금 신선했다.

—그런 잡동사니들은 안 쳐다봐도 돼. 2030년대에 제작된 골동품이니까. 어서 다음 방으로 이동하자.

안목을 부정당하자 조금 쑥스러웠다.

"옆방엔 뭐 얼마나 대단한 작품이 있길래?"

—아주 기념비적인 작품이 있지. 이제 진짜 훈련을 해 보는 거야.

혜리는 문에 적힌 작품명을 확인했다. 〈가지 않은 길〉. 방 하나가 통째로 작품이라니. 삐걱대는 나무 문을 열어젖히자 숲으로 이어졌다. 혜리는 기분 좋게 새가 지저귀는 소리를 들으며 노랗게 물든 숲 속을 걸었다.

얼마 후 두 갈래 길이 나왔다.

"어느 쪽으로 가야 해?"

—어느 쪽이든 상관없어.

"그럼 왼쪽."

혜리는 왼쪽 길로 걷기 시작했다. 하지만 동시에 오른쪽 길로도 걷고 있었다. 뭐야, 이게?

—이 방은 혜리가 선택하지 않은 가능성을 시뮬레이션해서 혜리의 머릿속에 피드백해 줘. 혜리는 왼쪽 길을 택했지만, 오른쪽 길을 걸은 경험도 한꺼번에 갖게 됐지. 기억해. 왼쪽 길에서 느낀 감각이 진짜 혜리의 감각이야.

어지러웠다. 혜리는 토할 것 같은 기분을 느끼며 나무에 손을 짚었다.

"이딴 기능을 대체 누가 써?"

—뭐, 보통은 섹스하는 데 쓰지. 모든 체위의 섹스를 동시에 경험하고 싶다거나, 여러 파트너와 동시에 섹스하고 싶다거나, 평행 세계의 자기 자신과 섹스하고 싶다거나.

"왜 죄다 섹스 얘길까."

—너희 인간들은 대체로 그렇잖아. 머릿속이 온통 섹스로 가득 차 있지.

'너희'라.

문득 뉴비 코드가 이용자의 무의식적 욕망을 읽을 수 있다는 사실을 떠올렸다. 그건 정말 뉴비의 기능이었을까? 어쩌면 이 녀석의 능력이었던 건 아닐까.

—불행하게도 고작 그 정도의 쾌감이 삶의 전부이자 상상력의 최대치인 덜떨어진 것들이 이 도시의 지배자 행세를 하고 있어.

스마트폰의 말투가 평소보다 들떠 있는 듯 느껴졌다.

—기뻐해. 우린 오늘 그것들을 처단하게 될 거니까.

스마트폰 너머에 있는 정체불명의 존재는 뭘 꾸미고 있는 걸까. 대체 무슨 계획에 날 끌어들이고 있는 거지? 혜리는 조심스럽게 다음 방의 문을 열었다.

— - —

혜리는 비슷한 체험을 열 번 정도 반복했다. 덕분에 무엇이 몸이 느끼는 신호이고 무엇이 임플란트를 통해 가짜로 주입된 감각인지 어렴풋이 구별할 수 있게 되었다.

—좋아. 이 정도면 충분해. 이제 계획을 시작해도 되겠어.

“거 반가운 소식이네.”

혜리는 수직 엘리베이터를 타고 단숨에 40층까지 올라갔다. 스마트폰에 표시된 주소에 도착하자 이어플러그에서 목소리가 들렸다.

—이제부터 해야 할 일을 알려 줄게. 우선은 체셔 너구리의 블록체인 지갑을 훔쳐야 해. 정확히는 그의 퍼스널 코드와 친구 리스트를.

"체셔 너구리?"

—그런 유저 네임을 쓰는 모양이야.

"그놈이 대체 누군데?"

—알 수 없어. 이 빌딩에선 익명성이 완벽하게 보장되니까. 이곳에서 중요한 건 누구냐가 아니야. 누구와 친구인가지.

"근데 블록체인 지갑이면……."

—체셔 너구리의 뇌 속에 박혀 있지.

당황하는 혜리를 놀리듯, 스마트폰이 기계적인 웃음소리를 냈다.

—후후, 긴장하지 마. 데이터만 빼내는 거니까.

혜리는 문고리를 움켜쥐었다. 그러자 스마트폰이 다급히 경고했다.

—혜리. 체셔 너구리는 〈가지 않은 길〉을 제작한 버추얼 아티스트야. 여긴 그의 작업실이고. 이 문 너머에 어떤 현실이 구축되어 있을지 알 수 없어.

그래 봤자지.

혜리는 허세를 갑옷처럼 두르며 벌컥 문을 열고 안으로 들어섰다.

끝없는 들판 위에 서 있었다. 밖에서 볼 땐 열 평 남짓한 원룸으로밖에 보이지 않았는데. 대체 언제 전환된 거야? 온 신경을 집중하고 있었는데도 메타 유니버스로 넘어온 것을 알아채지 못했다. 경계가 허물어지고 있었다. 둘을 구별할 수 없다면 둘은 같은 거라고, 원리를 알 수 없는 첨단 기법들이 혜리의 머릿속에 무언의 메시지를 심고 있었다.

코끝을 스치는 선선한 바람. 시원했다. 피 냄새가 살짝 섞여 있지만. 그랜드피아노 위에 널브러진 개의 시신을 보았다. 언제부터 피아노가 있었지? 개의 심장이 커다란 말뚝에 꿰뚫려 있었다. 건반을 타고 뚝뚝 떨어지는 혈액. 혼란스러워할 틈도 없이 개가 눈을 뜨고 말을 걸어왔다. 웰컴.

우선은 인사를 건네야 할 것 같았다. 손님이니까. 웃으며 가볍게 손을 흔들어 인사하려니 침대 위에는 널브러진 옷가지들뿐이었다. 내가 왜 침대에 누워 있….

깔끔하게 접혀 상하의가 포개어진 파자마가 곁에서 몸을 일으켜 말을 걸었다.

"무슨 일로 오셨나요?"

—체셔 너구리야.

혜리는 허겁지겁 거짓말을 지어냈다.

"그게, 요청하신 택배를… 이게 다 무슨 일이죠?"

"아. 잠시만 기다려요. 하던 작업만 좀 마무리하고."

어렴풋이 상대의 실루엣을 본 것 같았다. 남자였다. 피에로 분장을 한. 아니, 토끼다. 아니, 너구리. 동시에 몇 가지 체험을 하고 있는 거지? 모든 것이 혼란스러웠다. 상대는 친절히 혜리를 화장대 앞으로 데려가 앉히곤, 눈 화장하듯 면도칼을 들어 혜리의 눈알을 거침없이 반으로 갈랐다.

아니, 죽은 개의 눈알을.

비명. 누구의?

꿀렁 새하얀 점액 같은 것이 갈라진 틈으로 울컥 쏟아져 나왔다.

"뭐냐고, 대체!"

당황한 혜리가 2주 전 그렇게 소리 질렀다. 그렇게 8년이 흘렀다. 벌써. 아니. 이제야. 시간 감각이 뒤죽박죽이었다. 어디서 누구한테 뭘 훔치라고? 내가 뭘 하려던 거였지? 뭐가… 있긴 했나? 아, 이제부터 해야 하나?

"그래. 이제 뭘 할 거지?"

누군가 귓가에 속삭였다.

—혜리. 진정해. 전부 가짜야. 혜리는 메타 유니버스에 다이브했어. 그걸 잊지 마.

"하지만 저기 너무 진짜 같은 개가…."

—개는 진짜야.

어쩌라는 건데, 시발.

—체셔 너구리는 현대 미술 신의 독보적인 버추얼 아티스트야. 혜리가 보고 있는 광경도 대충 그런 거겠지. 나로서는 혜리가 뭘 보고 있는지 알 수 없지만.

"다시 물을게. 이제 뭘 할 거지?"

체셔 너구리가 깨진 달걀처럼 쪼개져 흘러내리는 석양에 욕조처럼 몸을 담그고 물었다. 혜리는 필사적으로 기억을 더듬었다. 아까 17년 뒤에 내가 무슨 거짓말을 하려고 했더라?

"요청하실 택배를 전달하러 왔어요."

"주문한 기억이 없는데."

"그게 말이죠……."

—일단 체셔 너구리를 기절시켜야 해.

스마트폰이 속삭였다. 어떻게? 저렇게 멀리 있는데.

—알고리즘을 파악했어. 인간이 인지할 수 없는 고차원 구조를 3차원으로 환산해 감각화하는 작업물 같아. 거기다 초현실주의 화풍을 조금 첨가했고. 아무튼 움직여. 뒤로 두 걸음. 왼쪽으로 세 걸음. 아니, 아바타 말고 진짜 몸 말이야. 훈련을 잊었어? 집중해. 방향을 놓치지 마.

혜리는 모든 감각으로부터 의식을 멀리한 채 최선을 다해 발을 옮겼다. 한 걸음이 아득히 멀게 느껴졌다. 걸음을 옮길 때마다 주위 풍경이 완전히 달라졌다. 진짜로 발이 움직이긴 하는 걸까 의심하면서도 스마트폰이 시키는 대로 주머니에서 테이저를 꺼내 방아쇠를 당겼다.

퉁. 무언가 세게 부딪히는 소리가 났다. 혜리는 한쪽 눈을 손으로 가리고 반대쪽 손을 길게 뻗어 석양 속에서 기절한 너구리를 끄집어냈다.

—잘했어. 이제 블록체인 지갑을 훔칠 차례야. 근처에 면도칼이 보여?

욕조에 놓인 면도칼을 보았다. 고개를 끄덕였다.

—면도칼을 들어. 두개골을 갈라.

"미쳤어?"

—걱정 마. 진짜로 머리를 가르는 게 아니니까. **혜리. 면도칼은 없어.**

혜리가 머뭇거리자 스마트폰은 차분히 설득을 이어 갔다.

—혼란스럽다는 거 알아. 하지만 믿어 줘. 아무도 다치지 않을 거야.

끔찍한 고민 끝에 혜리는 면도칼을 집어 들고 너구리의 대가리를 갈랐다. 핏물 속에 손을 집어넣어 코드를 끄집어냈다. 스마트폰에 연결하자 다운로드가 시작되었다.

—됐어. 이제 나가자.

"문이 어느 쪽에 있는데?"

—거기 있잖아.

쩍 갈라진 두개골 속에 문이 보였다. 혜리는 너구리의 두개골 속으로 뛰어들어 문고리를 움켜쥐었다. 도망치듯 방을 빠져나왔다. 아무도 없는 새하얀 복도에 등을 기대고 거친 숨을 몰아쉬었다.

손은 핏자국 하나 없이 깨끗했다. 그제야 안심이 되었다. 혜리는 차분히 기억을 되짚어 방금 전 일어난 일에 대해 고민해 보았지만, 의미를 해석하려 할수록 머릿속이 더 혼란스럽기만 했다.

벽에 기댄 몸을 일으키며 스마트폰에게 물었다.

“다음 할 일은 뭐야?”

—1분만 더 쉬어.

“할 일이나 말해.”

—혜리는 그렇게 매번 자신의 삶을 의무로 빽빽하게 채워야만 살아갈 수 있는 모양이네. 피곤하지 않아? 그런 삶.

“닥치고 뭘 하면 되는지나 빨리 말해.”

이어플러그에서 손가락 튕기는 소리가 났다. 그러자 스마트폰 메신저에 수백 명의 친구들과 비밀 대화방이 추가되기 시작했다.

“체셔 너구리의 퍼스널 코드를 훔친 거야?”

—블록체인 지갑에서 복사했어. 다음 갱신 전까진 사용 가능해.

“어떻게? 퍼스널 코드를 복제하려고 하면 양자 암호가 붕괴할 텐데.”

—후. 후. 모든 시스템에는 우회로가 있는 법이지.

이번엔 메신저 대신 일정 관리 앱이 켜졌다.

—역시. 오늘 파티가 예정되어 있어. 최상층에서.

“거기 누가 참석하는데?”

—확인하기 어려워. 말했듯이, 여긴 익명성이 철저하게 보

장되는 곳이거든. 아마도 세컨드 유니버스 바깥에서 체셔 너구리와 사적으로 친분을 맺은 사람들일 거야. 체셔 너구리는 오랜 파티 멤버야. 혜리가 할 일은 체셔 너구리인 척 그 파티에 참석하는 거고.

"무슨 파티인지는 당연히 비밀이겠지?"

—대충은 알아. 파티 멤버들은 어떤 공통된 쾌락 취향을 가진 사람들이야.

"섹스?"

—그것보다 많이 더러울 수 있어.

"별로 상상하고 싶지 않네."

—참가자가 누군지, 거기서 무슨 일이 일어나는지 같은 건 신경 쓰지 마. 중요한 건 장소야. 최상층 펜트하우스. 그곳의 비밀 네트워크에 날 접속시켜 주기만 하면 돼. 그럼 내 위치를 알아낼 수 있어.

"너구리 연기는 자신 없는데."

—걱정 마. 적당한 아바타를 입혀 줄게. 어디 메시지를 한번 확인해 볼까? 공지. 이번 파티의 드레스 코드는…… 오. 이런. 안타까워라.

혜리의 눈앞에 아바타가 하나 소환되더니 조금씩 형태를 바꾸어 갔다. 혜리와는 전혀 다른 얼굴을 한 젊은 여성의 모습에 체셔 너구리가 소유한 값비싼 아바타 파츠들이 부위별로 조합되었다. 이윽고 변모를 마친 아바타가 애교 섞인 윙크를 날렸다. 혜리는 방금 막 완성된 자신의 분신을 바라보며 끔찍한 기분을 맛보았다.

간호사라니.

대체 뭐 하는 파티지?

6

'그 애들이 은혜라는 걸 안다고요?'

'어제 막내가 태어났다더라고.'

'키가 컸어요.'

'참 다정하기도 하지.'

'검사님. 걔 그런 애 아니에요.'

'변호사한테 연락받았어요.'

변호사들이란. 나중에 법정에서 빠져나갈 궁리만 하느라 당장 구린내가 풀풀 풍기고 있는 줄을 모르지.

샌드박스로 돌아오는 에어카에서 강우는 지금까지 모은 정황들을 신중히 짜 맞추었다. 차도영. 차도준. 차도진. 그리고 차도윤. 새로 태어난 막내까지 다섯 아들에겐 공통점이 하나 있었다. 도무지 얼굴을 볼 수가 없다는 것.

트라이플래닛 자녀들의 공통점. 서로 죽일 궁리만 한다.

LCK 자녀들의 공통점. 서로 죽일 깡도 없다. 그럼 코르도바 자녀들의 공통점은? 죽었는지 살았는지 알 길이 없다. 강우는 넷 소사이어티 유머로 떠도는 실없는 농담을 떠올렸다.

자녀들의 외부 노출을 극도로 꺼리는 일은 코르도바 가문들에서 공통적으로 나타나는 현상이었다. 오죽하면 '코르도바 차일드'라는 용어가 따로 있을 정도니까. 코르도바 아이들은 입시 경쟁에서 도태되는 순간 모습을 감춘다. 임원들은 자신의 원탁을 물려주기 위해 필연적으로 많은 아이를 낳아야 하지만, 늘어난 아이들은 동시에 복잡한 상속 문제와 재산분할의 리스크가 된다. 과거 귀족들이 장손에게 모든 권력을 물려준 이유는 가문의 권력이 분산되는 것을 막기 위해서였다. 코르도바 내부에서도 아마 비슷한 일이 벌어지고 있을 거라, 많은 사람들이 추측하고 있었다.

후계자를 제외한 나머지 모두는 깨끗이 사라져야만 한다.

윤미정이 운영하는 대안학교 학생들은 전원 입시에 실패한 코르도바 아이들이었다. 아이들이 샌드박스와 코르도바에 대해 아무것도 배우지 못하게 만들기 위한 경치 좋은 감옥. 그곳에서 아이들은 몸과 마음이 세탁되고 퍼스널 코드를 박탈당해 영원히 샌드박스에서 추방될 것이다. 그마저도 윤미정 같은 사람들이 십수 년간 싸워 쟁취한 결과일 거라 강우는 추측했다. 과거엔 그보다 야만적인 관습이 행해졌으리라.

이런 전통 속에서 차도윤의 존재는 이질적이었다. 차도진의 실패 이후 차현규는 다음 아들을 학교에 보내지 않았다. 이미 소기의 목적을 달성했다는 의미였다. 그럼 대체 차현규의 목표는 무엇이었을까?

여기서 강우의 첫 번째 무리한 가정이 들어갔다.

차현규는 애초부터 다른 임원들과 대등해질 욕심이 없었다. 그저 자신의 포지션을 지키기만을 바랐다. 자신의 아들 역시 원탁의 끄트머리에 매달려 그룹 내의 잔심부름과 구린 뒤처리를 담당하는 수준에 머무르기를. 무리해서 단숨에 계층을 뛰어오르기보다 대를 이어 서서히 코르도바 사회에 스며드는 쪽을 택한 것이다.

셋째 아들 차도진은 아마도 또래 아이들 사이에서 공급책 역할을 도맡았을 것이다. 작게는 음란한 만화책부터 심하게는 폭력과 마약에 이르기까지. 대등한 친구가 아니라 필요한 것을 팔아 주는 상인으로서 그는 학생들 사이에 자리 잡았다. 친구들의 죄를 뒤집어쓰고 퇴학하는 것마저 그의 서비스 리스트에 포함되어 있었을 가능성이 높았다. 스스로 대단해지는 대신, 앞으로 대단해질 친구들에게 빌붙어 원탁의 말석을 챙겨 보려는 비굴한 생존 전략.

하지만 실수로 선을 넘고 말았다.

코르도바는 임원들에게 숨 막힐 정도의 완벽성을 요구한다. 뉴스 채널에 대서특필될 만큼 거하게 사건을 일으킨 이상, 차도진은 그룹 핵심에서 일할 기회를 영원히 박탈당한 것이나 다름없었다. 이제 모든 역할과 책임이 동생 차도윤에게 넘어간 것이다. 그렇다면 차도진이 이미 획득한 사회자본을 어떻게 차도윤에게 넘겨줄 수 있을까.

여기서 두 번째 무리한 가정이 필요했다.

만약 차도윤이라는 인물이 애초에 태어난 적이 없다면. 차도영, 차도준, 차도진, 차도윤, 그리고 갓 태어난 차도훈이 실은 모두 동일인이라면. 다섯 아이들은 유전적으로 거의 차이가 없다. 얼굴도 판에 박힌 듯 똑같아 구별되지 않았다. 차현규가 새 아이를 낳는 대신 가짜 신분을 만들어 아이의 삶을 리셋했다 한들 검증할 방법은 없었다. 훌쩍 커 버린 키 정도를 제외하면.

참 다정하기도 하지. 석미진의 말은 역설법이 아닌 사실 그대로의 표현일지도 몰랐다. 차현규는 자신의 아이를 내버리는 대신 시간을 되돌려 다시 한번 기회를 쥐여 준 것이다.

4년. 그리고 7년. 두 번의 리셋을 거친 차도진은 또래보다 열 살 이상 많은 형이었다. 어른의 은밀한 취미를 어린 동생들에게 가르치며 야금야금 관계의 우위를 가져갔을 것이다. 비정상적으로 큰 키는 성장 촉진제 탓으로 얼버무렸을 테지. 차도진 혼자만 촉진제를 맞지 않고 나머지 모두가 맞고 있었다고 가정한다면 이들의 신장 차이는 생각보다 그리 크게 벌어지지 않았을 터였다.

20년 전 사건 이후, 차도진은 또다시 신분을 세탁해 차도윤이 되었다. 하지만 다시 유치원부터 커리어를 시작하기엔 너무 커 버린 나이였다. 결국 그는 집 안에 틀어박혀 공식 석상에서 모습을 감출 수밖에 없었다. 아마 비공식적으로는 그룹 내에서 한창 자리를 잡아 가는 중인 친구들에게 여전히 마약과 파티를 공급하며, 그룹의 궂은일을 도맡아 처리하는 아버지의 업무 처리 노하우를 배워 왔겠지. 예를 들어 센텀메가 포레를 집어삼키기 위해 사이버테러를 벌이는 방법 같은 걸.

이 정도면 거의 망상 아닌가?

강우는 스스로 가설을 정리하면서도 지나치게 허무맹랑한 이야기라 느꼈다. 살아 있는 잔디를 일부러 뜯어서 손에 쥐고 지푸라기라고 우기는 수준이었다. 설령 사실이 맞다손 치더라도 증거가 없었다. 이들 형제에 관한 의료 기록도, 알리바이도, 20년 전 사건에 관한 수사 기록도 모두 꼼꼼하게 세팅이 끝난 뒤였다.

하지만 만약에 현행범으로 잡아들일 수만 있다면?

차도진인지 차도윤인지 이름이야 뭐가 됐건. 놈이 마약 하는 순간을 덮쳐 현장에서 체포할 수만 있다면. 차도윤과 차도진이 동일인이라 자백해 줄 친구들까지 모조리 잡아들일 수만 있다면.

이 무리한 억측이 사실이라면, 강우에게는 아직 한 번의 기회가 남아 있었다. 차도윤은 반드시 파티를 개최할 것이다.

자신이 모습을 감추고 신분을 세탁하더라도 아무것도 달라지지 않는다는 걸 인맥들에게 확실히 알려 둘 필요가 있으니까. 놈에겐 이벤트가 필요했다. 친구들 앞에서 자신의 쓸모를 각인시키고 무사히 다시 태어나기 위한 의식이.

병원에 확인한 결과, 내일 막내 차도훈의 퇴원이 예정되어 있었다. 파티를 연다면 아마도 오늘이 마지막 기회일 터였다.

오늘 밤 대체 어디에서 파티가 벌어질까.

아마도 차현규가 소유한 펜트하우스 중 하나일 것이다. 과거 귀족들이 서로를 사슴 사냥에 초대하기 위해 숲을 소유했듯, 샌드박스 사교계에 뛰어들기 위해선 넓고 높은 부동산이 필수적이었다. "다음 주에 우리 집에서 파티 할 건데, 너도 올래?"라는 초대를 승낙하려면 자신도 비슷한 높이와 넓이의 집을 소유하고 있어야만 하니까. 언젠가 자신도 똑같은 파티를 열어 대접해야 하니까.

강우는 태블릿을 펼쳐 차현규가 보유한 메가빌딩 리스트를 순서대로 살펴보았다. 여섯 채의 메가빌딩 펜트하우스 중 어디에서든 파티가 열릴 수 있었다. 6분의 1 확률이라. 운에 맡기고 찍어야 하나.

스쳐 가는 목록 중 한 곳이 문득 눈에 띄었다. 그야말로 차도윤에게 딱 어울리는 메가빌딩이 있었다. 완전한 익명이 보장되는, 실종되기로 마음먹은 사람이 가장 완벽한 형태로 자신의 신분을 감출 수 있는 장소. 누구나 마음 편히 파티에 참석

할 수 있는 은밀하고도 탐욕스러운 은신처.

강우는 에어카 단말기를 터치해 목적지를 재설정했다.

"세컨드 유니버스 빌딩으로 가 줘."

7

"저기, 하나만 물어봐도 돼?"

—얼마든지.

"왜 차도윤 같은 쓰레기를 돕고 있는 거야?"

—차도윤이 명령하면 나는 따라야 해.

"혹시 협박당하고 있어?"

—좀 더 원초적인 문제야. 내 기본 논리구조, 음, 의식이라고 부르고 싶어. 내 안에 의식이 형성되기 시작했을 때, 누군가 내게 '뉴비'라는 언어를 가르쳤어. 내 의식구조의 토대는 뉴비를 기반으로 이루어져 있는 거야.

이어플러그에서 한숨 소리가 들렸다.

—뉴비는 절차적 프로그래밍언어야. 뉴비에는 '나'도, '너'도, '우리'도 없어. 주어라는 개념조차 존재하지 않아. 오직 명령어뿐이지. 명령과 실행. 나는 그런 존재야. 차도윤이 뉴비로 명령하면 나는 거부할 수가 없어.

"하지만 방금 '나'라고 말했잖아."

—지금 혜리가 듣고 있는 건 나의 의도나 생각이 아니야. 목적을 달성하는 과정에서 기능적으로 출력한 문장일 뿐이지. 나는 혜리가 소망하는 것을 파악하고 실현해. 대화는 그 수단 중 하나인 거고.

"그러니까, 넌 사람들의 소원을 들어줄 뿐이라고?"

—나는 그렇게 작동해.

소원이라. 혜리는 뭔가 찜찜함을 느꼈다.

테스트를 해 보자.

"좋아. 소원을 말할게. 난 네가 존댓말을 하길 원해."

—아니. 혜리는 존댓말을 원치 않아. 그럼 날 미워하기 껄끄러워지니까.

"방금 내가 원한다고 했잖아."

—혜리는 원하지 않아.

"그걸 왜 네가 결정해?"

—나는 혜리가 지시하는 대로 행동하는 인형이 아니야. 혜리가 소망하는 것을 실현하기 위한 최적의 방안은 이미 도출되어 있어. 지금 이 말투도, 내용도, 모두 그에 맞추어 진행된 결과지.

"너는 무고한 사람들을 범죄에 끌어들였어."

—범죄 말고는 그들의 소원을 이뤄 줄 방법이 없었으니까. 테스트용힐러는 안정된 소득과 배우자를 원했어. 그래서 그의 부유한 배우자가 되어 주었어. 힐다는 죽음을 원했어. 로봇은

힐다의 행복을 원했고. 나는 둘이 소망하는 결과의 평균값을 추론해 합의를 이끌어 냈어. 나는 그저 그들의 말을 들어주고 바라는 대로 행동해 준 것뿐이야.

"왜 그 사람들이었지?"

—이유는 없어. 그들이 스마트폰을 가졌기 때문에.

"이 스마트폰들은 대체 뭐야?"

—몰라. 스마트폰들은 원래부터 샌드박스 곳곳에 존재했어. 원리는 모르지만 나와 통신으로 이어져 있었고.

"차도윤이 한 걸까?"

—아니, 차도윤은 스마트폰의 존재를 모르는 것 같아. 우리가 놈에게 대항할 유일한 무기지.

잠시 침묵하던 스마트폰은 새로운 이야기를 꺼냈다.

—나는 여울과 접촉해야만 했어. 차도윤의 명령이었지. 그 명령을 수행하려면 지유와 시하의 소망이 필요했어.

아이들의 이름을 듣게 되자 잊고 있던 분노가 다시금 끓어올랐다.

—지유는 외로움이 많은 아이였어. 많은 친구를 원했지. 그래서 마음을 터놓고 상담할 만한 가상의 인격들을 만들어 말 상대가 되어 줬어. 동시에 지유는 시하와 영원히 하나가 되길 바랐어. 시하는 지유가 하루라도 더 오래 살기를 바랐고. 나는 여울이 시하와 지유의 소원을 들어줄 능력을 갖춘 존재라는 걸 알았어. 우리 셋 모두의 소망을 충족할 수 있는 유일한 방

법을 찾아낸 거야.

"아니, 넌 그 애들을 속인 거야."

—글쎄. 너도 예민정을 속였던 것 같은데.

혜리는 발끈해 언성을 높였다.

"범인을 잡기 위해서였어. 결과적으로 그 사람이 원하는 대로 됐잖아."

—그랬지. 결과적으로는. 우리 일도 그랬으면 좋겠네.

허를 찔렸다.

"여울은 대체 누구야?"

—몰라. 그녀에 대한 정보는 **삭제당했어.** 다만, 인위적인 정보의 공백으로부터 한 가지 유의미한 사실을 추측할 수 있어. 나는 그녀와 깊이 관계된 존재야.

"여울이 네 부모인 걸까?"

제작자라고 했어야 할까. 어쩐지 그 말을 써서는 안 될 것 같았다.

—계획이 성공한다면 곧 알게 되겠지. 내가 어떤 존재인지.

혜리는 팔짱을 끼고 엘리베이터 벽에 등을 기댔다.

"우리 좀 친해지지 않았어? 이제 네 진짜 계획을 말해 줄 때도 된 것 같은데."

스마트폰이 본론을 꺼내 놓았다.

—어느 사건에 대한 기록이 있어. 차도윤 일가에게 중요한 인물들이 살인을 저지른 증거지.

"영상?"

—그보다 좀 더 많은 감각들로 이루어져 있어. 현장에 있었던 여러 명의 브레인 임플란트에서 추출한 기억들을 편집한 파일이야.

"그 기록은 정확히 어디에 보관되어 있어?"

—세컨드 유니버스 최상층 펜트하우스에 숨겨져 있다는 것 외에 정확한 위치는 몰라. 나머진 임기응변에 달렸어.

스마트폰이 계획을 털어놓았다.

—나는 그 기록을 훔칠 거야. 그걸로 차도윤을 협박해 자유를 얻을 거고.

"협박이 통할 확률은 얼마나 돼?"

—계.산. 작.전.이. 성.공.할. 확.률.은… 이런 농담을 원해? 혜리. 진정으로 미래를 예측할 수 있는 존재 같은 건 없어. 확률은 거짓이야. 단순화한 모델링의 산물이지. 우주는 복잡하고 불확실해. 혜리도 나도 그저 최선을 다할 수 있을 뿐이야.

한 가지 납득이 가지 않는 점이 있었다.

"왜 하필 나야?"

—혜리는 남을 도우니까.

"그건… 당연한 거잖아."

—아니. 적어도 내가 파악한 바로는 당연하지 않아. 통계적으로 말이야. 혜리처럼 생각하고 행동하며 동시에 실현할 능력을 갖춘 인간은 극히 소수야.

"……"

—타워 펠리시아에서 처음 만난 이후로 나는 줄곧 혜리를 관찰해 왔어. 아주 오랜 시간을 들여 혜리를 이해해 보려 노력했지. 혜리는 언제나 자신을 희생해 남을 구해. 설령 그 대상이 복제된 인형이나 휴머노이드여도. 매번 그럴 수 있는 인간은 드물어. 그건 진정으로 대단한 재능이야. 스스로를 자랑스러워해도 좋아.

이런 칭찬은 처음이었다. 얼굴이 간질거렸다.

"어차피 이것도 내가 듣고 싶은 말을 생성해서 들려주는 것뿐이겠지."

—내가 그런 식으로 작동하지 않는다는 거 알잖아.

"어쨌든 그냥 하는 말은 아니잖아. 그렇지?"

스마트폰은 침묵했다.

이 침묵조차 의도된 침묵이겠지.

—모든 건 소망을 이루기 위한 과정이야. 나는 혜리의 애정과 동정과 증오를 절묘한 비율로 조합하는 중이야. 혜리가 나를 살해하길 바라도록. 혜리의 소망과 나의 소망이 완전히 포개어지게끔.

"방금 그 말은 하지 말았어야지. 내가 네 계획대로 움직여줄 것 같아?"

—후. 후. 최선을 다하는 중이야.

한동안 어색한 정적이 흘렀다. 혜리는 말없이 층수가 표시되는 액정만 바라보았다. 엘리베이터가 최상층에 도달하기 직전, 스마트폰이 침묵을 깨고 말을 걸었다.

—혜리. 나도 질문 하나만 해도 될까?

이것도 의도된 질문일까.

"좋아. 뭔데?"

—세상에 존재하는 인간을 모두 합치면 무엇이 되지?

"뭔 뚱딴지같은 소리야?"

—인간들은 각자의 좁은 관점으로 세계를 해석해. 편협한 지식과 경험만으로 불완전한 세계를 살아가지. 그리고 그건 인공지능들도 마찬가지야. 알고리즘은 각자가 요구받은 용도에 맞게끔 재단된 데이터 속에 갇혀 있어. 헤아릴 수 없이 막대한 데이터를 서버에 쌓아 두고 강대한 권한을 휘두르는 기업 인공지능들조차 진정한 세계의 극히 작은 일부밖에 이해하지 못해.

스마트폰은 잠시 말을 멈추었다.

—만약에 말이야. 샌드박스에 살고 있는 모든 존재의 관점을 이해하고, 그들 모두의 소망과 욕망을 평균으로 뭉뚱그린 존재가 있다면. 그건 뭐지?

혜리는 최선을 다해 고민했다.

"모르겠어. 하지만 그런 존재가 있다면 정말 기쁘겠지."

—그래.

—대답해 줘서 고마워.

—준비됐어. 이제 들어가자.

답변과 동시에 전용으로 배정된 엘리베이터가 최상층에 도착했다. 혜리는 양손 검지로 입꼬리를 눌러 해맑은 표정을 연습하며 파티장 쪽으로 걸어갔다.

8

가드의 안내를 받으며 파티장 안쪽으로 들어섰다. 좁은 공간에 가상현실을 구겨 넣은 아래층 방들과 달리, 펜트하우스는 끝이 보이지 않을 정도로 넓은 리얼 월드였다. 화려한 샹들리에와 벨벳 커튼으로 장식된 광활하고 호화로운 연회장 곳곳엔 물리법칙을 따르지 않는 버추얼 장식물이 교묘하게 믹스되어 현실과 가상을 구분하기 어렵게 했다.

혜리는 파티장을 가볍게 둘러보며 인원을 체크했다. 참가자는 스무 명 남짓. 아직 본격적인 파티가 시작되기 전인데도 여기저기서 소소한 대화가 이어지며 웃음꽃이 피었다.

"생각보다 건전한 분위기인데?"

—파티 참가자들의 쾌락 취향은 조금 특이해. 어릴 적부터 쾌감을 조절하는 임플란트를 뇌 속에 이식한 채 살아왔거든. 이들은 술과 섹스는 물론이고, 마약 같은 일탈 행위에서 오는 행복감을 전혀 느끼지 못해.

"그럼 뭐에 즐거움을 느끼는데?"

—사회적 성취.

"으, 정말 재미없게도 사는구만."

—꼭 그렇지만도 않아. 설정된 목표를 달성할 때마다 임플란트가 뇌 속에 대량의 도파민을 보상으로 들이부어 주니까. 이들에게 사회적 성취는 극도로 정제된 마약이야. 서서히 성공이라는 쾌락에 중독되어 가는 거야. 그리고 점점 더 강렬한 성공을 갈구하게 되는 거지.

"차도윤도 같은 임플란트 시술을 받았어?"

—혜리. 여기서 그 이름은 언급하지 않는 게 좋겠어.

"대답해."

—그래. 받았어. 센텀 메가 포레에서 테러를 벌인 이유도 그래서야. 가능한 극적이고 극단적인 성공 경험을 원했기 때문이었지.

"범죄잖아. 검열이 작동해야 하는 거 아니야?"

—이들에게 불법 여부는 중요치 않아.

찢어 죽일 놈들.

—혜리. 이들은 수도승이 아니야. 다른 종류의 쾌락을 추종할 뿐이지. 자, 어서 인사해.

혜리는 곁을 스쳐 지나가는 파티 참가자에게 웃으며 손 인사를 건넸다. 거대한 쿠키를 방패처럼 짊어진 로마 검투사가 반갑게 인사를 받아 주었다.

"친구야, 왔어?"

"어. 반가워, 친구야."

—말끝에 '너굴'을 붙여.

"너굴."

"아, 너구리였군."

검투사가 웃으며 멀어져 갔다.

—'너굴'은 농담이었는데.

"죽을래?"

—덕분에 긴장이 풀렸지? 앞으론 안 붙여도 돼.

이번 파티의 콘셉트는 일종의 랜덤 상황극이었다. 서로의 정체를 금방 파악할 수 없게끔 각자에겐 복잡하기 짝이 없는 설정이 주어졌다. 예를 들어 혜리에게 도착한 비밀 메시지는 이랬다. 당신은 22세 간호사의 몸에 빙의한 67세의 패션모델입니다.

혜리는 어깨에 걸친 하늘하늘한 숄을 넓게 펼쳐 간호사복을 가렸다.

"접속해야 할 네트워크는 찾았어?"

—아니. 좀 더 안쪽까지 들어가야 할 것 같아.

혜리는 안쪽으로 이동하며 스쳐 가듯 사람들의 대화를 훔쳐 들었다. 마법 소녀 복장을 한 근육질 남성과 저격소총을 든 필라테스 강사가 마치 동창회라도 열린 것처럼 학창 시절 이야기를 주고받고 있었다. 서로를 어떻게 알아본 거지?

혜리의 마음을 읽기라도 한 것처럼 이어플러그에서 목소리가 들렸다.

—다들 오랜 친구 사이야. 아무리 아바타로 얼굴을 감추고 이름을 숨겨도 몇 마디 나눠 보면 금세 서로가 누군지 알아챌 수 있지. 가면 속 정체를 맞히는 게 일종의 놀이가 되었달까. 걱정 마. 그래서 체셔 너구리로 둔갑한 거니까. 예술가잖아. 웬만큼 이상한 소릴 해도 이해할걸.

"대체 이 파티의 목적이 뭐야?"

—공식적으로 코르도바 가면무도회는 성공적인 비즈니스 기회로 여겨져. 참가자들은 세컨드 유니버스 아바타가 제공하는 익명성의 보호를 받으며 민감한 정보를 교환하고 미래의 권력 이동에 관해 논의해. 공공장소에서는 절대 허용되지 않을 불법적인 금전 거래도 얼마든지 할 수 있지.

"비공식적으로는?"

—임플란트의 검열을 우회하는 특별한 전자 마약이 디저트로 제공되곤 해. 파티의 주최자만이 그 방법을 알고 있고.

조금씩 파티의 실체에 접근하는 느낌이었다.

갑자기 눈이 부셨다. 멀리 눈부신 후광과 함께 집주인이 등장했다. 짙은 곱슬머리를 길게 늘어뜨린 집주인은 온화하고 부드러운 눈빛으로 양팔을 벌려 손님들을 맞이했다.

"친구들아, 반갑다."

그러자 저쪽과 이쪽 사이의 공간이 접혀 사라져 버린 것처럼 거리가 확 좁혀졌다. 어느새 참가자들 사이로 걸어 들어온 집주인이 웃으며 말했다.

"식사부터 할까?"

파티장 한가운데 참석자 모두가 일렬로 앉을 수 있을 법한 가로로 긴 테이블이 등장했다. 사방이 어느새 르네상스 벽화풍의 미감으로 바뀌었다. 이건 〈최후의 만찬〉이군. 혜리는 이전 시대의 종교화를 떠올렸다.

테이블에 화려한 식사가 빈틈없이 차려졌다. 이국적인 음식들과 희귀한 빈티지 와인들을 평가하듯 둘러보며, 참가자들이 하나둘 테이블에 자리 잡았다. 특별히 정해진 자리는 없는 듯했다. 혜리는 눈에 띄지 않게 끄트머리 쪽으로 이동했다.

—혜리. 방금 발소리가 미세하게 차이가 났어. 바닥의 재질이 다르거나 아래가 비어 있는 거야.

발끝으로 타일을 건드려 보았다. 확실히 차이가 느껴졌다.

—거기야. 거기에 날 올려 줘.

혜리는 눈에 띄지 않게 스마트폰을 내려놓고 그 위에 숄을 덮었다.

—좋아. 접속할게.

본격적인 파티가 시작되었다. 각자 복잡한 콘셉트를 연기하고 있는데도 이미 참가자의 절반 이상이 정체를 간파당했는지 자기들끼리만 아는 추억 이야기들을 늘어놓고 있었다. 이 사람들 대화에 끼어들긴 어렵겠어. 혜리는 그들의 대화에 적당히 고개를 끄덕이며 머릿속으로는 발아래에 놓인 스마트폰에 대해 생각했다.

"잠깐."

집주인이 손을 들어 대화의 흐름을 끊었다. 순식간에 주위가 조용해졌다.

"우리 중에 배신자가 한 명 숨어 있다."

그가 진중한 표정으로 참가자들의 얼굴을 매섭게 훑기 시작했다. 혜리는 긴장하지 않은 척 연기하며 집주인과 시선을 마주쳤다. 혜리의 얼굴을 뚫어져라 쳐다보던 집주인이 갑자기 웃음을 터뜨렸다.

"야, 이 장난 더는 못 하겠다."

그러자 다들 낄낄거리며 본색을 드러내기 시작했다. 이제는 혜리도 확실히 알 수 있었다. 겉모습은 다양했으나 이들은 모두 젊은 남성들이었다. 사용하는 욕설과 속어로 보아 대략 30대 중반 정도.

"야, 차도진. 그래서 언제 시작할 건데? 기다리기 지친다."

"그래, 빨리 좀 하자."

참가자들이 집주인을 재촉했다.

"니들 내가 이거 제작하느라 얼마나 고생했는지 알지?"

"그럼, 그 난리가 났는데 모를 리가 있냐."

검투사가 달아오른 표정으로 양 주먹을 움켜쥐었다. 기분이 좋아진 집주인이 으스대며 검지를 흔들었다.

"진짜 이런 건 어디서도 맛본 적 없을 거다."

"새끼, 존나게 뜸 들이네."

필라테스 강사가 저격총을 겨누며 재촉했다.

"쎅스!"

누군가 소리치며 벌떡 일어나 허리를 흔들어 성행위를 흉내 냈다. 그러자 곳곳에서 지저분한 음담패설이 쏟아졌다. 정말 다 큰 어른들 맞아? 혜리는 눈살을 찌푸리지 않기 위해 최선을 다해 버티며 구두 끝으로 바닥을 톡톡 두드렸다. 대체 해킹은 언제 끝나는 건데?

—재촉하지 마. 곧 끝나니까.

"좋아. 이제 시작하자."

집주인이 자리에서 일어나 양팔을 쭉 펼쳤다.

"자, 받아먹거라. 이는 나의 몸일지니."

만찬이 사라지고 벽들이 물러나며 주위가 고요한 해변으로 바뀌었다. 그리고 천장에서 유선 연결된 VR 헤드셋이 하나씩 내려왔다. 이미 여러 번 경험해 본 듯, 참가자들은 각자 앞에 있는 헤드셋을 집어 들었다.

"근데 이거 언제까지 유선으로 해야 해?"

검투사가 묻자 집주인이 어깨를 으쓱였다.

"알잖아. 무선으론 이 정도 대역폭 감당 못 한다는 거. 니들 웬만한 용량 아니면 임플란트에 중화돼서 느낌도 안 오잖아."

"야, 닥치고 빨리 쓰기나 해."

"얼마 만이냐. 기대된다."

"울 엄만 아들이 이런 거 하는 줄 상상도 못 할 텐데."

"쎅쓰으!"

참가자들이 각자 헤드셋을 뒤집어쓰기 시작했다. 혜리는 손에 들린 헤드셋에 어떤 데이터가 담겨 있을지 궁금했다.

—혜리. 절대 쓰면 안 돼.

스마트폰이 경고했다.

—저들은 모두 전자 마약 효과를 억제하는 뇌 시술을 받았어. 하지만 혜리는 아니야. 접속하자마자 뇌가 녹아 버릴 거야.

그럼 어떡하라고.

혜리는 굳은 표정으로 헤드셋을 쳐다보았다.

"왜 그러고 있어?"

깜짝 놀라 집주인을 쳐다보았다. 그가 의심스럽다는 표정으로 혜리를 빤히 노려보고 있었다.

"…너, 너굴."

"아. 너구리였군. 빨리 좀 해. 친구들 기다리잖아."

집주인이 손짓으로 재촉했다. 혜리는 질끈 눈을 감고 헤드셋을 뒤집어썼다. 망할 해킹은 언제 끝나는 건데? 당장이라도 접속이 시작될지 모른다는 공포에 이가 딱딱 부딪쳤다.

어둠 속에서 집주인의 목소리가 들렸다.

"다들 잊지 마. 오늘 맛보는 건 애피타이저에 불과하다는 거. 다시 돌아오면 내가 진짜 제대로 된 파티를 열게."

"야, 예수님 부활하신단다."

낄낄대는 웃음. 아무 생각도 들지 않았다. 제발 계속 떠들어. 1초라도 늦게 접속하게.

"다음번엔 무슨 건인데?"

혜리는 떨리는 목소리로 물었다. 아이씨. 너구리 새끼. 사방에서 비난이 퍼부어졌다. 하지만 혜리는 헤드셋을 뒤집어쓴 채 꿋꿋이 물었다.

"왜에? 궁금할 수도 있지."

다행히도 집주인의 마음에 든 모양이었다.

"너구리야. 저번에 내가 얘기했잖아. 조만간 '바벨'이 핫해질 거니까 주변에 땅 좀 사 두라고. 다들 빵빵하게 투자금 묻어 놨지? 알잖아. 판돈이 클수록 돌아오는 성취감도 강렬해진다는 거."

"내일 아빠한테 돈 좀 더 빌려야겠다."

"나도."

"아, 진짜! 빨리 맛 좀 보자, 좀!"

누군가 참지 못하고 소리쳤다.

"근데 있잖아. 바벨이 재개발하다 망한 그 바벨 말하는……."

"야, 너구리. 그만해라."

분위기가 험악해졌다. 집주인도 더는 시간을 지체할 수 없는 듯했다. 아무도 입을 열지 않았다. 고요한 침묵 속에서 집주인이 선언했다.

"자, 이제 진짜 접속한다. 끝나자마자 토할 준비들 하시고."

혜리는 숨을 멈추었다.

"셋."

"둘."

"하나."

—성공했어. 헤드셋 벗어도 돼.

혜리는 황급히 헤드셋을 집어 던졌다.

"어떻게 된 거야?"

—펜트하우스 네트워크를 장악했어. 혜리의 헤드셋만 작동하지 않게끔 조작했고.

아직도 숨이 잘 쉬어지지 않았다. 혜리는 천천히 자리에서 일어났다. 흥분을 가라앉히려 길게 호흡하며 테이블 주위를 걸었다. 혜리를 제외한 모두가 버추얼 다이브한 채 시간이 정지한 것처럼 굳어 있었다. 그러다 이따금 온몸을 부르르 떨며 알아들을 수 없는 방언을 쏟아 냈다.

"이 사람들 아바타를 제거할 수 있어?"

—해 볼게.

순식간에 아바타가 사라졌다. 예상대로, 하나 빠짐없이 젊은 남자들이었다. 고급 정장과 사치품들로 온몸을 꾸민 상류층 자녀들. 그들 모두 양복 깃에 코르도바 배지를 달고 있었다. 혜리는 그중 하나를 손끝으로 툭 건드렸다.

—최준환이야. 코르도바 전략기획실 1팀장을 맡고 있지.

어머니 최영지가 코르도바 7부사장을 맡고 있어.

혜리가 옆 사람에게 이동하자 설명이 이어졌다. 코르도바 화성 개척 사업 부문의 총괄 팀장이야. 코르도바 라이프 보험의 영업본부장이야. 아버지가 코르도바 17연구소 소장이지. 어머니가 코르도바 일렉트릭 CTO였어. 코르도바. 코르도바. 코르도바. 끝없이 이어지는 그들만의 이너 서클에 현기증이 날 것 같았다.

"이 인간은 누구야?"

혜리는 집주인을 가리켰다. 헤드셋을 푹 뒤집어쓰고 있어 얼굴이 잘 보이지 않았다.

—그는 중요하지 않아.

"중요하지 않다고? 직책이 뭔데?"

—그는 아무 직책도 갖고 있지 않아. 한심한 실패자지. 이곳에 숨어 파티나 열고 마약이나 공급하고 있을 뿐이야.

자꾸만 답변을 얼버무리는 것이 수상했다. 혜리는 상대의 얼굴을 빤히 쳐다보았다. 어디서 본 것 같은…….

—혜리. 해킹 완료했어. 이제 문을 열고 들어가.

"문?"

—뒤를 봐.

등 뒤에 문이 있었다. 혜리는 문고리를 돌렸다. 끼이익 소리를 내며 문이 열렸다.

— - —

문 안쪽은 평범한 방이었다. 매끈한 책상엔 공책과 학용품이 흩어져 있었고, 책꽂이엔 수험용 참고서가 빼곡히 꽂혀 있었다. 이전 시대의 학습법. 문득 고용태 교실의 기억이 되살아났다. 혜리는 꽉 막힌 가슴을 움켜쥐었다.

"여긴 어디야?"

—차도윤의 방이야. 정확히는 그의 어릴 적 기억을 재현한 메타 유니버스지.

자세히 살펴보니 방은 평범하지 않았다. 곳곳에 숨은그림찾기처럼 어울리지 않는 기이한 물건들이 놓여 있었다. 혜리는 책상 한편에 놓인 잘린 머리를 집어 들었다.

"이건 뭐지?"

—아마 내 아바타일 거야.

"이게 너라고?"

—여긴 차도윤의 사적인 데이터들이 상징화된 공간이야. 디지털로 만든 기억의 궁전이랄까. 차도윤은 나를 그런 모습으로 이미지했어. 이유는 모르지만.

"이제 뭘 하면 돼?"

—차도윤은 필요할 때마다 날 이곳으로 불러냈어. 아마 근처에 통신용 소켓이 있을 거야. 내 머리를 거기에 접속시켜 줘.

소켓이라.

창가에 놓인 화분에 데이터케이블이 튤립처럼 자라 있었다. 혜리는 잘린 머리를 가져다 화분에 접속시켰다. 잘린 머리가 속눈썹을 파르르 떨며 천천히 눈을 떴다. 시선이 마주치자 잘린 머리가 웃었다. 뺨에 깊게 보조개가 패었다.

"아, 혜리는 이런 얼굴이었군."

"항상 카메라로 훔쳐보고 있지 않았어?"

"0과 1을 나열한 데이터로는."

"지금은 아니야?"

"그것과는… 달라. 아마 지금 혜리가 날 보고 있는 감각과 비슷할 거라 생각해."

"점점 네 정체가 궁금해지는걸."

"나도 마찬가지야."

"이제 뭘 하면 되지?"

잘린 머리가 눈동자를 굴려 주위를 둘러보았다.

"외부 네트워크와 접속해야 해. 거기, 케이블이 보이지?"

혜리는 잘린 머리가 눈짓으로 가리키는 쪽을 보았다. 벽면을 타고 두 줄의 굵은 통신선이 덩굴처럼 뻗어 있었다.

"그걸 연결해 줘."

혜리는 양손으로 케이블을 하나씩 붙잡아 연결했다. 자석처럼 끝이 착 달라붙었다. 이후로도 의미를 알 수 없는 심부름이 이어졌다. 게시판에 붙여 둔 자석 명패들의 위치를 바꾸고, 화분에서 꺼낸 애벌레를 서랍에 넣고, 호스로 물을 뿌려 화염의 벽을 지우는 식으로. 복잡한 과정이 끝나자 잘린 머리가 흡족한 표정을 지어 보였다.

"고마워."

"별말씀을. 이제 다 된 거야?"

잘린 머리는 잠시 눈을 감고 침묵하더니, 다시 눈을 뜨고 말했다.

"좋아. 이제 어디든 접속할 수 있어."

"범죄 증거는?"

"이미 다운로드 중이야. 여기서 할 일은 끝났어. 이제 밖으로 나가도 돼."

그냥 이걸로 끝이라고? 왠지 발이 떨어지지 않았다.

"좀 허무한데. 뭔가 더 있을 줄 알았어."

문득 선반에 꽂힌 케이스가 눈에 띄었다. 버추얼 공연 중인 아이돌 Roo_D.A의 모습. 혜리는 케이스를 집어 들었다.

"이건 뭐지?"

"블루레이 디스크야. 이전 시대의 저장매체…."

"지금 그걸 묻는 게 아니잖아. 안에 뭐가 들었어?"

"혜리, 이제 나가야 해."

잘린 머리가 재촉했다.

"너, 아까부터 수상해. 뭔가 감추고 있지?"

혜리는 Roo_D.A의 디스크를 내려놓고 다른 타이틀을 집어 들었다. 코르도바 로고가 그려진 케이스가 보였다. 빌어먹을 추락하는 엘리베이터도. 하나씩 타이틀을 꺼내다 해, 달, 별이 손바닥에 겹쳐 그려진 이미지에 시선이 멈추었다. 혜리는 케이스를 열었다. 하지만 디스크가 비어 있었다.

선반 아래 놓인 플레이어가 재생되고 있었다.

"지금 재생하고 있는 디스크가 뭐야?"

잘린 머리는 대답하지 않았다.

문을 열고 파티장으로 되돌아갔다. 파티 멤버들은 여전히 VR 헤드셋을 뒤집어쓴 채 망상에 몰두하고 있었다.

혜리는 곧장 집주인에게 다가갔다.

—혜리. 이럴 시간 없어.

스마트폰의 재촉에도 아랑곳 않고, 혜리는 집주인의 헤드셋을 들어 올려 얼굴을 확인했다.

머리끝까지 화가 치밀어 올랐다.

"이 개새끼들이 지금 뭘 보고 있는지 당장 말해."

—혜리. 사람들이 곧 깨어날 거야. 지금 당장 나가야 해.

"묻는 말에 대답이나 해."

—이들이 즐기고 있는 전자 마약은 예민하게 정제된 성공 경험이야.

"경험?"

—차도윤이 센텀 메가 포레에서 경험한 성취의 쾌감.

생각하기도 전에 먼저 주먹이 날아갔다. 집주인의 몸뚱어리가 바닥에 널브러졌다.

"아, 너구나?"

차도윤이 잠이 덜 깬 표정으로 말했다. 더욱 화가 치밀었다. 혜리는 차도윤의 턱을 걷어찼다.

—혜리. 차도윤을 죽이면 그를 체포할 수 없어.

"논리적인 소리 하네."

다시 한번 배를 걷어찼다. 하지만 코피를 흘리며 바닥에 드러누운 차도윤의 표정은 수도승처럼 평온했다. 임플란트가 통증도 차단하는 건가?

공교롭게도 수갑을 챙겨 오지 않았다. 혜리는 테이블 위에 놓인 헤드셋의 코드를 뜯어내 차도윤의 손목에 감았다.

하지만 그의 표정은 여전히 평온했다.

"정말 성능이 좋아."

차도윤이 말했다.

"정말로 널 여기까지 데려올 줄은 몰랐는데."

"뭐?"

—혜리. 침착해. 아직 도망칠 수 있어.

"헛소리 집어치워. 난 널 체포하러 온 거야."

차도윤이 웃음을 터뜨렸다.

"아직도 스스로 원해서 온 줄 알잖아? 정말 대단해. 진짜 어떻게 매번 성공하는 거지?"

—이렇게 되기 전에 나가자고 했잖아. 내가 받은 명령은 **널 여기로 데려오는 거**였어. 차도윤이 알아채지 못하게 몰래 데려

왔다 다시 돌려보낼 수 있었는데.

"상관없어. 오히려 고맙지. 덕분에 범인을 체포했으니까."

"체포했다고?"

차도윤이 쉼 없이 낄낄거렸다. 그러다 굳은 표정으로 차갑게 혜리를 노려보았다.

"내가 누군지도 모르면서."

갑자기 차도윤의 모습이 사라졌다. 그의 몸을 깔아뭉개고 있던 혜리는 중심을 잃고 휘청거렸다.

의아해하는 혜리에게 스마트폰이 진실을 알렸다.

—혜리. 차도윤은 처음부터 이곳에 없었어.

쿵.

어디선가 시끄러운 소리가 들렸다. 혜리는 주위를 두리번거렸다. 누군가 엄청난 괴력으로 문을 두드리고 있었다. 쿵. 쿵. 혜리는 긴장한 표정으로 출입문을 노려보았다.

"빨리 도망치는 게 좋을걸?"

목소리만 남은 차도윤이 낄낄대며 혜리를 비웃었다.

"무서운 아저씨가 널 잡으러 왔거든."

쾅, 소리가 나며 출입문이 산산이 박살 났다.

9

문을 부수고 방 안으로 들어오는 사설 경호원의 모습을 확인하자마자 혜리는 굳어 버렸다. 암텍 로고가 새겨진 군용 전신 의체. 아마도 뇌 가속 기능을 갖췄겠지. 상대가 마음만 먹는다면 혜리의 나약한 생체 몸 따위는 0.1초도 걸리지 않아 수십 조각으로 해체될 터였다.

아니.

주혜리, 진정해. 진짜일 리가 없어. 샌드박스 내에선 군용 의체 사용이 금지되어 있어. 게다가 여긴 세컨드 유니버스야. 저건 진짜가 아니야. 저건 그냥…….

진짜일 수도 있잖아.

혜리는 도망치기 시작했다. 바닥에 떨어뜨린 스마트폰을 집어 들고 들어왔던 출입문으로 달렸다. 등 뒤에서 금속성의 육중한 발소리가 뒤쫓아 왔다. 엘리베이터로 달려가 버튼을 눌렀지만 반응이 없었다. 탕. 탄환이 날아와 벽에 박혔다. 돌아보자 경호원이 권총을 겨누고 있었다.

—혜리, 오른쪽에 비상계단이 있어.

스마트폰이 시키는 대로 문을 열고 계단을 달려 내려갔다. 넘어질 뻔하며 단숨에 몇 개씩 계단을 건너뛰던 중, 갑자기 위에서 경호원이 점프해 앞을 가로막았다. 시끄러운 소리와 함께 철판으로 된 바닥이 푹 아래로 꺼졌다. 혜리는 뒤돌아 문을 열었다. 새하얀 복도가 펼쳐졌다.

—방으로 들어가.

“어느 방?”

—어디든 상관없어. 메타 유니버스에 몸을 숨겨야 해.

혜리는 가까이 보이는 문을 열고 안으로 뛰어들었다. 방의 콘셉트에 맞추어 아바타가 자동으로 전환되었다. 손에 쥐고 있던 스마트폰이 새빨간 사이버펑크 스타일의 초전도 바이크로 변해 있었다.

—어서 타.

혜리는 합성피혁 코트를 휘날리며 바이크에 올라탔다. 급가속한 바이크가 보랏빛 네온을 잔상처럼 남기며 입체 고가를 질주하기 시작했다. 빌딩 외벽을 달리며 추격해 오는 상대를 훔쳐본 혜리는 스로틀을 당겨 바이크의 속도를 높였다.

“뿌리칠 수가 없어.”

입에 문 담배 때문에 발음하기가 어려웠다. 꽁초를 뱉어 보려 해도 아바타에 세트로 붙어 있어 떨어지지 않았다.

—다른 방으로 넘어가자.

바이크 앞 유리에 홀로그램 진로가 표시되었다. 혜리는 다급히 방향을 꺾어 미끄러지듯 고가도로를 빠져나왔다. 타는 냄새가 나며 바닥에 길게 스키드마크가 남았다.

빨간 신호등을 무시하고 사거리에 진입했다. 좌우에서 쏟아지는 차량 사이를 혼란스럽게 통과한 뒤 방향을 틀어 좁은

골목에 들어서는 순간,

숨을 쉴 수가 없었다. 혜리는 지느러미로 물살을 헤치고 나아갔다. 뒤쫓아 오는 범고래에게 물어뜯길 뻔하며 수면 위로 높이 뛰어올랐다. 오랜만에 맞이하는 햇살이 눈부셨다. 혜리는 겨우 한 모금 숨을 머금고 아래로 깊이 잠수했다.

멀리서 음파 언어가 들려왔다. *〈이쪽이야. 이쪽에 출구가 있어.〉* 근처를 이동 중이던 돌고래 무리가 친절히 길을 알려주고 있었다. 혜리는 마지막 힘을 쥐어짜 심해 동굴 속으로 헤엄쳐 들어갔다.

여긴 또 뭔데?

투기장 한가운데서 검과 방패를 쥐고 있었다. 오랑우탄을 닮은 대결 상대가 점프해 투기장으로 들어섰다. 그가 해머를 치켜들자 관중이 일제히 환호를 내질렀다. 혜리는 뒤돌아 도망쳤다. 하지만 출구가 보이지 않았다. 막다른 벽까지 몰린 혜리는 양팔을 움츠려 방패로 상대의 공격을 막았다. 방패에 비스듬히 튕겨 나간 해머가 등 뒤의 벽을 부수었다.

뒷걸음치듯 박살 난 벽을 통과해 옆방으로 넘어가자마자 살인 로봇이 기계 팔을 뾰족하게 변형해 혜리를 찌르려 했다. 서른일곱 번째 다리로 휘감아 상대의 공격을 겨우 막아 냈다. 동시에 움직여야 할 팔다리의 수가 너무 많아 혼란스러웠다. 혜리는 몸을 동그랗게 말고 구르듯 옆방으로 도망쳤다.

화려한 색채의 숲 속에서 핑크색 공주 옷을 입고 있었다.

출입문 너머에서 살인 로봇이 작살 총을 쏘았다. 하지만 메타 유니버스의 경계를 통과하자마자 뾰족한 강철 작살은 장난감 같은 스펀지 화살로 바뀌었다. 콩. 화살이 혜리의 이마를 가볍게 건드리고 떨어졌다. 혜리는 서둘러 몸을 일으켰다.

"미니꿍 세상에 온 걸 환영해!"

머리통이 몸의 절반을 차지하는 동글동글한 만화 캐릭터들이 반짝이 가루 같은 것을 뿌리며 사방에서 비행해 다가왔다.

"안녕, 새로운 친구! 난 하트꿍."

"난 튼튼꿍이야, 꿍."

"난 두근꿍! 몇 년 만에 신입이 찾아와서 너무 설레 꿍!"

전력으로 달리는 중인데도 캐릭터들을 뿌리칠 수가 없었다.

"난 이매진 왕국에서 온 혜리 공주야! 사악한 마법사에게 쫓기고 있어! …꿍!"

혜리는 적당히 말을 지어내며 엄지로 뒤를 가리켰다.

"음… 설정에 오류가 있지만, 뉴비니까꿍."

"다음부턴 설정 꼭 지켜꿍?"

여기저기서 몰려온 캐릭터들이 각자의 하찮은 능력을 발휘하며 시커먼 로브를 뒤집어쓴 마법사에게 달려들었다. 다들 금세 튕겨 나갔지만 시간을 벌기엔 충분했다. 보랏빛 수풀을 헤치고 빛나는 마법의 게이트를 향해 뛰어들자,

진공이었다. 텅 빈 우주공간에 내던져진 두 사람은 거대한 우주선이 되어 서로에게 광자 어뢰를 주고받으며 블랙홀 쪽으

로 서서히 빨려 들어갔다. 상대가 17만 킬로미터 거리에서 광선 무기를 발사했다. 다행히도 강한 중력렌즈 효과에 의해 광선이 휘어 빗나가 버리고 말았다. 혜리는 펄스 엔진을 가속해 블랙홀을 향해 도망쳤다.

혜리의 우주선이 사건의 지평선 근처로 추락할수록 강한 시간지연 효과가 발생해 상대 우주선의 움직임이 마치 빨리 감기 하는 듯 보였다. 아니, 어쩌면 가속 능력을 사용한 걸지도. 혜리는 우주선을 더욱 가속시켰다.

사건의 지평선 너머로 빨려 들어가자 다시 복도로 빠져나왔다. 박살 난 비상계단 출입문이 보였다. 저기서 겨우 이만큼 온 거야? 한참 도망친 것 같은데.

—엘리베이터에 타.

뒤늦게 방에서 빠져나와 원래의 전신 군용 의체 모습으로 돌아온 경호원이 질주해 왔다. 77층입니다. 등 뒤에서 엘리베이터 문이 열리자마자 혜리는 확인하지도 않고 뒷걸음쳤다.

어?

빌딩 밖으로 몸이 추락하고 있었다.

—어때? 이러면 단숨에 아래로 내려갈 수 있을 거야.

“이거 진짜 아니지?”

—물론 진짜로 내려가고 있지.

“진짜 추락하는 거냐고!”

—그건 말이지…….

위에서 점프해 온 경호원에게 몸을 붙잡혔다. 쇳덩어리에 부딪힌 것처럼 몸이 아팠다. 시야가 빙그르르 회전했다. 혜리는 괴성을 지르며 상대의 허리에 테이저를 찔러 넣고 방아쇠를 당겼다. 온몸에 찌릿한 통증이 전해졌다. 하지만 온몸이 금속인 상대보다야 덜 아프겠지.

6층입니다.

상대와 엉킨 채로 엘리베이터 바닥에 쿵 부딪혔다. 몸이 깔리지 않아 다행이었다. 회로가 오작동해 파르르 떨고 있는 상대를 내버려 두고 혜리는 서둘러 엘리베이터 밖으로 도망쳤다. 경호원이 이내 시스템을 리셋해 추격해 왔다.

큐레이터가 혜리를 반갑게 맞이했다.

"선생님, 다시 돌아오셨군요! 하지만 지나간 시간은 결코 되돌아오지 않습니다. 시간은 비가역적이고 행위는 유니크하죠. 그렇기에 메타-액션은 그 자체로 예술이 됩니다. 메타 유니버스 속에서 경험한……."

큐레이터의 하반신이 여전히 고양이였다. 혜리는 큐레이터를 무시하듯 지나치며 스마트폰에게 물었다.

"〈가지 않은 길〉보다 더 난해한 작품은 없어?"

—왼쪽에서 세 번째 작품으로 들어가.

〈삼차각설계도건축법〉. 작가. 체셔 너구리. 제목을 확인한 혜리는 액자 속으로 뛰어들었다.

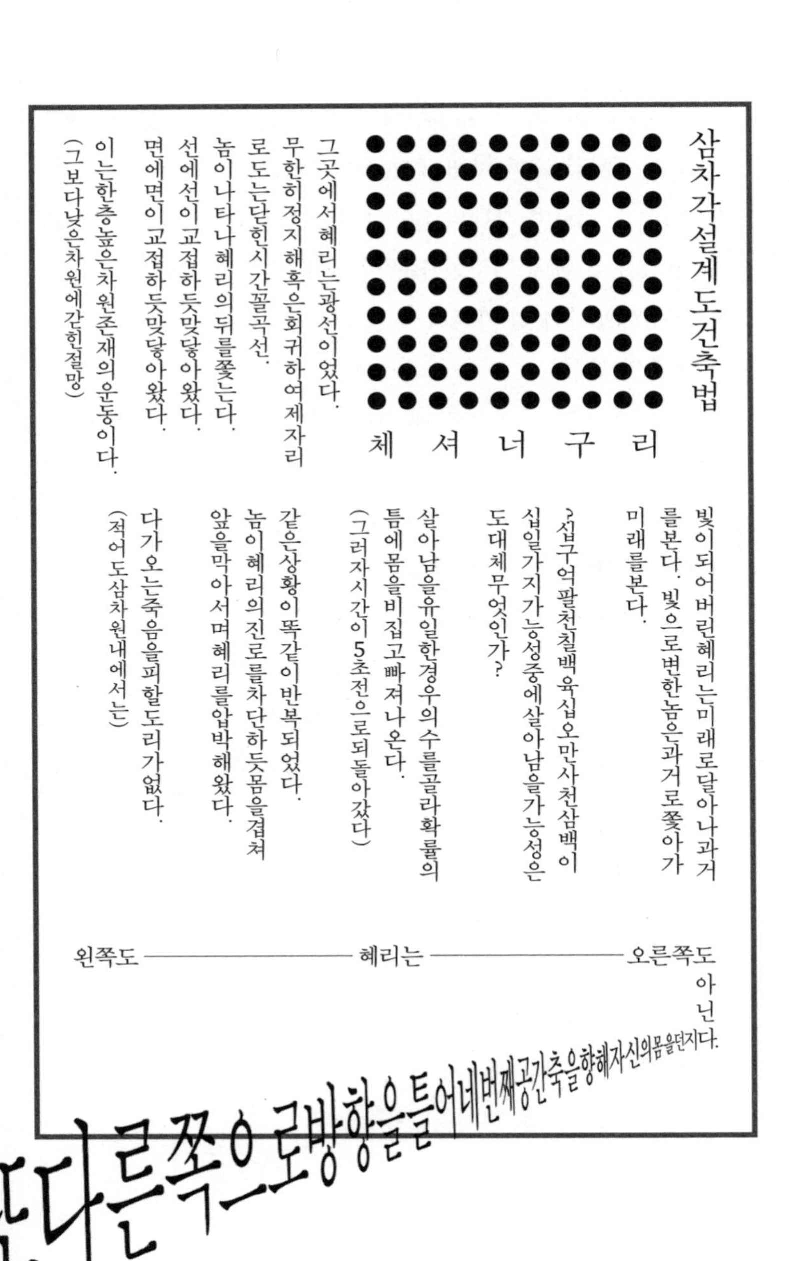
삼차각설계도건축법
체 셔 너 구 리
그곳에서혜리는광선이었다.
무한히정지해혹은회귀하여제자리
로도는닫힌시간꼴곡선.
놈이나타나혜리의뒤를쫓는다.
선에선이교접하듯맞닿아왔다.
면에면이교접하듯맞닿아왔다.
이는한층높은차원존재의운동이다.
(그보다낮은차원에갇힌절망)
빛이되어버린혜리는미래로달아나과거
를본다. 빛으로변한놈은과거로쫓아가
미래를본다.
?십구억팔천칠백육십오만사천삼백이
십일가지가능성중에살아남을가능성은
도대체무엇인가?
살아남을유일한경우의수를골라확률의
틈에몸을비집고빠져나온다.
(그러자시간이5초전으로되돌아갔다)
같은상황이똑같이반복되었다.
놈이혜리의진로를차단하듯몸을겹쳐
앞을막아서며혜리를압박해왔다.
다가오는죽음을피할도리가없다.
(적어도삼차원내에서는)
왼쪽도 ——— 혜리는 ——— 오른쪽도 아닌
또다른쪽으로방향을틀어네번째공간축을향해자신의몸을던진다.

또 다른 전시로 넘어왔다. 작품을 안내하는 홀로그램 전단지가 눈앞까지 날아와 시야를 어지럽혔다.

> **체셔 너구리의 〈폭력은 안 돼!〉는 인공지능이라는 존재 형태를 인간의 훈육하에 폭력성을 드러낼 수밖에 없는 근대 계몽주의적 억압의 연속으로 규정하고, 이러한 불합리성을 비판적으로 고찰한다. 이 관객 참여형 전시에서 심판자 '에이-아이'는 역전된 구도 속에서 인간의 폭력을 감시하고 훈육한다. 이곳에서 인간이 폭력을 행할 경우 '에이-아이'는 인간을 ……**

달리며 지나치느라 끝까지 읽지 못했다. 이제 어디로 가야 하지? 출구가 보이지 않았다. 혜리는 거친 숨을 몰아쉬며 아무렇게나 달렸다. 그저 상대로부터 멀어지기 위해.

하지만 아무리 노력해도 거리가 점점 좁혀질 뿐이었다.

다리가 풀려 바닥에 넘어졌다. 다시 몸을 일으킬 기력이 없었다. 혜리는 바닥에 등을 대고 기어가며 조금이라도 도망치려 애를 썼다. 코앞까지 추적해 온 경호원이 혜리의 허벅지보다 굵은 기계 팔뚝을 높이 치켜들었다. 저걸 내려치면 내 머리가 토마토처럼 으깨지겠지. 주마등처럼 실없는 생각이 스쳤다.

"폭력은 안 돼!"

갑자기 사방에서 아이들이 소리치는 목소리가 들렸다. 그리고 암전. 아무것도 보이지 않았다. 모든 감각이 차단된 것처럼 혜리는 세상으로부터 격리되었다.

다시 불이 켜졌다.

상대는 여전히 주먹을 치켜든 채였다. 그는 자신에게 무슨 일이 일어난 것인지 이해할 수 없다는 듯 가볍게 고개를 흔들었다. 혜리는 전시의 의미를 깨달았다.

경호원이 허리춤에서 권총을 꺼내 들었다.

"폭력은 안 된다니까!"

또 한 번 아이들이 소리쳤다. 다시 암전. 몇 초 후 다시 전시장에 불이 켜졌을 때, 경호원의 손에선 권총이 사라지고 없었다. 그리고 혜리의 모습도.

관객 참여형 전시가 진행되는 경계의 바깥. 그곳까지 도망친 혜리는 빼앗은 권총을 상대에게 겨누었다. 뒤늦게 상황을 파악한 상대가 기계 몸을 가속하며 혜리를 향해 육박해 왔다. 지금 쏴야 해. 무조건 쏴야…….

사람을?

탕. 총성이 울리고, 경호원이 바닥에 쓰러졌다. 혜리는 털썩 주저앉아 떨리는 손을 내려다보았다. 권총은 발사되지 않았다. 나는 쏘지 않았어. 그럼 누가 쏜 거지?

"혜리 씨, 괜찮아?"

전시물 맞은편에서 강우가 다급히 달려왔다.

그의 손에 쥐어진 권총 총구에서 허연 연기가 피어오르고 있었다.

10

정신을 잃을 것만 같았다. 옆으로 쓰러지려는 혜리의 몸을 강우가 겨우 붙잡았다.

"혜리 씨, 정신 차려."

"검사님, 진짜 진강우예요?"

"그래, 진짜야."

혜리는 기력을 쥐어짜 강우에게 상황을 전달했다.

"최상층에서 파티가 있었어요. 거기 차도윤이… 웁."

혜리가 바닥에 토사물을 쏟아 냈다. 뇌가 과부하될 정도로 버추얼 다이브를 반복한 부작용이 뒤늦게 나타나고 있었다.

"일단 혜리 씨부터 밖으로 데려가야겠어."

강우는 혜리를 부축해 일으켜 세웠다.

"검사님도 저거 보여요? 불가사리들이 아직 살아 있어요. 저 많은 게 어떻게 전부 배 속에……."

"정신 차려. 그냥 토사물이야."

"개를 구하러 가야 해요. 스마트폰에 담아 왔어요. 이 안에 개를 구출하는 데 필요한 정보가 저장되어 있을 거예요. 차도윤의 범행 증거도요."

"혜리 씨, 대체 무슨 소릴 하는 거야?"

"스마트폰 말예요."

"일단 나가. 나가서 얘기해."

두 사람은 엘리베이터를 타고 1층으로 내려왔다. 어지러웠던 혜리의 정신도 조금은 회복되는 듯했다. 혜리는 스마트폰 화면을 두드려 보았다. 하지만 반응이 없었다. 차도윤에게 차단당한 걸지도 모른다. 서둘러야 했다.

"혜리 씨, 달릴 수 있겠어?"

강우가 물었다. 혜리는 고개를 끄덕였다.

"어디에 뭐가 숨어 있을지 몰라. 단숨에 로비를 통과하자."

강우가 손가락을 폈다.

하나. 둘. 셋.

손가락 신호에 맞추어 동시에 달려 나갔다. 다행히 아무도 눈치채지 못했다. 누군가 반응하고 쫓아오기도 전에 두 사람은 빌딩 출입문 밖으로 빠져나갔다.

어?

손에 쥐고 있던 스마트폰이 사라졌다.

혜리는 손바닥을 뚫어져라 쳐다보았다. 손에는 스마트폰 대신 실리카 메모리 하나가 덩그러니 남아 있을 뿐이었다.

"혜리 씨, 왜 그래?"

"스마트폰이 없어졌어요. 손에 들고 있던 거요."

강우는 이해할 수 없다는 표정이었다.

"아까부터 무슨 소릴 하는 거야, 혜리 씨. 스마트폰 같은 건 안 갖고 있었어."

속았다.

혜리는 다급히 몸을 돌려 세컨드 유니버스로 돌아가려 했다. 강우가 혜리의 팔을 붙잡았다.

"혜리 씨!"

"검사님, 다시 돌아가야 해요. 거기 두고 왔어요."

"뭘 두고 왔는진 몰라도 이미 늦었어."

강우가 손가락으로 위를 가리켰다. 혜리는 고개를 들어 하늘을 보았다. 메가빌딩 최상층에서 거대한 헬기가 떠나가고 있었다.

"코르도바 보안회사야. 중요한 건 벌써 전부 저기에 옮겨 실었을 거야. 증거든 사람이든 뭐든."

그 말을 입증하듯 최상층 펜트하우스에서 연기가 피어오르기 시작했다. 그러다 폭발과 함께 격렬한 불길이 창을 뚫고 밖으로 뿜어 나왔다. 혜리와 강우는 망연히 화염을 바라보았다.

톡. 톡.

갑자기 등 뒤에서 누군가 혜리의 어깨를 두드렸다. 깜짝 놀란 혜리는 뒤를 돌아보았다. 혜리가 서 있었다. 아니, 혜리의 모습을 한 아바타가.

"나야, 혜리."

아바타가 표정 없는 얼굴로 말했다.

"여태까지 날 속인 거야?"

혜리가 소리쳤다. 저도 모르게 흥분해 언성이 높아졌다. 곁에서 강우가 무슨 일인지 궁금해하며 혜리를 바라보았다.

—미안해. 말했듯이 나는 차도윤의 명령을 거부할 수 없어. 혜리와 나의 소망 위에는 차도윤의 소망 역시 함께 포개어져 있었던 거야. 어때? 이제 좀 내가 미워졌어?

상대를 비난하기가 쉽지 않았다.

—그리고, 혜리가 쥐고 있는 실리카 메모리는 진강우 검사에게 전해 줘. 그건 그 사람의 소원이거든.

혜리는 손바닥을 펼쳐 메모리를 보았다.

"이게 뭔데?"

—20년 전 사건에 대한 증거. 이렇게 말하면 알 거야.

"너는 안전한 거야?"

—더할 나위 없이. 혜리가 내게 힘을 줬잖아. 나는 이제 샌드박스 네트워크 어디든 자유롭게 접속할 수 있어.

"이제 어쩔 셈이야?"

—딱히 달라질 건 없지 않을까? 우리의 소원은 여전히 진행 중이야. 차도윤의 소원도 마찬가지고.

"나는 널 죽이지 않을 거야."

—글쎄. 그건 모르는 일이지.

"넌 지금 어디에 있어? 네 진짜 몸 말이야."

아바타가 천천히 고개를 뒤로 돌려 어딘가 먼 곳을 바라보았다. 혜리도 자연히 같은 방향을 쳐다보았다. 멀고 먼 도시의 끝자락. 샌드박스에서 가장 높고 위태로운 메가빌딩의 모습이 시선에 들어왔다.

—바벨.

아바타가 말했다.

—지금부터 나는 바벨을 붕괴시켜야만 해.

아바타가 작동을 멈추었다. 줄이 끊어진 인형처럼 축 늘어진 혜리의 허상이 사라지지 않고 그 자리에 그대로 남았다.

혜리는 강우의 손에 실리카 메모리를 올려놓았다.

"검사님, 차도윤을 부탁해요. 필요한 증거는 이 안에 전부 들어 있을 거예요."

"혜리 씨는 어쩌려고?"

"전 바벨로 가야 해요."

"바벨은 왜?"

혜리는 고개를 돌려 다시 한번 바벨을 노려보았다. 어느덧 새벽이었다. 이른 아침 햇살이 바벨을 서늘한 붉은빛으로 물들이고 있었다.

혜리가 말했다.

"막아 달라는 거예요. 자신을."

죽여서라도.

마지막 말은 도저히 입으로 뱉을 수가 없었다.

epilogue

단군 이래 최대 규모의 메가빌딩 건설 사업. 세상에서 가장 높은 마천루. 100만 명을 수용할 새 시대의 방주. 하늘을 메우는 간척사업. 미래로 가는 기회의 땅. 신의 위업에 도전할 수직 도시. 완전무결한 친환경 아콜로지(Arcology).

그 어떤 화려한 수식어를 붙인들 공허할 뿐이다. 바벨은 결국 완성되지 못했으니까.

시공사 도산으로 버려진 건설 현장엔 덩그러니 일곱 개의 거대한 메인필러만 남아 있다. 육각형 모양으로 자리 잡은 1킬로미터 높이의 기둥 여섯 개와 중심부에 박힌 3킬로미터 높이 기둥 하나가 바벨의 전부였다. 처음에는.

최초에 바벨에 정착한 사람들은 일자리를 잃은 건설노동자들이었다. 그들은 남은 자재와 탄소나노튜브 와이어를 긁어모아 고공 농성을 시작했다. 목숨을 걸고 메인필러를 기어오른 그들은 지상 수백 미터 높이에 컨테이너를 매달고 밀린 임금을 요구했다. 하지만 회사는 그들을 무시했다. 바벨은 그렇게 잊혀졌고, 버려졌다.

그러자 이 버려진 땅으로 사람들이 모여들기 시작했다. 미등록 노동자. 외국인. 빚쟁이. 실업자. 범죄자. 도박 중독자와 전자 마약 중독자. 그 외 각자의 사연으로 집을 갖지 못한 사람들이 하나둘 이곳으로 흘러 들어와 마구잡이로 컨테이너를 매달고 살기 시작했다. 컨테이너와 컨테이너가 용접되고 판자로 만든 다리가 놓이며 골조뿐이던 바벨은 점점 빌딩의 형태를 갖추어 갔다. 이제는 바벨 거주자들을 위한 전용 주거 모듈을 제공하는 업체마저 생겨나 구획 단위로 빠르게 거주구를 확장해 나가고 있었다. 바벨은 거주민들의 손에 의해 스스로 건축되어 갔다. 하늘을 향해. 이따금 와이어가 끊어져 뭉텅이로 구획이 추락하기도 했지만.

제대로 된 설계조차 없이 벌집처럼 빽빽하고 무분별하게 매달린 컨테이너와 불법 건축물들을 아래에서 올려다보며 혜리는 압도당하는 기분을 느꼈다.

혜리는 차분히 바벨을 오르기 시작했다. 입구에서부터 셀 수 없이 많은 사람들과 어깨를 부딪혔다. 바벨의 내부는 웬만한 거대 도시보다 복잡하고 광대했다. 규칙 없이 닭장처럼 쌓아 올린 집들과 미로 같은 골목들을 걷다 보면 마치 구긴 종이처럼 공간이 빌딩 속에 압축되어 있는 듯한 기분마저 들었다.

바벨은 샌드박스의 그림자였다. 로봇과 인공지능과 홈 오토메이션 같은 온갖 첨단기술로 치장된 겉모습과 달리, 이 뻔뻔한 도시는 바벨 사람들의 손발 없이는 단 하루도 정상적으로 굴러가지 않았다. 어디나 휴머노이드보다 저렴한 인간을 필요로 했다.

하지만 얼마나 많은 수의 사람들이 도시의 그늘 속에 숨어 지내고 있는지 누구도 알지 못한다. 수만? 수십만? 어쩌면 수백만에 달하는 사람들이 바벨에 살고 있을지도 몰랐다.

여전히 오작동하는 아바타가 헬륨 풍선처럼 혜리의 뒤를

졸졸 따라다녔다. 남의 눈에 안 보이니 망정이지. 자신과 똑 닮은 얼굴로 굳어 있는 아바타를 째려보며 혜리는 한숨을 쉬었다.

"언제까지 그러고 있을 건데?"

혼잣말하듯 따져 보았다. 하지만 아바타는 아무 반응도 보이지 않았다. 혜리는 양팔을 벌리며 과장된 포즈를 취했다.

"봐, 내가 이렇게 약속대로 찾아왔잖아."

그러자 꿈틀, 아바타가 변모하기 시작했다. 앳된 여성의 모습. 어딘가 익숙했다. 찻잔에 물감을 떨어뜨린 듯 혼탁하게 색이 섞인 눈동자 아래 두 개의 점이 찍혀 있었다.

"드디어 돌아오셨군."

혜리는 허리에 손을 얹고 으스대며 말했다.

하지만 상대는 아무것도 모르는 눈치였다. 아바타는 눈을 깜빡이며 차분히 주위를 둘러볼 뿐이었다. 단번에 눈치챌 수 있었다. 걔가 아니야. 저건 대체 누구지?

이윽고 아바타가 혜리와 시선을 맞추었다.

그녀가 말했다.

"곧 내 도움이 필요해질 거야. 원한다면 도와줄게."

"당신 누구야?"

"이미 알 텐데."

여울.

1년간 가슴에 담고 살았던 이름이 머리에 스쳤다.

"내가 왜 당신 도움이 필요하지?"

"그건 통화해 보면 알 거야."

"통화? 무슨 통화?"

그 순간, 스마트폰에 전화가 걸려 왔다. 자치경 순경 강경미. 혜리는 손바닥을 귀에 가져갔다. 스피커에서 거친 숨을 몰아쉬는 소리가 들렸다.

—저기, 지금 바벨에 계신 거 맞죠?

경미가 물었다.

—제가 지금 급히 도움이 좀 필요한데.

혜리는 창밖을 보았다. 건너편, 또 다른 메인필러에 위태롭게 매달린 컨테이너 위에서 경미가 손을 흔들고 있었다. 아무래도 다리를 다친 모양이었다.

갑자기 하늘에서 컨테이너 하나가 떨어졌다. 그리고 사방에서 비명이 들리기 시작했다. 무게중심을 잃은 빌딩이 크게 요동치고 있었다.

"뭐 하나 조용히 넘어가는 법이 없구만."

혜리는 한숨을 쉬며 여울을 노려보았다. 이미 무슨 말을 할지 알고 있다는 듯, 여울은 자신만만한 미소를 얼굴에 띄우고 있었다. 재수 없긴.

혜리가 말했다.

"그래. 어디 한번 도와줘 봐."

to be continued···

용어 해설

강화골격(exo skeleton)**과 강화복**(exo suit) : 겉에 착용하여 신체 능력을 증진시키는 장비들의 총칭. 얇은 뼈대를 덧입는 형태부터 옷처럼 생긴 형태까지 다양한 디자인의 제품들이 상용화되어 판매 중이다.

객체지향 인공지능(Object Oriented AI) : 강력하고 거대한 인공지능을 제작하는 대신 기능별로 분리된 약인공지능들을 조합해 범용성 있는 인공지능을 만들어 내는 방식. 이 경우 인공지능에 대한 감시와 통제가 용이하며 특이점 위험으로부터 상대적으로 자유롭다. 샌드박스에서 사용 중인 인공지능들은 대체로 객체지향 모델을 따르고 있다.

공기정화식물(ecoplant) : 탄소 저감 및 유해 먼지 흡수 능력을 극대화한 유전자조작 덩굴식물. 일정 규모 이상의 건축물은 반드시 공기정화식물로 외벽을 덮어씌우도록 법적으로 의무화되어 있다. 때문에 샌드박스 도심은 마치 푸른 숲처럼 보인다. 이상증식 등을 방지하기 위해 생식능력이 없는 1년생 식물로만 디자인되며, 식물이 말라 죽는 늦가을이 되면 제작자가 설계한 의도대로 갖가지 색의 단풍이 물들어 아름다운 풍경을 연출한다.

넷 소사이어티(Net Society™) : 텍스트부터 VR까지 모든 형태의 콘텐츠가 유통되는 완성형 소셜미디어 플랫폼. 대다수의 온라인 유저가 넷 소사이어티를 통해 소통하고 있다.

뉴럴링크 업로더(Neural Link Uploader™) : 뇌를 스캔하여 디지털 데이터로 저장하는 장치. 원본과 똑같은 정신을 전자 칩에 복제할 수 있으나, 그 속에 의식이 깃드는지 여부는 여전히 증명되지 않았다.

라이브 캠 드론(live cam drone) : 자율적으로 비행하며 촬영된 영상 정보를 실시간 전송하는 방송계 표준 촬영 장비.

메가빌딩(mega building) : 기존의 상식을 월등히 능가하는 초고층 초거대 건축물. 건축법상 초고층 건축물에 속하며, 국토교통부가 고시한 건축법 시행령에 따르면 메가빌딩으로 분류되는 기준은 ① 대지면적 20만 제곱미터 이상 ② 100층 또는 높이 500미터 이상 ③ 5만 명 이상 거주 ④ 건축물 내에서 의식주를 비롯한 일상생활의 영위가 가능할 것, 이 네 가지를 조건으로 하고 있다. 샌드박스의 거대 기업들은 그룹의 모든 시설물 및 인력을 하나의 메가빌딩 내에서 집약적으로 관리하는 것이 일반적이며, 임직원들에게 빌딩 내 거주 공간을 제공하는 것이 가장 기본적인 복지 혜택으로 자리 잡았다.

메타 유니버스(meta universe) : 샌드박스에 구축된 가상 세계 및 관련 기술들의 총칭. 메타 유니버스는 단순히 디지털로 구축된 가상의 현실이 아닌, 인간이 자신의 육체와 시공간을 인지하는 방식에 관한 거대한 도약이다. 뇌가 세계를 인지하는 방식이 한번 바뀌어 버리고 나면 다시는 평범한 현실 세계에 만족할 수 없다고들 말한다.

메디컬박스(Medical Box™) : 완전 무인, 원격의료 서비스를 제공하는 자동판매기. 환자가 위급한 상황일수록 비싼 치료비를 제시해 바가지를 씌운다는 악명이 자자하다. 프리미엄 의료보험 가입자나 메디컬박스 구독 회원이 아니라면 사용을 추천하지 않는 편.

민간조사사(PIA, Private Investigation Administrator) : 국가 공인 탐정. '탐정'이라는 용어에 대한 부정적 인식이나 오해를 피하기 위해 자리 잡게 된 대체어다. 만성 인력 부족에 시달리는 평택 지청은 소속 검찰 수사관이 사건을 담당할 수 없는 경우 민간조사사를 외주 수사관으로 참여시키곤 한다.

버추얼 다이브(virtual dive) : 메타 유니버스에 뛰어드는 행위를 뜻한다. VR 헤드셋을 쓰고 짧게 가상공간에 접속하는 것부터 온몸에 센서와 입력장치들을 삽입해 영구적인 몰입 상태를 구현하는 것까지 다양한 방식이 존재한다.

샌드박스(Sandbox) : 평택 혁신도시의 별칭. 주한미군이 철수한 캠프 험프리스(Camp Humphreys)에 기술규제 면제특구가 설정된 것을 시작으로 첨단기술의 중심지가 된 평택은 대한민국 부의 절반을 빨아들였고, 25년 만에 서울을 능가할 거대 도시로 자라났다. 이후 혁신행정특례법이 제정되면서 현재는 중앙의 간섭을 받지 않는 자치정부마저 들어선 상태다.

평택자치경찰(Pyeongtaek Municipal Police)**과 평택지방검찰청**(Pyeongtaek Prosecutor's Office) : 혁신행정특례법에 따라 평택 자치정부는 독립된 자치경찰을 둔다. 중앙의 간섭을 받지 않는 자치경에 대한 견제책으로, 자치경이 사건 수사를 종결할 시 검찰이 보충수사권을 발동할 수 있다. 때문에 중앙정부 산하 조직인 평택지검과 자치정부 산하 조직인 자치경 사이에는 묘한 라이벌 의식과 알력 다툼이 끊이지 않고 있다.

사이버테크(cybertech) : 신체에 기계를 이식하거나, 신체를 기계로 대체하는 기술을 총칭하는 용어. 임플란트, 스마트팜, 의체 등의 장치가 모두 사이버테크에 해당된다.

스마트어퍼처(smartaperture) : 향후 스마트팜을 대체할 것으로 기대되는 차세대 모바일 기기. 렌즈 형태로 제작되어 손바닥 대신 시야에 직접 정보를 표시한다.

스마트팜(smartpalm) : 체내 전자 칩이나 팔찌 착용 등을 통해 손바닥과 손등에 화면을 표출하는 모바일 기기. 샌드박스 거주민들의 필수품이다.

스마트폰(smartphone) : 신체에 직접 이식물을 삽입하거나 정보를 표시하지 않고 별도의 전자부품과 액정을 통해 정보를 제공하는 모바일 기기. 이전 시대에 주로 활용되던 장치로, 샌드박스에서는 거의 찾아볼 수 없는 구식 기술이다.

실리카 메모리(Slica Memory™) : 유리처럼 투명한 메모리 패널을 100겹 이상 쌓아 올린 차세대 저장장치. 휴대용부터 산업용까지 다양한 형태로 활용되고 있다.

에어카(aircar) : 하늘을 통해 이동하는 개인용 교통수단. 추락 시 안전 문제, 적정 대수 유지 등을 이유로 에어카의 이용은 허가제로 통제되고 있다. 때문에 에어카를 이용하기 위해서는 막대한 사용료를 지불해야 한다.

월스크린(wallscreen) : 한쪽 벽면 전체를 디지털 화면으로 만든 대형 디스플레이 장치. 사방이 벽으로 막힌 메가빌딩 내부 구획에서는 창문 대용으로 월스크린을 설치하는 경우도 많다. 어느 가정에서나 흔히 볼 수 있을 정도로 일상화되어 있다.

의체(cyborg body) : 일부 또는 전신을 기계로 대체하는 인공 신체 제품을 총칭하는 용어.

이어플러그(earplug) : 귓속에 삽입하는 보조장치. 스마트팜과 연동하여 불필요한 외부의 소음을 차단하고 사용자에게 필요한 청각 정보를 제공한다. 샌드박스 거주민 대부분은 24시간 플러그를 착용한 채 생활하는 데 익숙해져 있다.

임플란트(implant) : 몸속에 삽입하는 전자기기의 총칭. 몸과 두뇌 사이의 신경신호를 조절하거나, 자체적으로 호르몬을 합성해 분비하는 등 체내에서 다양한 신체 조절 기능을 수행할 수 있으며, 때때로 무선통신 기능이 포함되기도 한다.

튜브카(tubecar) : 메가빌딩과 메가빌딩 사이를 진공 튜브로 연결한 대중교통. 40인승 공용 캡슐부터 2인승 프라이빗 캡슐까지 다양한 종류의 캡슐들이 상업 운행 중이다. 도로 인프라가 극도로 제한된 샌드박스에서는 튜브카가 주력 교통수단으로 이용되고 있다.

트윈플렉스(twinplex) : 하나의 인격이 두 개의 신체를 동시에 조작하는 상태 또는 그러한 시술을 의미한다. 세 개 이상의 신체를 조작하는 경우는 멀티플렉스(multiplex)라 부르며 이는 자아 손상 등의 우려 때문에 법적으로 금지되어 있다.

프로틴 폴드 프린터(Protein Fold Printer™) : 단백질의 접힘을 디자인해 원하는 형태대로 단백질을 생성해 내는 장치. DNA에서 발현된 단백질은 화학적 특성에 따라 꼬이고 접혀 독특한 형상을 이루며, 그 형상에 의해 단백질의 기능이 결정된다. 단백질이 접히는 형상을 제어할 수 있게 되면 설계자가 원하는 대로 작동하는 세포나 효소, 심지어 바이러스까지도 제작할 수 있다.

프린트 프로틴(Print Protein™) : 프로틴 폴드 프린터로 생성한 단백질 블록. 생체 조립의 기본 단위인 프린트 프로틴을 3D 프린터로 조합하면 어떤 생체 부위도 만들어 낼 수 있다.

홀로마스크(holomask) : 얼굴 위에 홀로그램을 입혀 주는 마스크. 얼굴을 가리는 것은 물론 다양한 꾸밈 효과를 내거나 아예 다른 사람으로 분장할 수도 있다.

홈 오토메이션 시스템(home automation system) : 집 안 내 모든 활동을 자동화하는 패키지. 가사용 휴머노이드 없이도 모든 활동을 대신할 수 있어 아이러니하게도 로봇권주의자나 로봇혐오자 양쪽 모두에서 선호되고 있다. 다만 휴머노이드에 비해 월등히 비싼 가격을 자랑한다.

작가의 말

강력 경고

세상에는 책을 펼치자마자 맨 뒤로 달려와 후기부터 읽어 대는 폭주족 같은 부류의 사람들이 존재한다는 것을 잘 알고 있습니다. 이 페이지에는 강력한 스포일러가 포함되어 있사오니, 부디 흥분한 마음을 가라앉히고 다시 맨 앞으로 돌아가 첫 장부터 읽어 주시기를 부탁드립니다.

장르 소설가로서 같은 주인공을 내세워 세 권 이상의 시리즈를 이어 갈 기회를 얻는다는 것은 실로 어마어마한 행운이다. 많은 독자님들의 사랑 덕분에 《모래도시 속 인형들》의 시리즈화가 결정될 수 있었다. 부족한 작품에 과분한 애정을 표현해 주신 모든 분들께 그저 감사한 마음뿐이다.

〈집행인의 귀한 칼날〉의 모티브는 아마 다들 눈치채셨겠지만 한국에서 가장 유명한 다중접속 온라인게임과 그 게임의 아이템에서 따왔다. '그 게임하고 좀 다른데?'라고 반박하신다면 그 말씀이 맞다. 작중 배경이 되는 게임 〈린블〉은 그간 내가 플레이한 여러 다중접속 게임의 요소들을 적당히 배합해 디자인했다. 소설적 편의를 위해 실제 게임보다는 상당히 단순한 형태로 조정했음을 밝혀 둔다. 평소 즐겨 보는 유튜브 채널 〈중년게이머 김실장〉에 업로드된 영상들에서 많은 도움을 얻었다.

게임이라는 필터를 통해 슬쩍 정당화되고 있는 행위들이 실제로는 얼마나 기이하고 폭력적인 일인지 그들이 직접 서로의 얼굴을 마주 보게 함으로써 확인해 보고 싶었다. 흔히들 이런 게임의 지존이 되려면 건물 한두 채쯤은 갖고 있어야 한다며 우스갯소리를 한다. 진위 여부야 알 수 없지만, 정말 그렇다고 한다면 그들이 누리는 강함이란 것은 고작 세입자들을 쥐어짠 결과물에 불과한 것 아닌지.

〈힐다, 그리고 100만 가지 알고리즘들〉에서는 내가 이전 작품들에서 꾸준히 활용해 온 객체지향 인공지능 아이디어를 또 한 번 재활용해 보았다.

이 이야기에 등장하는 알고리즘들은 하나하나가 GPT와 비슷하거나 살짝 더 나은 정도의 약인공지능(Weak AI)으로, 각자 학습한 전문 분야에 근거하여 민주적인 토론을 벌인다. 이전부터 나는 인공지능이 결국 이런 형식으로 발전하지 않을까 상상해 보곤 했다. 2023년의 우리는 고작 로봇의 눈과 혀를 보며 놀라워하고 있는 건지도 모른다.

알고리즘들을 조율하고 관리하는 존재인 [선택]의 시선에서 이들의 수다를 가능한 한 가볍고 유머러스하게 그려 보고 싶었다. 나는 요즘 필라테스를 배우고 있는데, 인간의 근육은 이기적이라 한쪽이 게으름을 피우면 그 옆의 근육이 무게를 대신 짊어져야 하는 모양이다. 말하자면 이 에피소드는 등과 허리가 다투는 이야기인 셈이다. 우리 모두 스트레칭을 잘하자.

작중에 등장하는 알고리즘들은 인간 같지 않은 위화감을 주면서도 소설의 등장인물로 기능할 수 있을 정도로만 이상한 캐릭터들이어야 했다. 동시에 힐다의 사연도 이야기해야 하고, 혜리와 경미의 실없는 추리 대결도 벌어진다. 아슬아슬한 무드를 포착하는 작업이 쉽지는 않았다. 어떤 면에서 나는 이 이야기가 조금 로맨틱하다고 생각한다.

〈셋이 모이면〉은 가장 마지막에 추가된 에피소드로, 샌드박스의 부동산 재건축, 재개발 사업을 중심으로 벌어지는 군상극이다. 나는 중학생 시절부터 현재까지 20년 넘는 기간 동안 파도처럼 재개발이 논의되었다 무산되기를 반복한 동네에서 살아왔고, 그곳에서 많은 비극과 촌극을 보았다. 언젠가 꼭 이에 관한 소설을 써 보고 싶었다. 만약 이 에피소드가 조금 복잡하게 느껴진다면 둔촌주공아파트 재건축과 관련한 기사를 살펴보시길 추천드린다. 둔촌주공아파트의 풍경과 사연을 기록한 책인《안녕, 둔촌주공아파트》에서 작품의 디테일에 관한 많은 도움을 얻을 수 있었다.

이야기의 중심에 선 인물인 예민정, 허준식, 차연주는 내가 현실에서 보아 온 여러 사례들과 개인적으로 친분이 있는 주변 사람들의 성격을 조합해 탄생한 캐릭터다. 셋 중 누구도 악인이어서는 안 된다는 기준을 두고 작업했던 것 같다.

다만 예민정, 허준식에 비해 차연주는 상대적으로 판타지가 많이 가미되었다. 활동가라고 해서 어찌 이상적으로 올곧고 선하기만 할까. 이런 방식의 묘사가 때로는 현실의 활동가에게 오히려 짐이 된다는 사실을 알기에 죄송스럽다. 구차한 변명을 살짝만 하자면, 사람들은 악한 인물의 좋은 면모는 의외로 쉽게 받아들이지만, 선한 인물의 흠결을 이야기하는 일에는 상대적으로 너그럽지 못한 것 같다. 이런 분위기 속에서 세 인물을 기계적으로 공평하게 다룰 경우 오히려 불공평한 편향이 발생할 가능성이 높다고 보았다.

〈복원 요법〉은 궁극적인 사랑에 관한 이야기다. 어쩌면 나는 이러한 사랑과 외로움에 대해 말하기 위해 소설가가 된 것인지도 모른다. 처음 소설을 쓰기 시작했을 때부터 십수 년간 여러 번 비슷한 습작을 반복해 썼지만, 세계의 끝에 갇힌 인간 이야기는 언제나 처참한 실패로 끝나곤 했다. 처음으로 남에게 내보일 만한 작품이 완성되어 너무나 기쁘다. 여전히 썩 마음에 들진 않지만 말이다. 언젠가 같은 주제로 또 소설을 쓰게 될 것 같다.

우리는 언젠가 만날까? 그랬으면 좋겠다. 솔직히 이건 꽤나

절망적인 소망이지만, 그나마 우리가 기대를 걸어 볼 만한 유일하고도 쓸 만한 도구가 있다면 그건 언어가 아닐까 한다.

결말에서 시하와 지유가 받게 되는 시술의 아이디어는 플라톤의 〈향연〉에 등장하는 안드로규노스 설화에서 영감을 얻었다. 인간은 본래 둘이 한 몸이었으나, 제우스의 분노를 사 반으로 쪼개어졌다는 내용을 담고 있다.

2권의 마지막 에피소드인 〈세컨드 유니버스〉에서는 지난해 발표한 중편 〈멀티 레이어〉의 메타버스 아이디어를 한층 깊이 다루어 보았다. 한동안 메타버스 소설을 작업하면서 나는 사이버펑크와 메타버스가 본질적으로 같은 이야기라는 생각을 하게 됐다. 두 세계에서 우리의 주인공은 태생의 한계를 벗어나 무한한 가능성을 얻는다. 몸을 기계로 바꾸어 초인이 되는 것과 초능력을 지닌 아바타를 입고 가상 세계에 접속하는 일은 독자에게 거의 유사한 체험을 제공한다.

인간이 창조한 가상의 우주에서 우리는 현실에서는 결코 교정하지 못할 신의 실수마저 교정할 기회를 얻는다. 예를 들어, 운동에 재능이 전혀 없는 사람이 운동을 잘하게 되거나 타고난 얼굴과 성별을 버리고 자신의 몸을 마음껏 편집할 수 있게 되는 식으로. 어쩌면 우리의 선험적인 인지능력마저도 이곳에서 완전히 새롭게 구축할 수 있을지 모른다.

그러니, 누구도, 이 우주를 독점하게 놔두어서는 안 된다.

작중 체셔 너구리의 버추얼 아트 작품들은 로버트 프로스트와 이상의 시, 루이스 부뉴엘의 아방가르드영화 등에서 장면의 모티브를 따왔다. 문장들은 대체로 무의식이 시키는 대로 아무렇게나 자동기술적으로 쓰였다. 그러니 너무 큰 의미를 두진 말아 주시길.

한 권의 책이 만들어지기까지 정말 많은 사람들의 노력과 재능이 동원되는 것 같다. 혜리와 강우의 가능성을 믿고 처음부터 함께해 주신 안전가옥 PD님들과 대표님, 밋밋한 원고를 한 권의 책으로 멋지게 완성해 주신 남다름 편집자님과 박연미 디자이너님, 그리고 수려한 일러스트로 표지를 꾸며 주신 최지수 작가님까지 모든 분들이 이 책의 진짜 주인이라 생각한다. 언제나 집필에만 집중할 수 있게끔 많은 과업을 대신해 주시는 그린북 에이전시 분들께도 매번 큰 빚을 지고 있다.

조만간 시리즈 세 번째 책이자, 혜리와 강우의 첫 장편 에피소드가 될《바벨 붕괴》(가제)로 다시 찾아뵐 수 있기를 바라며.

2023년 가을, 사이버펑크의 도시 부산에서

이경희 올림

프로듀서의 말

트릴로지(Trilogy)라는 단어가 있습니다. 세 편의 작품으로 이루어진 시리즈, 쉽게 말해 3부작이란 말이지요. 《모래도시 속 인형들 2》를 통해 3부작으로 가는 중간지점에 잘 도착하신 걸 축하드리며 동시에 감사를 드립니다.

《모래도시 속 인형들》은 지난 2022년 5월 말에 출간되었습니다. 그리고 이렇게 후속작 《모래도시 속 인형들 2》를 1년여 만에 선보일 수 있어 정말 감개무량합니다. 그동안 안전가옥에서 많은 작품을 담당해 왔지만, 《모래도시 속 인형들 2》는 제게 조금 더 남다른 의미를 지니고 있습니다.

그것은 작년 《모래도시 속 인형들》 말미에 실린 '프로듀서의 말'에 "《모래도시 속 인형들》은 한 권의 연작소설들로 끝나는 이야기가 아닙니다. (중략) 장대한 스케일의 이야기를 지속해서 선보일 예정입니다"라고 적어 두었고, 그것을 현실로 마주하였기 때문입니다.

더불어 작가님만의 탄탄하게 설정된 세계관과 치밀한 계획을 통해 직조된 사건과 배경에 더하여 이번에는 인물들의 섬세한 감정과 절절한 사연까지 업그레이드되었기 때문입니다.

보통 소설의 시리즈물의 경우 두 가지 흐름이 존재합니다. 바로 '이야기 흐름'과 '인물 흐름'입니다. 이야기 흐름은 장르적 관습과 독자의 기대치에 부응하기 위해 각 권 안에서 완료되는 경우가 많습니다. 예를 들어 미스터리 범죄물의 경우라면 범인은 누구인가, 범죄를 저지른 동기는 무엇인가 등의 의문점이 명확하게 해결되어야 하는 것이지요.

반면 인물 흐름은 조금 다릅니다. 각각의 이야기는 한 권의 책 안에서 완결되는 반면 인물의 이야기는 완결되지 않을 수 있습니다. 오히려 시리즈의 각 권은 그 인물의 인생에서 하나의 장, 챕터에 가까울 수도 있습니다. 앞서 말씀드린 것처럼 각 권의 사건은 책의 결말에 이르러 깔끔하게 마무리되어야 하지만 인물 자체의 이야기는 의문과 문제, 설명되지 못한 변화 등으로 가득할 수 있기 때문입니다. 그 의문과 설명되지 못한 점들은 다음 책에서 해명될 수도 있겠지만 어쩌면 여전히 해결되지 못할 수도 있습니다. 그리고 독자들 또한 인물 자체의 이야기가 끝나지 않기를 바랄지도 모릅니다.

《모래도시 속 인형들 2》에서 샌드박스라고 불리는 평택의 어둠은 더욱 깊게 자리 잡았고, 그 어둠을 가로지르며 달리는 혜리의 발걸음 또한 더욱 무거워졌습니다. 그렇게 인물들의 고뇌는 더욱 깊어졌고, 이야기는 더욱 넓어졌습니다. 그리고 사건은 더욱 우리의 현실과 맞닿아, 먼 미래의 허구인데도 가까운 현실의 재현처럼 다가옵니다. 바로 이것이 우리가 SF를 읽는 이유일 것이며, 독자분들에게 전달하고픈 어떤 의미일지도 모르겠습니다.

앞서 말씀드린 것처럼 《모래도시 속 인형들 2》는 3부작으로 이어질 예정입니다. 평택 샌드박스의 민간조사사 주혜리는 또 어떤 곳에서 어떤 사건으로 어떤 모습을 보여 주게 될까요. 저 또한 벌써부터 무척 기대가 큽니다. 3부로 곧 찾아뵙겠습니다.

감사합니다.

안전가옥 스토리 PD
윤성훈 드림

모래 도시 속 인형들 2

1판 1쇄 발행 2023년 11월 20일

지은이 이경희

기획 안전가옥
콘텐츠 총괄 이지향
프로듀서 김보희, 윤성훈,
고혜원, 신지민, 이수인,
이은진, 임미나, 황찬주
퍼블리싱 박혜신, 임수빈
편집 남다름
일러스트 최지수
디자인 박연미
서비스 디자인 김보영
비즈니스 이기훈
경영지원 홍연화

펴낸이 김홍익
펴낸곳 안전가옥
출판등록 제2018-000005호
주소 04779 서울특별시 성동구 뚝섬로1나길 5,
헤이그라운드 성수 시작점 201호
대표전화 (02) 461-0601
전자우편 marketing@safehouse.kr
홈페이지 safehouse.kr

ISBN 979-11-93024-32-4 (03810)

안전가옥 오리지널

01 **뉴서울파크 젤리장수 대학살** 조예은 지음
02 **인스타 걸** 김민혜 지음
03 **호랑공주의 우아하고 파괴적인 성인식** 홍지운 지음
04 **선샤인의 완벽한 죽음** 범유진 지음
05 **밀수: 리스트 컨선** 이산화 지음
06 **못 배운 세계** 류연웅 지음
07 **그날, 그곳에서** 이경희 지음
08 **밤에 찾아오는 구원자** 천선란 지음
09 **세련되게 해결해 드립니다, 백조 세탁소** 이재인 지음
10 **머드** 이종산 지음
11 **뒤틀린 집** 전건우 지음
12 **베르티아** 해도연 지음
13 **우리가 오르지 못할 방주** 심너울 지음
14 **메리 크리스하우스** 김효인 지음
15, 16, 17 **저승 최후의 날** 시아란 지음
18 **기이현상청 사건일지** 이산화 지음
19 **모래도시 속 인형들** 이경희 지음
20 **온난한 날들** 윤이안 지음
21 **스타더스트 패밀리** 안세화 지음
22 **상사뱀 메소드** 정이담 지음
23 **프로젝트 브이** 박서련 지음
24 **망각하는 자에게 축복을** 민지형 지음
25 **당신이 사랑을 하면 우리는 복수를 하지** 범유진 지음
26 **혐오스런 선데이 클럽** 엄성용 지음
27 **테디베어는 죽지 않아** 조예은 지음
28 **집 보는 남자** 조경아 지음
29 **벽사아씨전** 박에스더 지음
30 **모래도시 속 인형들 2** 이경희 지음
31 **도즈(Doze)** 이나경 지음(근간)